Karine Tuil

Les choses humaines

Gallimard

p. 128 – IL FAUT SAVOIR
Paroles et musique de Charles AZNAVOUR
© Éditions musicales DJANIK.

À la mémoire de mon père

Tu cherches quoi ? Semi-automatique ? Fusil à pompe ? Ça c'est un Beretta 92. Simple d'utilisation. Tu peux aussi prendre un Glock 17, génération 4, un 9 mm avec une crosse ergonomique, ça donne une prise en main ferme, faut bien l'emboîter, le pouce est là, on presse la détente avec la pulpe de l'index, attention, l'arme doit toujours être dans l'alignement du bras, on tire bras tendus, faut mécaniser la surprise au départ du coup, il reste plus qu'à approvisionner le chargeur, une fois que c'est fait, tu fixes la cible et quand tu l'as bien dans le viseur, tu appuies, ça part direct. Tiens, tu veux essayer ? Tu vois le gros clebs là ? Vas-y, bute-le.

L E S

C H O

S

E S

H U

M

A I

N

E S

DIFFRACTION

« Qui cherche la vérité de l'homme doit s'emparer de sa douleur. »

Georges BERNANOS, *La Joie*

1

La déflagration extrême, la combustion définitive, c'était le sexe, rien d'autre – fin de la mystification ; Claire Farel l'avait compris quand, à l'âge de neuf ans, elle avait assisté à la dislocation familiale provoquée par l'attraction irrépressible de sa mère pour un professeur de médecine rencontré à l'occasion d'un congrès ; elle l'avait compris quand, au cours de sa carrière, elle avait vu des personnalités publiques perdre en quelques secondes tout ce qu'elles avaient mis une vie à bâtir : poste, réputation, famille – des constructions sociales dont la stabilité n'avait été acquise qu'au prix d'innombrables années de travail, de concessions-mensonges-promesses, la trilogie de la survie conjugale –, elle avait vu les représentants les plus brillants de la classe politique se compromettre durablement, parfois même définitivement, pour une brève aventure, l'expression d'un fantasme – les besoins impérieux du désir sexuel : tout, tout de suite ; elle-même aurait pu se retrouver au cœur de l'un des plus grands scandales de l'histoire des États-Unis, elle avait vingt-trois ans à l'époque et effectuait un stage à la Maison Blanche en même temps que Monica Lewinsky – celle qui resterait célèbre pour avoir fait vaciller la carrière

15

du président Bill Clinton – et si elle ne s'était pas trouvée à la place de la brune voluptueuse que le Président surnommait affectueusement « gamine », c'était uniquement parce qu'elle ne correspondait pas aux canons esthétiques alors en vigueur dans le bureau ovale : blonde aux cheveux tressés, de taille moyenne, un peu fluette, toujours vêtue de tailleurs-pantalons à la coupe masculine – pas son genre.

Elle se demandait souvent ce qui se serait passé si le Président l'avait choisie, elle, la Franco-Américaine cérébrale et impulsive, qui n'aimait explorer la vie qu'à travers les livres, au lieu d'élire Monica, la plantureuse brune au sourire carnassier, la petite princesse juive qui avait grandi dans les quartiers huppés de Brentwood et de Beverly Hills ? Elle aurait cédé à la force d'attraction du pouvoir ; elle serait tombée amoureuse comme une débutante, et c'était elle qui aurait été auditionnée par le procureur spécial Kenneth Starr, acculée à répéter invariablement la même histoire qui alimenterait les dîners en ville du monde entier et les quatre cent soixante-quinze pages d'un rapport qui ferait trembler les thuriféraires du pouvoir américain, exciterait les instincts névrotiques d'un peuple appelant sous le coup de l'indignation et de la torpeur à une moralisation générale, et elle ne serait sans doute jamais devenue l'intellectuelle respectée qui, dix ans plus tard, rencontrerait ce même Bill Clinton lors d'un souper donné à l'occasion de la parution de ses Mémoires et lui demanderait frontalement : « Monsieur Clinton, pourquoi vous êtes-vous prêté publiquement à cet humiliant exercice de contrition et avoir protégé votre femme et votre fille sans exprimer la moindre compassion envers Monica Lewinsky dont la vie intime a été saccagée ? » Il avait balayé la question d'un revers de la main en répliquant d'un ton faussement détaché : « Mais qui êtes-vous ? » Il ne se souvenait pas d'elle, ce qui semblait normal après tout, leur rencontre remontait à près de vingt ans, et s'il l'avait croisée dans les couloirs de la Maison Blanche, facilement identifiable avec ses cheveux blond vénitien qui lui donnaient une allure préraphaélite, il ne lui avait jamais adressé la parole – *un président n'avait aucune raison de s'adresser à une stagiaire à moins d'avoir envie de la baiser.*

Vingt et un ans plus tôt, en 1995, elles étaient trois à avoir franchi les portes de la Maison Blanche à la grâce d'un dossier scolaire exemplaire et de multiples recommandations. La première, Monica Lewinsky, ne resterait donc qu'une météorite propulsée à l'âge de vingt-cinq ans dans la galaxie médiatique internationale avec, pour seuls faits d'armes, une fellation et un jeu érotique accessoirisé d'un cigare. La deuxième, la plus jeune, Huma Abedin, dont la famille, d'origine indo-pakistanaise, avait créé l'Institut des affaires de la minorité musulmane, avait été affectée au bureau mis à la disposition de Hillary Clinton et était devenue, en une dizaine d'années, sa plus proche collaboratrice. Au mariage de sa protégée avec le représentant démocrate Anthony Weiner, la première dame avait même prononcé ces mots qui disaient toute la charge affective : « Si j'avais eu une deuxième fille, ça aurait été Huma. » Elle l'avait soutenue quand, un an plus tard, le jeune époux diffusait par erreur des photos de lui dans des postures suggestives sur Twitter – torse nu, le sexe moulé dans un caleçon qui ne dissimulait rien de sa turgescence. Elle avait été présente quand le mari volage avait récidivé, entretenant cette fois une correspondance érotique par textos avec une mineure

– alors qu'il briguait une investiture démocrate dans la course à la mairie de New York ! Qu'il était l'un des jeunes hommes politiques les plus prometteurs ! En dépit des avertissements de ceux qui réclamaient l'éloignement de Huma Abedin, invoquant sa toxicité politique, Hillary Clinton, désormais candidate démocrate à la présidence des États-Unis, l'avait gardée à ses côtés. Bienvenue au Club des Femmes Trompées mais Dignes, des grandes prêtresses du *poker face* américain – souriez, vous êtes filmées.

Du trio de stagiaires ambitieuses, la seule qui, jusqu'alors, avait échappé au scandale, c'était elle, Claire Davis-Farel, fille d'un professeur de droit à Harvard, Dan Davis, et d'une traductrice française de langue anglaise, Marie Coulier. La mythologie familiale racontait que ses parents s'étaient rencontrés devant la Sorbonne et qu'après quelques mois d'une relation à distance ils s'étaient mariés aux États-Unis, dans la banlieue de Washington, où ils avaient mené une existence tranquille et monotone – Marie avait renoncé à tous ses rêves d'émancipation pour s'occuper de sa fille et devenir ce qu'elle avait toujours redouté d'être : une femme au foyer dont l'unique obsession était de ne pas oublier sa pilule ; elle avait vécu sa maternité comme une aliénation, elle n'était pas faite pour ça, elle n'avait pas connu la révélation de l'instinct maternel, elle avait même été profondément déprimée à la naissance et, si son mari ne lui avait pas trouvé quelques travaux de traduction, elle aurait fini sa vie sous antidépresseurs, elle aurait continué à arborer un sourire factice et à affirmer publiquement que sa vie était *fantastique*, qu'elle était une mère et une épouse *comblée* jusqu'au jour où elle se serait pendue dans la cave de leur petit pavillon de Friendship Heights. Au lieu de ça, elle s'était progressivement remise à travailler et, neuf ans après la naissance de sa fille, elle avait eu le coup de foudre pour un médecin anglais dont elle avait été la traductrice au cours d'un congrès à Paris. Elle avait quitté son mari et leur fille quasiment du jour au lendemain dans une sorte d'hypnose amoureuse pour s'installer à Londres avec cet inconnu, mais huit mois plus tard, pendant lesquels elle n'avait pas vu sa fille plus de deux fois, l'homme la mettait à la porte de chez lui au motif qu'elle était « invivable et hystérique » – fin de l'histoire. Elle avait passé les trente années suivantes à justifier ce qu'elle appelait « un égarement » ; elle disait qu'elle était tombée sous la coupe d'un « pervers narcissique ». La réalité était plus prosaïque et moins romanesque : elle avait eu une passion sexuelle qui n'avait pas duré.

Claire avait vécu aux États-Unis, à Cambridge, avec son père, jusqu'à ce qu'il meure des suites d'un cancer foudroyant – elle avait treize ans. Elle était alors rentrée en France auprès de sa mère dans le petit village de montagne où cette dernière avait élu domicile, aux alentours de Grenoble. Marie travaillait pour des maisons d'édition françaises, à mi-temps, et, espérant « rattraper le temps perdu et réparer sa faute », s'était consacrée à l'éducation de sa fille avec une dévotion suspecte. Elle lui avait appris plusieurs langues, enseigné la littérature et la philosophie – sans elle, qui sait si Claire serait devenue cette essayiste reconnue, auteur de six ouvrages, dont le troisième, *Le Pouvoir des femmes*, qu'elle avait rédigé à trente-quatre ans, lui avait assuré un succès critique. Après ses études à Normale sup, Claire avait intégré le département de philosophie de l'université Columbia, à New York. Là-bas, elle avait renoué avec d'anciennes relations de son père qui l'avaient aidée à obtenir ce stage à la Maison Blanche. C'est à Washington, à cette époque-là, qu'elle avait rencontré, à l'occasion d'un dîner organisé par des amis communs, celui qui allait devenir son mari, le célèbre journaliste politique français Jean Farel. De vingt-sept ans son aîné, cette vedette de la chaîne publique venait de divorcer et était à l'acmé de sa gloire médiatique. En plus de la grande émission politique dont il était l'animateur et le producteur, il menait une interview à la radio entre 8 heures et 8 h 20 – six millions d'auditeurs chaque matin. Quelques mois plus tard, Claire renonçait à une carrière dans l'administration américaine, rentrait en France et l'épousait. Farel – un homme au charisme irrésistible pour la jeune femme ambitieuse qu'elle était alors, doté en plus d'un sens de la repartie cinglant et dont les invités politiques disaient : « Quand Farel t'interviewe, tu es comme un oisillon entre les griffes d'un rapace. » Il l'avait propulsée dans un milieu social et intellectuel auquel elle n'aurait pas pu accéder si jeune et sans réseau d'influence personnel. Il avait été son mari, son mentor, son plus fidèle soutien ; cette forme d'autorité protectrice renforcée par leur différence d'âge l'avait longtemps placée dans une position de sujétion mais, à quarante-trois ans, elle était maintenant déterminée à suivre le cours de sa vie selon ses propres règles. Pendant vingt ans, ils avaient réussi à maintenir la connivence intellectuelle et l'estime amicale des vieux couples qui ont choisi de faire converger leurs intérêts autour de leur foyer érigé en rempart contre l'adversité, affirmant qu'ils étaient les meilleurs amis du monde, façon policée de cacher qu'ils n'avaient plus de rapports sexuels. Ils parlaient pendant des heures de philosophie et de politique, seuls ou au cours de ces dîners qu'ils donnaient fréquemment dans leur grand appartement de l'avenue Georges-Mandel, mais ce qui les avait liés le plus solidement, c'était leur fils, Alexandre. À vingt et un ans, après des études à l'École polytechnique, il avait intégré à la rentrée de septembre l'université de Stanford, en Californie ; ce fut pendant son absence, au début du mois d'octobre 2015, que Claire avait brutalement quitté son mari : *j'ai rencontré quelqu'un.*

Le sexe et la tentation du saccage, le sexe et son impulsion sauvage, tyrannique, incoercible, Claire y avait cédé comme les autres, renversant quasiment sur *un coup de tête*, dans un élan irrésistible, tout ce qu'elle avait patiemment construit – une famille, une stabilité émotionnelle, un ancrage durable – pour un homme de son âge, Adam Wizman, professeur de français dans une école juive du 93, qui vivait depuis trois ans avec sa femme et leurs deux filles, Noa et Mila, treize et dix-huit ans, aux Pavillons-sous-Bois, une paisible commune de la Seine-Saint-Denis. Il avait invité Claire à rencontrer ses élèves de terminale et, après l'entretien qu'il avait mené dans l'une des salles de conférences du lycée, ils étaient allés prendre un verre dans un café du centre-ville. Leurs échanges étaient encore circonscrits à cette camaraderie courtoise, artificielle, qui croit masquer le désir mais dévoile tout ; chacun était resté à sa place, c'était socialement convenable, et pourtant, ils l'avaient su à la minute où ils s'étaient attablés dans ce bistro désert : ils se reverraient, ils feraient l'amour et ils se piégeraient. Quand il l'avait raccompagnée chez elle dans sa vieille Golf vert amande, le chauffeur de taxi réservé ne s'étant jamais présenté, il lui avait dit qu'il souhaitait la revoir ; et c'est ainsi qu'en quelques mois d'une liaison vécue à distance (ils ne se retrouvaient alors qu'une à deux fois par mois, des rencontres d'une telle intensité qu'elles renforçaient chaque fois la conviction délirante de s'être « trouvés ») l'intellectuelle un peu rigide qui donnait des conférences de philosophie à l'École normale supérieure sur des sujets aussi divers que *le fondement ontologique de l'individualisme politique* ou *les émotions impersonnelles de la fiction* s'était transformée en une amoureuse passionnée dont l'occupation principale consistait à rédiger des messages érotiques, à ressasser la même fantasmagorie et à chercher des conseils pour répondre à la seule question existentielle intéressante : *Peut-on refaire sa vie après quarante ans ?* Elle s'était raisonnée : Travaille et mets de côté ta vie privée. La passion, oui, à vingt ans, mais à plus de quarante ? Tu as un fils de vingt et un ans, une fonction qui t'expose, une vie *satisfaisante*. Une vie *pleine*. Tu es mariée à un homme qui t'offre toute liberté et avec lequel tu as conclu tacitement le même pacte que celui qui avait lié Jean-Paul Sartre à Simone de Beauvoir : les amours nécessaires, les amours contingentes, le conjoint, ce point fixe, et les aventures sexuelles qui nourriraient leur connaissance du monde – cette liberté, pourtant, tu ne l'avais jamais prise jusque-là, pas par fidélité, non, tu n'avais aucun goût pour le rigorisme moral, mais par une inclination naturelle à la tranquillité. Tu as organisé ta vie avec un parfait sens de l'ordre et de la diplomatie. Tu as eu plus de difficultés qu'un homme pour trouver ta place mais tu as fini par l'avoir, et tu t'y sens légitime ; tu as décidé une fois pour toutes que tu t'assumerais et ne serais pas une victime. Ton mari est souvent absent et, quand il est là, tu vois des femmes de plus en plus jeunes graviter autour de lui, mais tu le sais, c'est à toi qu'il est attaché. Elle, la femme qui affirmait son indépendance dans toutes ses prises de parole médiatiques, se soumettait en privé aux injonctions sociales multiples : Contente-toi de ce que tu as. Ne cède pas à la dépendance corruptrice, au désir sexuel, au mirage amoureux, à tout ce qui finit par aliéner, affaiblir. Ce qui causera ta perte. Renonce. Elle avait longuement hésité à engager une procédure de séparation, écrasée par la culpabilité de quitter un homme qui atteignait le crépuscule de sa vie, corsetée par leurs habitudes et le sentiment de sécurité qu'elles généraient, sans cesse retenue par des fils invisibles : la peur de l'inconnu, sa morale personnelle, un certain conformisme. Avec son mari, elle formait l'un de ces couples de pouvoir que la société médiatique révérait, mais dans ce rapport de forces permanent où évoluait leur mariage, il n'était pas difficile de dire qui dominait l'autre. En cas de divorce, les amis, les relations professionnelles finiraient par choisir Jean, plus influent. Elle serait isolée, ostracisée ; dans la presse, les papiers sur ses livres seraient moins nombreux, moins élogieux, Jean ferait pression de manière indirecte, il n'aurait même pas besoin de passer un coup de fil – son système de réseau fonctionnerait *naturellement*. Elle savait l'attraction qu'exerçait le pouvoir médiatique, le risque de la toute-puissance que suscitait la courtisanerie, et l'incapacité pour certains – et ce n'étaient pas toujours les plus fragiles – d'y résister. Et c'est exactement ce qui s'était passé. Oui, mais cinq ans auparavant, Claire avait fait l'expérience de la maladie, on lui avait diagnostiqué un cancer du sein. Quand elle avait appris qu'elle était guérie, elle avait décidé de vivre avec l'intensité que seule la conscience aiguë de sa propre mortalité rendait possible. La transformation par l'épreuve – classique, attendue, mais vraie. L'abdication ? Pas pour tout de suite.

« Une femme de ton âge et dans ta situation » (il fallait entendre *une femme que la maladie avait rendue vulnérable*) ne doit pas se mettre en danger, c'était, en substance, ce que sa mère lui répétait, ce que la société affirmait avec une autorité lugubre, ce que la littérature même confirmait en érigeant au rang d'héroïnes classiques des femmes mal mariées, que la passion amoureuse avait défaites et consumées, parfois jusqu'au suicide, ce que tout, dans le paysage social, lui rappelait avec violence, mais une femme comme elle, qui avait été formée par des lectures hétéroclites, qui avait fait de son autonomie et sa liberté les engagements de toute une existence, l'essence même de son travail, une femme qui avait été confrontée à la mort, parvenait rapidement à se convaincre qu'il ne pouvait y avoir plus grand désastre que de renoncer à vivre et à aimer, et c'est ainsi qu'un matin, elle avait fait ses valises et était partie après avoir déposé sur la table du salon une carte postale représentant un paysage de montagne au dos de laquelle elle avait griffonné ces mots dont la banalité disait l'urgence et la nécessité du départ, le désir d'achever, de conclure vite, un coup de dague, un sacrifice sans endormir la bête, vif et tranchant, c'est ainsi qu'on abat : *C'est fini.*

2

Durer – c'était le verbe qui contractait toutes les aliénations existentielles de Jean Farel : rester avec sa femme ; conserver une bonne santé ; vivre longtemps ; quitter l'antenne le plus tard possible. À soixante-dix ans, dont quarante à l'écran, il voyait arriver les jeunes loups de la télévision avec la férocité des vieux fauves qui, sous le masque atone, n'ont rien perdu de leur combativité. Son corps montrait quelques signes de faiblesse mais il avait conservé un mental d'athlète et un esprit agile qui attaquaient avec d'autant plus de violence que l'interlocuteur juvénile, en sous-estimant la vigueur, se trouvait rapidement renvoyé aux frontières de son insuffisance intellectuelle et de son arrogance. « J'ai une bonne nature », affirmait-il modestement à ceux qui lui demandaient le secret de sa forme. Chaque matin, il s'entraînait avec un coach dont il partageait les services avec une vedette de la chanson française. Il était également suivi par un nutritionniste adulé du Tout-Paris. Il pesait ses aliments, ne s'autorisait aucun écart et avait ses habitudes dans deux, trois restaurants de la capitale où se pressait le Paris médiatique. Son secret minceur ? Il l'avait divulgué dans la presse : « Je ne rate jamais une occasion de sauter un repas. » Une fois par an, il se rendait discrètement dans une clinique esthétique située à quelques mètres de ses locaux professionnels, rue de Ponthieu, dans le VIIIe arrondissement de Paris. Il avait déjà réalisé une lipoaspiration du cou et du ventre, une opération des paupières, un lifting léger, des séances de laser et des injections d'acide hyaluronique – jamais de Botox, qui figeait les muscles et donnait un air de poupée de cire, il recherchait le *naturel*. Il passait également trois semaines par an, une en hiver et deux en été, en haute montagne où, sous le contrôle d'un cardiologue et d'un naturopathe, il s'imposait un jeûne restrictif et s'adonnait aux joies de l'alpinisme et de la randonnée. Après ça, il avait le rythme cardiaque d'un adolescent. Il avait renoncé à la natation et résilié son abonnement à la piscine du Ritz où, pendant des années, il avait eu la chance d'approcher les plus belles actrices, le vent de moralisation qui soufflait sur le monde politico-médiatique l'incitant à plus de prudence. Dans le contexte de délation instauré par les réseaux sociaux, il jouait la carte de la discrétion et de l'économie.

Une fois par trimestre, il consultait son médecin généraliste qui contrôlait ses analyses. Il était capable de vous donner sa vitesse de sédimentation, son taux de protéine C réactive, de transaminases, et effectuait tous les marqueurs tumoraux possibles, en particulier depuis que Claire avait été atteinte d'un cancer du sein – «Je suis hypocondriaque », se justifiait-il. Il voulait simplement tenir, rester à l'antenne. Avant l'été, il poserait pour la couverture de *Paris Match* sous l'objectif d'un photographe de renom – rituel annuel qui lui assurait la notoriété, l'admiration du public et le soutien de la chaîne. On le verrait comme toujours en train de pratiquer une activité sportive :

vélo, course à pied, marche nordique, façon de dire : regardez-moi, je suis toujours vaillant. Cette année, il avait donné son accord pour participer à *Fort Boyard*, les téléspectateurs auraient ainsi la confirmation de son exceptionnelle condition physique.

Son travail, il dirait « ma passion », Jean Farel lui avait consacré toute sa vie. La politique et le journalisme avaient constitué le ressort de son existence : parti de rien, sans diplôme, sans relations, il avait gravi tous les échelons ; il avait vingt ans quand il était entré à l'ORTF en tant que simple stagiaire avant de devenir, dix ans plus tard, le présentateur du journal télévisé sur la première chaîne. Après un long passage sur une grande radio nationale dont il avait été le directeur d'antenne, il était retourné à la télévision, il avait présenté le journal sur la chaîne publique pendant près de dix ans, puis avait animé une matinale sur une station de radio. Ses entretiens directs et incisifs, étayés, cultivés, nourris de références précises, lui avaient rapidement assuré une réputation de cogneur habile. C'est à cette époque qu'il avait conçu *Grand Oral*, un show médiatique au centre duquel brillait un invité politique interviewé par Farel lui-même, mais aussi par des écrivains, des acteurs, des représentants de la société culturelle qu'il choisissait pour leur audace subversive – à chaque émission sa polémique, son quart d'heure d'affrontements avec injures, ses menaces de procès pour diffamation et, dès le lendemain, son compte rendu dans les principaux médias et réseaux sociaux. Longtemps, il avait animé cette émission en direct mais à l'âge de soixante-sept ans, il avait été victime chez lui d'un AVC mineur : l'espace de quelques secondes, il avait perdu sa capacité de parole. S'il n'en avait conservé aucune séquelle et avait réussi à garder cet épisode secret pour préserver sa carrière, il avait imposé d'enregistrer l'émission à l'avance, officiellement pour plus de liberté et de confort, en réalité parce qu'il était terrifié à l'idée d'avoir une attaque cérébrale en direct et de finir une carrière exemplaire sur YouTube. Il n'avait pas la moindre intention de quitter l'antenne ni envie de renoncer à ce qui lui donnait la force de continuer : sa passion pour la politique, l'adrénaline de l'exposition télévisuelle, la notoriété et ses avantages – et le pouvoir, ce sentiment de toute-puissance que de bonnes audiences et le fait d'être reconnu et accueilli partout avec déférence lui accordaient.

La charge narcissique, l'obsession de l'image, de la maîtrise – il était omniprésent à l'écran et maintenant, il guettait chaque matin, dans son miroir, sa dégénérescence programmée. Et pourtant, il ne se *sentait* pas vieux. Ses entreprises de séduction – car il aimait toujours plaire – se limitaient désormais à des déjeuners avec des consœurs, les moins de quarante ans ayant sa préférence –, et des primo-romancières qu'il repérait dans la presse à chaque rentrée littéraire et auxquelles il écrivait des lettres pleines d'admiration : *votre premier roman est ce que la nouvelle littérature produit de meilleur*. Elles lui répondaient toujours ; alors seulement, enveloppant comme une chattemite, il leur proposait un déjeuner dans un restaurant où l'on pouvait voir et être vu – elles acceptaient, flattées de discuter avec l'animal médiatique, il avait mille anecdotes passionnantes à raconter, il existait dans leurs regards, ça n'allait pas plus loin, tout le monde était content.

Les locaux de la chaîne étaient un véritable vivier de chair fraîche : journalistes, stagiaires, invitées, éditorialistes, présentatrices, hôtesses d'accueil. Parfois, il se surprenait à rêver de refaire sa vie avec l'une d'entre elles, à lui faire un enfant. Elles étaient si nombreuses à être prêtes à échanger leur jeunesse contre la sécurité. Il les introduirait dans le monde des médias – avec lui, elles auraient dix ans d'avance sur les autres – tandis qu'en s'affichant à leurs côtés il rajeunirait de quelques années en explorant une nouvelle vitalité sexuelle. Il connaissait tout cela par cœur, mais il manquait de cynisme : il n'aurait pu appeler amour ce qui n'était qu'un troc. Et puis, il ne s'était jamais résolu à quitter sa compagne de l'ombre, Françoise Merle, journaliste de presse écrite, Prix Albert-Londres dans les années soixante-dix pour un reportage exceptionnel, *Les Oubliés de la cité Palacio*, en Seine-Saint-Denis. Elle avait commencé comme journaliste au service société d'un grand quotidien. Par la suite, elle avait été successivement reporter, rédactrice en chef, directrice adjointe de la rédaction, directrice de la rédaction, avant d'échouer à l'élection au poste de directrice du journal. Elle était aujourd'hui conseillère éditoriale, un titre abscons qui évitait d'affronter le sujet qui la dévastait depuis deux ans, cette mise au placard officieuse annonciatrice d'un départ à la retraite qu'elle redoutait et ce qu'elle avait entraîné : deux ans de dépression et de traitements anxiolytiques pour supporter la disgrâce d'être poussée vers la sortie alors qu'elle se sentait encore efficace et compétente.

Jean avait rencontré Françoise Merle trois ans après la naissance de son fils, Alexandre, dans les couloirs d'une association qu'il avait créée, Ambition pour tous, regroupant des journalistes désireux d'aider des lycéens issus de milieux défavorisés à intégrer les écoles de journalisme – une femme belle, cultivée, généreuse, qui venait de fêter son soixante-huitième anniversaire, et avec laquelle il vivait depuis près de dix-huit ans *une double vie*. Pendant des années, il avait juré à Françoise qu'*un jour* ils seraient ensemble ; elle ne s'était pas mariée, n'avait pas eu d'enfant, elle l'avait attendu vainement ; il n'avait pas eu le courage de divorcer, moins par amour pour sa femme – il y avait longtemps que son intérêt pour Claire était circonscrit à la vie familiale – que par désir de protéger son fils, lui assurer un cadre stable, équilibré. Alexandre avait été un enfant d'une exceptionnelle précocité intellectuelle, il était un jeune homme brillant, un sportif émérite mais, dans la sphère privée, il lui avait toujours semblé immature. Alexandre venait d'arriver à Paris pour assister à sa remise de décoration à l'Élysée : le soir même, Jean serait fait grand officier de la Légion d'honneur. Depuis que Claire avait annoncé leur séparation, il n'avait revu son fils qu'une seule fois. Il lui avait affirmé que rien n'était irréversible tant que la séparation n'était pas officielle – il espérait secrètement que sa femme réintégrerait le domicile conjugal une fois qu'elle se serait lassée d'une relation qui se heurterait rapidement aux contingences détestables du quotidien. C'est pourquoi il n'avait rien dit à Françoise, elle aurait trouvé là un argument pour lui imposer un engagement dont il ne voulait plus. Il l'aimait, il lui était viscéralement attaché par des liens si profonds qu'il ne pouvait les briser sans se saccager lui-même mais il savait, avec une acuité coupable, que son temps était passé. Elle avait quasiment son âge ; il ne pouvait pas s'afficher avec elle sans compromettre son image sociale. Elle lui donnerait le coup fatal : le coup de vieux. Dans les milieux intellectuels, sa femme suscitait respect et admiration quand lui était fréquemment taxé d'opportunisme et de démagogie. Claire avait été un atout, il n'avait pas hésité à poser avec sa famille dans certains magazines, se présentant au public comme un époux fidèle, bon père, attaché à son foyer, respectueux du travail de sa jeune femme – et elle avait joué le jeu, consciente des répercussions qu'une mise en scène médiatique savamment orchestrée pouvait avoir sur sa propre carrière. Ces articles, Françoise les découvrait dans la presse et, dans ses accès de détresse, rompait avec le sens de la théâtralité qu'imposait ce vaudeville intime en disant qu'elle ne supportait plus la place qu'il lui avait assignée : *Va te faire foutre !* s'emportait-elle, *tu recherches une mère pas une femme, va voir un psy !* avant de partir en claquant la porte. C'était pathétique, évidemment. Cela survenait de plus en plus souvent... Sa mère, c'était un sujet tabou. Anita Farel était une ancienne prostituée toxicomane qui, après avoir eu quatre fils de trois pères différents, les avait élevés dans un squat du XVIIIe arrondissement. Jean l'avait retrouvée morte, un après-midi, en rentrant de l'école, il avait neuf ans. Ses frères et lui avaient été placés à la DDASS. À cette époque, Jean s'appelait encore John, surnommé Johnny – en hommage à John Wayne dont sa mère avait vu tous les films. Il avait été accueilli et adopté par un couple de Gentilly, en banlieue parisienne, avec son petit frère, Léo. Ce dernier, un ancien boxeur âgé de soixante et un ans, était son plus proche confident, l'homme des basses œuvres qui réglait dans l'ombre toutes les petites affaires dont Jean, de par son statut, répugnait à s'occuper. Au sein de leur famille d'accueil, la femme élevait les enfants, le mari était entraîneur sportif. Ils les avaient aimés comme leurs propres enfants. John n'avait pas fait d'études mais avait gravi seul tous les échelons à une époque où l'on pouvait encore réussir en autodidacte avec du culot et de l'ambition. Dès qu'il avait été embauché à la radio, il avait changé d'identité et francisé son prénom en choisissant Jean, plus élégant, plus bourgeois. De ce passé, il parlait peu. Une fois par an, au moment des fêtes de Noël, il réunissait ses parents adoptifs, son frère Léo et leurs deux autres frères, Gilbert et Paulo, qui avaient été élevés au sein d'une même famille dans le Gard, ils étaient agriculteurs – c'était tout.

Jean avait fait un premier mariage raté à trente-deux ans – union qui n'avait duré que quelques années – avec la fille d'un industriel, puis un second, auquel sa femme souhaitait mettre un terme. Quand il avait rencontré Claire, elle était très jeune mais beaucoup plus mature que les filles de son âge – et elle était rapidement tombée enceinte. Il lui avait quelque temps reproché de lui avoir fait un enfant « dans le dos » avant de céder à l'attraction de la transmission génétique : à la minute où il avait vu cet enfant, il l'avait aimé. Il était ébloui par ce fils aux cheveux blond vénitien, aux yeux bleus, d'une beauté pure, qui lui ressemblait si peu, lui le brun aux yeux noirs. Quand il le voyait, il savait qu'il avait fait le bon choix en privilégiant la sécurité affective de son fils. Alexandre avait réussi au-delà de ses espérances. À chacun, il aimait rappeler que lui, l'autodidacte, avait engendré un polytechnicien – y avait-il meilleure satisfaction dans la vie ? Son fils, « la plus grande réussite de son existence », répétait-il – une affirmation bien présomptueuse pour un homme qui avait connu tous les succès professionnels et qui avait fait de sa longévité télévisuelle l'objectif de toute une vie. On le disait égocentrique, vaniteux, impétueux, belliqueux, caractériel – ses colères étaient célèbres – mais aussi combatif, pugnace : une bête de travail, un homme qui avait placé sa carrière au-dessus de tout. Petite consolation : maintenant que Claire était partie, il pouvait s'y consacrer pleinement.

À son âge, malgré des audiences correctes, il entrait dans la zone de turbulences et s'accrochait désespérément à un siège convoité et éjectable. Il avait passé la nuit dans ses locaux professionnels, il avait fait aménager tout un espace en appartement privé, il y avait une chambre, un dressing, un bureau avec un coin salon et une cuisine. Françoise l'avait rejoint la veille vers vingt-deux heures, accompagnée de ce grand chien que Jean lui avait offert huit ans auparavant, un caniche royal doux et placide qu'ils avaient appelé Claude. Il l'entendait se préparer dans la pièce d'à côté, elle écoutait, radio à fond, la matinale d'un jeune concurrent qu'il détestait. Il pédalait sur son vélo d'appartement quand elle fit irruption dans la pièce, vêtue d'une nuisette en soie bleu nuit, le visage sans fards. C'était une jolie femme blonde aux cheveux courts, à la démarche énergique dont on décelait, au premier regard, l'extraordinaire vivacité intellectuelle.

— Il faut que je parte, dit-elle en rassemblant ses affaires, son immense chien collé à ses jambes.

La réunion de rédaction avait lieu à 7 h 30, elle arrivait toujours au journal vers 6 h 30 ; lui ne prenait l'antenne pour son interview quotidienne qu'à 8 heures.

Jean descendit de son vélo d'appartement, essuya son visage dans une serviette de toilette blanche brodée à ses initiales.

— Attends, je vais te servir un café.

Il l'entraîna vers la petite cuisine, le chien à leur

33

suite. Elle prit place autour de l'îlot central tandis qu'il lui versait le liquide brûlant dans une tasse à l'effigie de George Bush – il en possédait toute une collection, à portée humoristique.

— Il faut vraiment que j'y aille, je n'ai pas beaucoup de temps.

— Assieds-toi ! Le temps, il faut savoir le prendre ; moi aussi, j'ai une interview ce matin.

— Oui, mais toi tu as déjà tout préparé hier, tu ne laisses rien au hasard, je te connais.

— Assieds-toi deux minutes.

Associant le geste à la parole, il la poussa doucement sur le haut tabouret en serrant sa main dans la sienne.

— Finalement tu es comme moi, ironisa-t-il, tu ne lâches rien.

Il s'assit à son tour, se servit une tasse de café.

— J'aime mon métier, dit-elle. Le journalisme me constitue profondément.

— Moi aussi, je n'ai jamais cessé d'aimer ce métier.

— Mais toi tu ne recherches pas le respect professionnel ; ce qui t'intéresse, c'est l'amour du public, c'est toute la différence entre toi et moi.

— C'est une responsabilité immense, tu comprends, d'être vu et aimé par des millions de gens, de recevoir tant d'amour.

— C'est aussi une responsabilité immense d'être lu par des millions de lecteurs.

— Oui mais les lecteurs jugent essentiellement ton travail. Dans mon cas, c'est autre chose, ils me voient à l'écran, je fais partie de leur paysage quotidien, un lien affectif se crée, je suis un peu de leur famille.

Il se rapprocha d'elle, passa sa main sur sa joue. Elle avait une peau relâchée, griffée de rides ; tout en prenant soin d'elle, elle refusait de céder aux diktats du jeunisme et de faire retoucher son visage.

— Tu viens ce soir ? S'il te plaît…

Elle recula brusquement pour échapper à sa caresse.

— Pour te voir récupérer ta médaille sous les applaudissements ? Non, depuis le temps, tu devrais le savoir, je ne suis pas sensible aux hochets.

— Oui, toi tu es intègre, tu as les mains propres. Puis, sur un ton adouci, il ajouta : Si tu ne viens pas, tout cela n'a aucun sens pour moi… Mon fils sera là. Il a fait le déplacement pour moi…

Françoise se leva.

— Je n'ai pas vraiment envie de t'entendre chanter les louanges de ta femme sans laquelle tu ne serais jamais arrivé là ni voir son émotion quand le Président lui remettra une gerbe de roses devant tout Paris.

C'était vrai : Claire lui avait promis qu'elle viendrait pour ne pas l'humilier.

— Mon mariage est une vitrine sociale, rien d'autre et tu le sais.

— Mais tu ne le brises pas.

Il eut un moment d'hésitation. Il pouvait lui annoncer que Claire l'avait quitté. Qu'elle vivait depuis trois mois avec un autre homme, *un juif*. Mais il faudrait aussi, pour cela, lui avouer qu'il espérait qu'elle reviendrait.

— Je ne veux pas faire de mal à mon fils alors qu'il traverse une période importante de sa vie et qu'il est encore fragile.

Il se leva à son tour, s'approcha d'elle et l'embrassa avec tendresse.

— Je t'aime.

Il la pressa légèrement contre lui.

— Ce matin, après la radio, j'ai rendez-vous avec Ballard, le directeur des programmes, dit-il tandis qu'elle se dirigeait vers la chambre.

Il la suivait et l'on sentait, dans ce besoin physique d'être près d'elle, leur grande intimité.

— Ça va bien se passer.

— Il cherche à me déstabiliser, il me déteste.

Ils entrèrent dans la chambre, le chien à leur suite. Jean s'assit sur le rebord du lit, regarda Françoise retirer sa nuisette avec grâce, puis enfiler un pantalon noir et un pull bleu électrique.

— Comment un homme aussi complexe que toi peut être parfois si binaire ? Ton monde est divisé entre ceux qui t'aiment et ceux qui ne t'aiment pas.

— Si tu n'aimes pas mon émission, c'est que tu ne m'aimes pas, évidemment. Et ce nouveau directeur ne m'aime pas. Il me trouve trop vieux, voilà la réalité. Il pense : le vieux, il s'accroche, le vieux, il veut rien lâcher. Tu te rends compte de la violence !

Elle rit.

— Au vu de l'actualité, je donnerais une autre définition de la violence.

— Tu n'as jamais pris au sérieux ce que je faisais. C'est devenu de plus en plus dur. Qui met-on en couverture des magazines maintenant ? Les jeunes animateurs à belle gueule… Il ne faut rien lâcher… Jamais… Ce milieu est terrible, tu ne peux pas comprendre.

Les traits de Françoise se crispèrent en une moue de défiance.

— Si, je peux le comprendre. À un certain niveau, être journaliste, c'est savoir gérer la pression. Entre ceux qui se plaignent des papiers qui ne leur conviennent pas, qui s'estiment diffamés à la moindre critique, les coups de fil des politiques ou de leurs sbires, les courriers incendiaires des lecteurs qui menacent de se désabonner, les journalistes qui se cabrent, les misogynes qui ne supportent pas d'être dirigés par une femme, ceux qui veulent ma

36

place, j'ai à faire, crois-moi... Et je ne te parle même pas de la violence des réseaux sociaux... Aujourd'hui, un bon journaliste doit avoir au minimum vingt mille abonnés sur Twitter, ce qui signifie y passer une grande partie de sa journée ; moi, j'ai l'impression d'y perdre mon temps. Pour les jeunes, j'incarne le journalisme de maman, ils n'ont jamais lu un seul de mes reportages, ils me voient comme une relique. Passé cinquante ans, les femmes sont transparentes, c'est ainsi, je n'en ressens aucune amertume.

— Comment peux-tu être si pessimiste ?

— Je suis lucide : un jour, tu me quitteras pour une autre femme ; elle sera beaucoup plus jeune et elle, tu l'épouseras.

— Jamais, tu m'entends, jamais je ne te quitterai.

Elle ne l'écoutait pas, déroulant sa pensée.

— À un moment donné, c'est comme ça, dans sa vie privée comme dans sa vie professionnelle, il faut savoir partir.

— Pourquoi est-ce que je devrais quitter l'antenne ? demanda-t-il, cédant à son habitude de tout ramener à lui. À un an de la présidentielle ? Je n'ai jamais été aussi bon qu'aujourd'hui, aussi offensif, aussi libre.

Elle sourit.

— Aussi libre, en es-tu sûr ? À chaque remaniement, à chaque élection, tu mets toute ton énergie à plaire au gouvernement en place.

Il se crispa.

— Qui peut affirmer qu'il est réellement indépendant ? Dans l'audiovisuel public, on dépend du pouvoir politique, c'est comme ça, le rapport de forces finit parfois en connivence... Et puis, tu es mal placée pour me faire la morale... Qui sont les actionnaires de ton journal ? Un duo de grands patrons proches du Président...

— Quel rapport ? Ils n'interviennent pas sur le contenu de nos papiers ! Qu'est-ce que tu crois ? Qu'une rédaction de plus de quatre cents journalistes se dresse comme un chien ?

Il ne réagit pas. Elle se détourna légèrement, puis dit froidement :

— Mon journal va publier un entretien de ta femme dans l'édition de demain. Le directeur de la rédaction a proposé de l'annoncer en une sous la photo et l'article consacrés aux événements de Cologne.

Quelques jours plus tôt, dans la nuit du 31 décembre 2015 au 1er janvier 2016, des centaines d'Allemandes s'étaient rendues dans les postes de police pour porter plainte ; elles affirmaient avoir subi des agressions sexuelles et des viols sur une place principale, à Cologne, pendant la fête du réveillon – le nombre d'agresseurs était estimé à mille cinq cents. Certains auteurs des actes avaient été interpellés, c'étaient des immigrés originaires d'Afrique du Nord pour la plupart, et cette actualité tragique avait entraîné une salve de critiques contre la politique de régularisation massive de migrants en provenance notamment de Syrie mise en œuvre par Angela Merkel. Claire Farel s'était d'emblée détachée de certaines intellectuelles et femmes politiques d'extrême gauche qui avaient affirmé craindre « des instrumentalisations racistes au lieu de commencer par condamner les actes de violence commis contre les femmes attaquées ». La maire de Cologne elle-même, redoutant une stigmatisation des immigrés, avait mis en garde contre les amalgames avant de conseiller maladroitement aux femmes de « s'éloigner des hommes ». C'était cette expression – « s'éloigner des hommes » – qui avait motivé la réponse de Claire.

Elle souhaitait, disait-elle dans l'entretien, « vivre dans une société où les femmes ne devraient pas être obligées de s'écarter des hommes pour être tranquilles ». Elle dénonçait ce déséquilibre, certaines féministes plaçant selon elle la défense des étrangers avant celle des femmes attaquées. Elle jugeait que ce silence était « coupable ». Tout en condamnant les amalgames, elle refusait de fermer les yeux sur les actes « répréhensibles commis par ces hommes sur le territoire allemand. On devrait se taire parce que nous avons peur de voir l'extrême droite marquer des points ? Quelle terrible injonction fait-on à ces femmes agressées ? *Taisez-vous parce qu'en parlant vous allez faire le jeu du fascisme.* C'est une erreur, et pour le combat féministe, un déshonneur. Nous dénonçons les responsables pour ce qu'ils font, pas pour ce qu'ils sont. Les femmes agressées doivent être écoutées et entendues, et leurs agresseurs, quels qu'ils soient, punis ».

— Je n'ai pas aimé cet entretien, continua Françoise, je l'ai publiquement critiqué hier pendant la conférence de rédaction, il stigmatisera davantage les étrangers en Allemagne mais aussi en France, et en particulier les musulmans.

— J'avais oublié que j'étais amoureux d'une islamo-gauchiste, plaisanta Jean.

— Ne joue pas les idéologues, pas avec moi.

Claude se mit à aboyer en tournant autour d'eux.

— Bon, il est temps que j'y aille, cette conversation ne mènera à rien.

— Au contraire, il faut en débattre. Je reçois le ministre de l'Intérieur dans mon émission aujourd'hui ; mon équipe a justement fait un reportage qui montre que la municipalité de Cologne a tenté d'étouffer l'affaire. Ça va me permettre de rebondir sur la place de l'islam en Europe.

— L'islam... tu n'en as pas assez de nous servir comme les autres ce marronnier ? Tu vas te faire de nouveaux amis. Au moindre faux pas, la chaîne cherchera à te virer...

— Ils sont si nombreux à vouloir prendre ma place.

— Oui, je le sais.

— Plus que tu ne le crois...

— Qu'es-tu encore prêt à faire pour garder ton émission ?

Il se mit à rire :

— Tout.

3

Au cours de la rencontre littéraire qu'Adam Wizman avait menée devant ses élèves dans l'école juive
où il enseignait le français, Claire avait lu un extrait
de son livre, puis un autre du *Deuxième sexe*, de
Simone de Beauvoir. Adam lui avait écrit plusieurs
lettres en l'espace de six mois pour la convaincre de
venir dans cet établissement. Il avait compris que la
réticence de Claire tenait en partie au caractère
confessionnel de l'école ; il avait insisté en arguant
qu'il souhaitait que ses élèves aient accès aux grands
textes féministes et, notamment, aux écrits de
Simone de Beauvoir auxquels Claire avait consacré
un livre. Adam avait fait étudier ce texte à ses élèves
la veille de la venue de Claire, elle avait répondu à
toutes les questions posées par les lycéens et, le lendemain, il avait été convoqué par la direction de
l'école : deux élèves avaient raconté à leurs parents
que l'essayiste avait évoqué la place de la femme et
le mariage « dans des termes contraires à ce qu'enseigne la Torah ». Les parents, annonçait la direction, étaient « sous le choc ». En cause, une phrase :
« Le drame du mariage ce n'est pas qu'il n'assure pas
à la femme le bonheur qu'il promet – il n'y a pas
d'assurance sur le bonheur – c'est qu'il la mutile – il

la voue à la répétition et à la routine. » Dans ce milieu juif conservateur, le mariage restait un acte suprême, valorisé et sanctuarisé ; la vie quotidienne était encadrée par les préceptes du judaïsme, les rôles, rigoureusement distribués, et si la grande majorité des parents d'élèves affichait une ouverture d'esprit et avait accueilli la visite de Claire avec enthousiasme, une minorité avait fait pression sur la direction, exprimant la crainte de « la mauvaise influence que *cette femme* pourrait avoir sur leurs filles ». À l'issue de la rencontre, une pétition avait été organisée et Adam reçut un avertissement. C'est ainsi qu'avait commencé leur relation : sous le signe de la menace. Ils venaient de deux mondes radicalement différents. Adam Wizman était né et avait grandi à Paris, dans le XXe arrondissement, au sein de l'une de ces familles juives protectrices et aimantes qui avaient fait de l'éducation de leur progéniture et de l'application de ce qu'elles nommaient avec une pointe de fierté « les valeurs juives » le sens ultime de leur vie. Originaires d'Afrique du Nord, ses parents étaient arrivés en France au début des années soixante, rêvant pour leurs enfants d'une ascension dont les contraintes de l'exil les avaient en partie privés : le père était comptable ; la mère, assistante sociale au sein d'un organisme d'aide à l'enfance, des juifs traditionalistes, respectueux du rite à la maison, plutôt laïcs à l'extérieur de chez eux. Après une maîtrise de lettres modernes à la Sorbonne, Adam avait obtenu un poste d'enseignant à Toulouse, où il avait rencontré celle qui, six mois plus tard, allait devenir sa femme, Valérie Berdah, une jeune prothésiste dentaire. Petite brune à lunettes, aux yeux marron tirant sur le vert, à la peau claire, légèrement corpulente, toujours souriante, elle avait été la partenaire idéale : enjouée, aimante, compréhensive. Ensemble, ils avaient eu deux filles qu'ils avaient scolarisées, à la demande de Valérie, dans une école juive qui, quelques années plus tard, le 19 mars 2012, allait être la cible d'un attentat au cours duquel trois enfants et un père de famille avaient trouvé la mort dans des circonstances effroyables, assassinés par un islamiste radical. En France, en 2012, un homme pénétrait dans une école pour tuer à bout portant des enfants parce qu'ils étaient juifs et filmait son crime, caméra GoPro vissée sur le torse. La France, sidérée, assistait à la résurgence, sous une forme nouvelle, d'une barbarie qu'elle croyait éteinte, et tentait d'analyser, sans y parvenir, la mécanique effroyable qui avait mené à sa propre dislocation. Adam et sa femme avaient déscolarisé leurs filles du jour au lendemain avant de décider, comme bon nombre de leurs proches, traumatisés par cette tragédie, de quitter la France. Toutes les conversations qu'ils avaient se concluaient par la même affirmation funeste : les juifs d'Europe ne devaient plus occulter la réalité d'un antisémitisme qui tuait. Ils pouvaient encore rester quelques années, gagner du temps, opter pour un attentisme et un déni hypnotiques mais tôt ou tard, eux ou leurs enfants seraient contraints de quitter l'Europe pour se prémunir d'une éventuelle menace, par lassitude de devoir tolérer l'inacceptable au nom de la paix sociale et, par la force des choses, par peur de l'effacement. Le livre de chevet d'Adam, c'était *La Disparition* de Georges Perec. Il racontait à Claire que, selon la tradition juive, le monde avait été créé avec des lettres. Le retrait d'une seule lettre dans le texte original de la Bible en modifiait tout le sens. Il était convaincu que la contrainte de Perec – écrire en renonçant à l'emploi du « e » – trahissait inconsciemment la possibilité, toujours présente pour les juifs, de leur propre disparition. *Vivre heureux comme un juif en France*, il avait assimilé ce vieux dicton jusqu'en 2012, mais le jour où ce terroriste était entré dans l'école de ses filles pour les tuer, il avait décidé que c'en était fini. Dans la précipitation, ils s'étaient installés en Israël, à Ra'anana, une ville d'environ quatre-vingt mille habitants située au nord-est de Tel-Aviv où vivaient de nombreuses communautés immigrantes, originaires de France notamment – en trois ans, près de vingt mille juifs français avaient émigré vers Israël –, ils y avaient loué un appartement pendant six mois, mais l'expérience avait été désastreuse. Si Adam éprouvait un attachement profond pour cette terre, il avait compris qu'il ne s'y intégrerait qu'au prix d'une déformation de son être, et il n'était pas prêt pour ça. Il n'était pas prêt à supporter la charge agressive que le quotidien dans ce pays générait, il n'était pas prêt – lui qui n'avait connu que la solitude des minorités – à vivre au milieu d'autres juifs, comme lui. Il s'était senti mal à l'aise dans ce climat de familiarité permanente et si, quand il voyageait à l'étranger, il était toujours surpris par ce sentiment de proximité et de fraternité qui naissait dès qu'il rencontrait un autre juif, il n'avait pas, en Israël, ressenti la moindre complicité avec quiconque. Et puis, il y avait autre chose qui le minait et dont il n'osait parler à personne : l'absence de conscience politique de ceux qui étaient partis en même temps que lui et pour les mêmes raisons – le conflit israélo-palestinien n'était plus qu'une réalité abstraite, niée, une fatalité dont nul ne cherchait plus l'issue, chacun acceptant au nom de sa propre sécurité, de sa tranquillité, une déroute morale de laquelle tout, dans le judaïsme humaniste dont il se revendiquait, était censé les préserver. Ils étaient donc rentrés en

France, abattus par le constat d'échec et la souffrance qu'il suscitait. Dès son retour, Adam avait obtenu ce poste de professeur de français dans une école juive. Il avait vécu avec sa famille en vase clos sans autre vie sociale qu'une existence communautaire et c'est à cette époque que sa femme était devenue très pratiquante. Elle avait commencé par changer son prénom, elle avait renoncé à Valérie et se faisait appeler Sarah. Elle avait remplacé ses pantalons par des jupes qui rasaient le sol, ses tee-shirts décolletés par des pulls amples à manches longues et avait annoncé à Adam qu'elle souhaitait se couvrir la tête – elle portait désormais un fichu – et respecter plus strictement les interdits alimentaires, le shabbat et « les lois de la pureté familiale » – des préceptes très précis qui interdisaient à la femme d'être en contact avec son mari du premier jour des règles jusqu'au douzième jour suivant, au terme duquel, à la nuit tombée, elle devait se tremper dans un bain rituel rempli d'eau de source pour *se purifier*. Ils ne dormaient pas ensemble – pendant cette période, sa femme couchait sur un matelas posé à même le sol, contre la volonté d'Adam qui ne supportait pas l'image du corps de sa femme quasiment par terre – et, un jour, il en eut assez de se voir sans désir et sans avenir. Pendant près de vingt ans, il était resté fidèle à cette femme qui l'encourageait comme un chef d'équipe tandis qu'elle veillait à l'éducation de leurs enfants, une de ces femmes *vaillantes* que glorifiait le judaïsme et qu'il célébrait, à sa demande, chaque vendredi soir dans un chant traditionnel intitulé « La femme vertueuse », mais à quarante-deux ans, alors qu'il avait le sentiment de vivre avec une parfaite étrangère, il avait connu Claire, il avait connu cette combustion amoureuse et sexuelle et sa vie, du jour au lendemain, était devenue « une lutte pour ne pas foutre le camp et tout lâcher ».

L'absolutisme contingent du désir – Adam et elle ne s'étaient plus quittés alors qu'au moment de leur rencontre, aucun des deux n'était en quête d'une aventure ; aucun des deux n'avait vraiment envie d'éprouver son équilibre familial, ils étaient alors les habiles mystificateurs du bonheur conjugal. On les citait en exemple. Des modèles de *stabilité*. Une fiction nécessaire dans une société qui avait fait de l'exhibition d'un bien-être virtuel le baromètre de la réussite sociale. Et puis, il y avait autre chose : le fusible identitaire, ce qu'Adam appelait « le poids de la judéité » et qui, pendant un an, l'avait retenu de faire un choix radical et de changer de vie. Au bout de deux mois de liaison, Adam avait avoué à Claire qu'il ne pourrait pas s'engager avec elle parce qu'il n'était pas prêt à *briser son foyer* – un foyer *juif* avec tout ce que cet adjectif cristallisait de devoirs et d'obligations morales, d'impératifs religieux et de névroses exclusives –, à se résoudre à partir du pavillon où avait emménagé sa famille ni à déclencher un conflit qui provoquerait une séparation et le priverait quotidiennement de ses filles. Il avait besoin d'une certaine sécurité que Claire ne saurait pas lui procurer. Pendant un an, ils s'étaient donc contentés de cet amour parallèle : quand ils le pouvaient, ils passaient la journée ensemble, à faire l'amour, et quand ils rentraient chez eux, c'était, à nouveau, la même culpabilité, le même désir de tempérance et de tranquillité. Adam répondait au questionnement empathique de sa femme : *Tu as passé une bonne journée ? Tu as bien travaillé ?* Que pouvait-il lui répondre ? Ce jour-là, il l'avait consacré à *jouir*, un mot dont il découvrait, à plus de quarante ans, la portée subversive. Le sexe, la seule décharge vitale qui tenait à distance l'asthénie où son drame personnel l'avait si longtemps plongé. Jusque-là, il n'avait exploré la sexualité qu'à travers le prisme d'une conjugalité sereine, une expérience agréable, codifiée et simple dont il avait fini, avec le temps, par pouvoir se passer tant elle s'apparentait à une pratique hygiéniste et n'inspirait aucun désir de répétition, et il avait soudain connu ce que la passion amoureuse offrait de plus intense mais aussi de plus destructeur – l'impétuosité et le tumulte, le plaisir et le dérèglement intérieur, l'abandon, la consomption totale de soi – et, chaque fois qu'il réintégrait son foyer, épuisé par l'énergie et la vigueur qu'exigeait cette relation, il se persuadait qu'il n'aurait jamais le courage de quitter une vie dont il avait érigé toutes les fondations pour une histoire qui s'était principalement épanouie dans l'ombre d'une correspondance secrète, en grande partie érotique, et qui n'avait pas été confrontée au réel et à l'expérience de l'intimité quotidienne – à la *vraie* vie. Au contact de Claire, il avait pris la mesure de son aliénation, le prix à payer pour sa placidité conjugale : avec elle, il avait modifié sa façon de penser ; avec elle, il deviendrait enfin cet homme en phase avec lui-même. Oui mais exclu de sa communauté. Un paria. Un juif coupable d'avoir abandonné son foyer. La honte – il n'était pas prêt pour ça et c'est pourquoi, pendant des mois, il avait refusé tout engagement. Il avait été élevé dans l'obsession de la préservation d'une spécificité juive. Combien de fois avait-il entendu cette phrase à l'adolescence ? En tant que JUIF, tu as des DEVOIRS, tu fais partie d'un PEUPLE dont tu dois assurer LA SURVIE.

C'était ça, une histoire de la transmission et de la survie en milieu hostile, une histoire amplifiée par les récents événements. En janvier 2015, il avait dû affronter le nouveau traumatisme qu'avaient représenté les tueries à *Charlie Hebdo* et à l'Hyper Cacher de la porte de Vincennes ; la mort de deux policiers aussi. L'horreur se répétait. Pendant les trois jours qui avaient suivi les drames, il n'avait pas pu travailler, il était resté enfermé chez lui avec sa femme et leurs filles, volets clos. Leur tragédie intime, un destin commun, leur condition hasardeuse les soudaient plus qu'aucun amour. Au début de sa relation avec Claire, quand la communion sexuelle annihilait la capacité de penser à autre chose qu'à faire l'amour, il avait failli plus d'une fois faire ses valises mais il lui avait fallu attendre un an pour trouver enfin le courage d'annoncer à sa famille qu'il partait définitivement et de s'imaginer organisant le divorce religieux dont sa femme aurait besoin si elle voulait refaire sa vie, scandant devant le juge rabbinique à celle qui lui avait donné ses deux filles adorées, qui avait soutenu tous ses projets professionnels, qui l'avait aidé nuit et jour quand il était abattu, quand il doutait de lui, avec laquelle il avait eu si peur, ces mots qu'il se reprocherait jusqu'à sa mort :

> *Je te répudie,*
> *Je te répudie,*
> *Je te répudie.*

Il avait redouté de faire cohabiter sous le même toit ses filles, qui n'avaient connu que ce carcan juif, la plus jeune ayant même suivi le chemin spirituel de la mère, avec Claire, femme moderne, athée, laïque, qui voyait dans la mixité l'expression plénière de la liberté de choix et une source de richesse. Il avait eu peur de fragiliser davantage Mila, sa fille aînée, qui redoublait sa classe de terminale et semblait ne jamais pouvoir sortir de la crise personnelle dans laquelle l'attentat commis trois ans plus tôt dans son école l'avait plongée ; sa fille était restée vulnérable, elle consultait régulièrement un psychiatre, elle avait souvent des pensées morbides, des cauchemars qui s'achevaient par des tirs de kalachnikovs, chaque nuit elle se réveillait en larmes ; c'est pourquoi pendant des mois, Adam s'était laissé gagner par la tentation de l'immobilisme. C'était sans compter sur le goût de Claire pour la transparence et la légitimation d'une situation dont elle souffrait plus que lui. Pendant des mois, ils n'avaient fait que rompre et revenir, conscients que cette complicité intellectuelle, sexuelle, cet amour exceptionnel ne seraient pas une opportunité renouvelable. Elle avait fini par lâcher prise, consacrant la confirmation de toutes ces litanies qu'elle avait longtemps jugées ridicules sur la crise de la quarantaine, le besoin de réaffirmation de soi, la déflagration intime pour ceux qui, à cet âge, avaient eu l'opportunité de vivre sinon un nouvel amour, au moins une passion sexuelle avant le déclin. Et puis un matin, il avait annoncé à Claire qu'il avait fait son choix : il allait divorcer.

Les jours qui avaient précédé la séparation, Adam avait tenté d'imaginer toutes les réactions que son épouse pourrait avoir quand il lui annoncerait qu'il quittait le domicile conjugal parce qu'il aimait une autre femme. Il avait imaginé qu'elle pleurerait, jetterait ses affaires, l'insulterait peut-être, le menacerait de détruire sa vie, de l'éloigner de leurs filles, il était persuadé qu'elle contacterait un médiateur pour les réconcilier ou le ramener à la raison : rabbin, amis, connaissances, membres de leur famille, fidèles de la communauté, mais à aucun moment il n'avait envisagé qu'elle l'ignorerait. Elle avait refusé de lui parler, de le regarder, comme s'il était devenu totalement transparent, comme s'il était impur, et il l'avait vue errer de pièce en pièce, vaquant à ses occupations, sans jamais manifester la moindre émotion ; elle lui signifiait qu'il n'existait plus : il pouvait bien gesticuler, parler, manger, déambuler dans l'appartement, il était mort pour elle. Le lendemain, elle annonçait au directeur de l'établissement où il enseignait qu'il l'avait quittée « pour une non-juive avec laquelle il menait une liaison adultère depuis longtemps ». Adam fut licencié. Il avait rempli une valise avec ses affaires et était parti rejoindre Claire dans la chambre d'un hôtel parisien. Quelques jours plus tard, ils louaient un appartement meublé dans le XIIIe arrondissement de Paris et s'installaient ensemble.

4

Quand il avait appris que ses parents se séparaient, Alexandre n'avait pas manifesté la moindre émotion. Sa mère le lui avait annoncé par téléphone à l'automne 2015 et tout ce qu'il avait trouvé à dire fut : *j'habiterai chez qui quand je serai à Paris ?* Elle lui avait répondu qu'il serait chez son père puisque c'était sa maison et que l'appartement qu'elle louait avec son nouveau compagnon était trop petit. Alexandre en voulait à sa mère d'avoir déménagé en douce, pendant son absence, pour ne pas avoir à se justifier, elle avait agi lâchement, voilà ce qu'il avait pensé en apprenant la nouvelle de la séparation par téléphone alors qu'il se trouvait à des milliers de kilomètres mais quand il était venu une première fois à Paris, au moment des vacances de Thanksgiving, il avait joué le rôle que sa mère lui avait assigné : celui du fils compréhensif et conciliant alors qu'il ne rêvait que d'une chose, c'était de « foutre le feu ». Il n'avait pas osé dire à sa mère ce qu'il pensait d'Adam Wizman et de ses filles, il l'avait confié à son père dont il sentait qu'il serait un interlocuteur complaisant et avide, un allié de choix, heureux d'entendre que le nouvel élu était lisse et que ses filles, « deux petites feujs un peu coincées », n'avaient

51

« aucun sujet sérieux de conversation et récitaient une prière chaque fois qu'elles ingurgitaient quelque chose ». Le jour de leur rencontre, Adam lui avait posé des questions sur ses études, puis montré des photos de ses filles : Noa et Mila, avant qu'elles ne surgissent dans le restaurant casher où ils s'étaient donné rendez-vous. Mila était une jeune fille brune à la peau très blanche, de taille moyenne, mince, Claire avait raconté à Alexandre qu'elle avait échappé à un attentat trois ans et demi plus tôt et qu'elle en avait gardé une peur et une hypervigilance patho-logiques ; elle faisait visiblement des efforts pour les maîtriser. Noa, la plus jeune, avait les cheveux auburn et portait des vêtements qui recouvraient son corps. Ils avaient échangé quelques mots avant de comprendre qu'ils n'avaient rien en commun. Ce fut tout. Cette fois-ci, Alexandre n'avait pas prévu de les revoir, préférant rester chez son père, dans l'appar-tement de l'avenue Georges-Mandel qu'il occupait seul, son père ayant choisi de dormir à son bureau. Il avait toujours eu des relations particulières avec ses parents, un mélange d'affectivité sincère et de défiance. Il savait qu'il était un objet d'admiration pour eux mais il n'avait jamais connu ces manifesta-tions de tendresse physique, on ne s'embrassait pas chez eux, ou si peu. Il était déjà debout, il devait se préparer pour des entretiens qu'il s'apprêtait à passer en vue d'obtenir un poste chez Google : beaucoup de postulants, quelques élus, il fallait en être.

La performance, sa vie s'était longtemps réduite à ce seul mot. Premier de sa classe dès l'entrée en CP, il avait été remarqué par ses professeurs successifs ; à trois ans, il savait lire, compter et écrire. Il avait été formé dans un célèbre lycée parisien où il avait obtenu chaque année un diplôme d'excellence ; il avait intégré la classe préparatoire scientifique la plus prisée avant d'être reçu à l'École polytechnique à dix-neuf ans à la troisième place, et pour couronner un parcours sans fautes, il avait été accepté à l'université de Stanford, en Californie – deuxième au classement mondial –, où il vivait depuis six mois, soixante mille euros annuels de frais de scolarité, d'accord, mais il y recevait l'un des meilleurs enseignements du monde. Ça, c'était la face solaire, sociale. Côté sombre, il avait été un enfant trop sensible, renfermé, timide. En prépa, il avait eu constamment le sentiment d'être mis en difficulté et en échec et, quelques semaines après son arrivée à Polytechnique, il avait eu un passage à vide. Il avait détesté l'instruction militaire que l'école lui avait imposée le premier mois, cet encadrement soudain, cette brutalité nouvelle, il avait haï la discipline exigeante, ce caporalisme structurant et les entraînements qu'il devait exécuter chaque jour sur le camp de La Courtine sous les ordres de ses supérieurs, des types qu'il méprisait. Du jour au lendemain, il avait dû renoncer à cette dynamique intellectuelle à laquelle il s'était soumis durant ces deux années intensives en prépa pour devenir un corps en mouvement, tendu vers l'effort, sans cesse mis à l'épreuve et, au bout de trois semaines, il avait fait une tentative de suicide. Il s'était retrouvé à l'hôpital, dans un état de fatigue et de détresse totales, mais il en était reparti avec l'assurance que personne n'en saurait rien, une réputation était vite faite – les employeurs avaient déjà commencé à repérer les entrepreneurs de demain via LinkedIn. Pendant toute cette période, ses parents avaient été présents, ils l'avaient même surprotégé. En moins de deux ans, trois étudiants de grandes écoles s'étaient donné la mort. Fragilité conjoncturelle, surpression : le suicide restait l'un des grands tabous de ces établissements qui produisaient l'élite de la nation, tout était organisé pour éviter le passage à l'acte ; dans les universités américaines, des bergers polonais blancs à poil long, doux et affectueux, avaient même été mis spécialement à la disposition des élèves afin de leur apporter *tendresse et réconfort*. Après le mois passé à s'entraîner sur le camp militaire, Alexandre avait fait un long stage de six mois dans un internat d'excellence du sud de la France, un lieu où étaient regroupés de brillants élèves issus de milieux défavorisés que l'État cherchait à sauver, il leur avait donné des cours intensifs de mathématiques. Il avait choisi ce stage par intérêt, convaincu que sa dimension sociale serait appréciée par ses futurs recruteurs, en particulier aux États-Unis où la promotion de la diversité restait un enjeu majeur ; en réalité, il se souciait peu des questions de représentation et d'égalité, son monde était limité à quelques arrondissements parisiens et à deux régions de France mais, contre toute attente, il avait aimé cette expérience au point d'avoir gardé des contacts avec les élèves qu'il avait eu la chance de former. Il les avait revus lors de son précédent passage en France pour les aider à peaufiner leur CV et à rédiger des lettres pour les dossiers d'admission aux grandes universités internationales. Certains payaient pour ça ou demandaient de l'aide à leurs parents. Mais les autres ? Ceux dont les parents n'avaient ni les ressources financières suffisantes ni le niveau d'instruction requis ? Le CV, c'était l'œuvre d'une vie. Alexandre avait soigné le sien comme un sportif de haut niveau son corps. À présent, il s'entraînait à passer des entretiens oraux, en anglais, une langue qu'il parlait couramment depuis l'adolescence : stages intensifs dès l'âge de trois ans, cours particuliers, voyages réguliers en Angleterre et aux États-Unis, camps d'été à Oxford et Harvard à six mille dollars les quinze jours – il fallait être bilingue et même polyglotte si l'on espérait *faire carrière* à l'étranger. Il avait préenregistré des questions types sur son ordinateur et enclencha la première.

— Quels sont vos défauts ? demanda la voix robotisée.

Aussitôt, Alexandre répondit, dans un anglais parfait, avec décontraction et fluidité.

— Je crois que nos défauts peuvent devenir des qualités si on en a conscience. Je suis angoissé, j'aime toujours tout prévoir et anticiper, mais dans un cadre entrepreneurial, cela peut être un atout.

Nouvelle question :

— Comment vos camarades vous décriraient-ils ?

— Ils diraient sans doute que je suis trop perfectionniste. J'espère qu'ils ajouteraient que j'ai le sens du collectif et que je suis quelqu'un de loyal, sur lequel on peut compter en toute circonstance. Je pense qu'ils affirmeraient aussi que je suis ambitieux et flexible, je sais m'adapter aux situations qui se présentent, et je suis attaché à l'éthique. Dans nos métiers, il n'est pas rare d'être confronté à des entreprises dont les objectifs ou le mode de fonctionnement manquent de morale, je ne veux pas travailler dans ce genre d'entreprise car comme la plupart des étudiants que je côtoie au cours de cette année à Stanford, je veux donner un sens à ma vie et changer le monde en lui insufflant des valeurs positives.

— Quels sont les principaux traits de caractère d'un grand leader ?

— Un grand leader doit être capable de diriger des équipes et, à titre individuel, de donner confiance à ses employés, notamment en déléguant certaines responsabilités et en les valorisant, en leur donnant une part active dans la vie de l'entreprise.

— Quels risques avez-vous pris dans votre vie ?

Il n'avait pris aucun risque particulier. Il avait étudié, et c'est tout. Il fit toutefois référence à un exploit sportif : à quinze ans, avec ses parents, son oncle Léo et un guide, il avait escaladé l'aiguille du Midi. Puis il ajouta que le sport était la grande passion de sa vie, les courses en milieux extrêmes, en montagne, notamment.

— À quoi avez-vous consacré vos deux précédents étés ?

— J'ai donné des cours intensifs de mathématiques à des élèves issus de milieux défavorisés ; j'ai également fait un trail, le Mandela Day Marathon, à Imbali, en Afrique du Sud.

— De quel événement historique auriez-vous aimé être le témoin ?

— Je ne sais pas si l'on peut qualifier cela d'événement historique mais j'aurais aimé être dans ce bus, le 1er décembre 1955, quand Rosa Parks a refusé de céder sa place à un passager blanc. Un an plus tard, la Cour suprême des États-Unis déclarait anticonstitutionnelles les lois ségrégationnistes dans le bus et Rosa Parks luttait aux côtés de Martin Luther King.

— De quel accomplissement êtes-vous le plus fier ?

— Je suis fier de l'éducation féministe que ma mère m'a transmise. J'ai une vision totalement égalitariste des rapports homme/femme. J'ai souvent vu ma mère subir un traitement injuste, des commentaires sexistes, son travail était sous-estimé par certains confrères, elle en parlait librement avec nous, ça la rendait malade mais elle se battait, elle ne se présentait pas comme une victime, je suis donc assez fier d'avoir passé un été entier à lire une anthologie des grands textes féministes du XXe siècle.

Il se figea. Il se trouvait mièvre, simpliste, démagogue. Il détestait la sentimentalité. Il passa à la question suivante.

— Racontez votre plus grand échec.

C'était la question que tous les candidats redoutaient. Il fallait à la fois se présenter comme une personne ayant des facilités, de l'intuition, de la chance, encline à la réussite, et valoriser sa capacité à rebondir après un échec. Quelqu'un qui prétendait ne jamais avoir échoué paraissait suspect mais personne n'avait non plus envie de se présenter comme un loser définitif.

— À l'âge de dix-huit ans, j'ai écrit un recueil de nouvelles. J'ai toujours aimé écrire, je lis beaucoup, depuis l'enfance. J'ai envoyé mon texte à trente éditeurs, de façon totalement anonyme parce que je ne voulais rien demander à ma mère, qui est essayiste. Je voulais être jugé sur mon travail. Je n'ai reçu que des réponses négatives. Après ça, j'ai eu un fort sentiment d'échec. Trois ans plus tard, j'ai travaillé sur une nouvelle en particulier, j'ai participé à un concours organisé par un magazine d'étudiants et j'ai gagné le deuxième prix.

Il parlait trop de sa mère. Il allait donner l'image d'un étudiant influençable, dépendant, un fils à maman. Son téléphone vibra, il avait reçu un message via son compte LinkedIn, il le lut aussitôt : « Salut Alexandre, mon nom est Kevin et je travaille en tant que coordinateur des donneurs à la banque de sperme de Californie. Je te contacte parce que je constate à ton profil que tu es actuellement étudiant à Stanford et nous pensons que tu serais un excellent choix. Aussi, si toi ou l'un de tes amis êtes intéressés, vous trouverez tous les détails sur le fonctionnement, la compensation financière et les conditions en cliquant sur le lien suivant. » Il cliqua : mille cinq cents dollars par mois pour quelques gouttes de son sperme, l'idée avait du charme. Il visualisa les profils, les demandeurs pouvaient choisir leur donneur, son physique, son origine sociale, ethnique, religieuse, son niveau d'études. Ironie du sort, certains étaient prêts à payer une fortune pour qu'il soit le père de leur enfant alors que la femme qu'il aimait avait avorté six mois plus tôt. Au printemps 2015, alors qu'il effectuait son stage de troisième année au sein du cabinet du ministre de l'Économie, il avait eu une liaison avec une jeune conseillère de trente-quatre ans, Yasmina Vasseur. Diplômée de Sciences-Po et de l'ENA, Yasmina Vasseur était issue de la grande bourgeoisie tunisienne par sa mère et française par son père. Dès le début, elle ne lui avait pas promis grand-chose, elle était plus âgée que lui, elle voulait faire carrière en politique, elle devait être irréprochable, c'était inenvisageable. Ils avaient vécu une histoire intense qui s'était terminée tragiquement quand elle avait découvert qu'elle était enceinte. Elle avait avorté puis l'avait quitté.

Il vérifia le nom des personnes qui avaient récemment consulté sa page LinkedIn : le nom d'Adam Wizman apparut. Il ne l'avait pas accepté parmi ses contacts quand il en avait fait la demande. S'il avait travaillé au sein de l'une de ces entreprises qu'il convoitait, il aurait fait un effort mais qu'avait-il à lui apporter en tant que professeur au chômage ? Rien. Il couchait avec sa mère, ça ne faisait pas de lui un intime. Il referma sa page et enclencha une nouvelle question. « Quelle a été votre plus grande épreuve ? » Il ne pouvait répondre que par un mensonge parce que la vérité – avouer qu'il avait tenté de mettre fin à ses jours – le disqualifierait définitivement. Oserait-il dire que, depuis la maladie de sa mère, il était tétanisé par la possibilité de la perdre ? Non, il ne devait pas parler de sa mère et il n'était pas capable de prononcer le mot « cancer » sans trembler. Il relisait souvent les mots que Steve Jobs avait prononcés devant les étudiants de l'université de Stanford dix ans plus tôt, en juin 2005, alors qu'il se savait atteint d'un cancer : « La mort est très probablement la meilleure invention de la vie. C'est l'agent du changement dans la vie. Elle efface l'ancien pour faire place au nouveau. Actuellement vous êtes le nouveau, mais un jour pas très éloigné, vous allez devenir progressivement l'ancien et être balayé. [...] Votre temps est limité, alors ne le gaspillez pas en vivant la vie de quelqu'un d'autre. » C'étaient peut-être les seules leçons qu'il avait tirées de toutes ces épreuves : tout pouvait basculer, à tout moment.

5

Chaque année, depuis sa maladie, Claire effectuait des examens de contrôle – prise de sang, clichés radiologiques, échographie –, c'était toujours un moment de grande tension émotionnelle qui l'obligeait à prendre des calmants, la solution chimique corsetait un peu sa peur jusqu'à l'instant où elle tendait son avant-bras à l'infirmière qui ponctionnait son sang ou franchissait le seuil du cabinet médical pour réaliser cette mammographie dont elle repoussait sans cesse l'échéance. Elle luttait quasi quotidiennement contre les crises de panique qui pouvaient surgir dès que la pensée de la récidive s'immisçait dans sa tête. Elle avait trente-huit ans quand la maladie s'était déclarée. Elle avait été opérée une première fois – on lui avait retiré la boule qui s'était formée dans son sein droit après avoir déterminé son caractère malin ainsi qu'une petite partie du sein –, puis une seconde, quelques mois plus tard, pour reconstruire la zone amputée. Elle avait subi des séances de radiothérapie et de chimiothérapie. Pendant toute la durée du traitement, elle avait conservé sur elle un texte de Susan Sontag, *La Maladie comme métaphore*, que l'intellectuelle américaine avait écrit après son cancer du sein : « La maladie est la zone d'ombre de la vie, un territoire auquel il coûte cher d'appartenir. En naissant, nous acquérons une double nationalité qui relève du royaume des bien portants comme de celui des malades. Et bien que nous préférions tous présenter le bon passeport, le jour vient où chacun de nous est contraint, ne serait-ce qu'un court moment, de se reconnaître citoyen de l'autre contrée. » Elle l'avait relu le matin même après avoir confié à Jean qu'elle effectuait cet examen en dépit de sa peur obsessionnelle, irraisonnée de la maladie. Chaque fois qu'elle en parlait, il changeait rapidement de sujet, comme si sa simple évocation suffisait à instaurer son emprise sur son corps d'homme *sain*, à le contaminer. À Adam, elle avait dit qu'elle réalisait un examen médical « important », sans préciser lequel, elle était encore dans cette phase d'hypnose amoureuse qui interdisait de maculer une passion pure par des considérations funestes. Elle était à peine entrée dans les locaux qu'il lui avait déjà envoyé deux messages pour lui dire qu'il pensait à elle et qu'il l'aimait.

Elle arriva en retard à son rendez-vous, présenta ses excuses à la secrétaire avec une componction un peu pathétique, ici, le rapport de forces se renversait, elle se sentait dépendante, elle n'était plus cette femme libre, affranchie, sûre d'elle, mais une patiente sans courage, une petite chose molle, effrayée qui redoutait son exécution. Elle s'installa dans la salle d'attente, feuilleta un magazine. Une femme brune d'une cinquantaine d'années énonça son nom et lui demanda de la suivre. Claire s'enferma dans une cabine, retira son pull, son soutien-gorge – elle avait un corps ferme, modelé par les heures de sport qu'elle s'imposait quotidiennement pour le simple plaisir d'entendre Adam s'exclamer en la voyant nue : Tu es si belle, tu m'excites –, puis pénétra dans la salle de radiographie. Elle posa son sein sur un petit appui métallique et froid comme s'il n'était plus que le cadavre d'un rongeur auquel on aurait arraché la fourrure à vif. La manipulatrice le plaqua fortement contre l'appareil : « Ça va faire un peu mal, ça peut pincer. » Claire ressentit une douleur intense. Ce n'était pas seulement son sein mais tout son être qu'on écrasait ; elle ne prenait jamais autant conscience de sa propre vulnérabilité qu'en effectuant ces examens médicaux au cours desquels elle avait le sentiment d'être soumise au pouvoir d'inconnus, aux caprices du hasard. La manipulatrice s'éclipsa pour faire le cliché. « Ne respirez plus ! » Claire retint sa respiration, compta jusqu'à dix. « Respirez ! » La technicienne surgit et positionna de nouveau le sein de Claire en lui demandant de lever son bras cette fois. Une crampe déchira le muscle de Claire : « Vous êtes si tendue, inspirez calmement. On dirait un bout de bois. Allez, détendez-moi tout ça », dit-elle en malaxant la peau du bras sous ses doigts. Elle crevait de peur. Une peur d'une violence irrépressible, impossible à contourner, maîtriser, amadouer. De cette peur, il ne resterait qu'un paysage intérieur dévasté, une antichambre du néant. Elle ne dirait rien, supporterait stoïquement l'inconfort. L'examen médical dura quelques minutes, puis Claire se rhabilla et retourna dans la salle d'attente. La secrétaire lui dit que le médecin allait la recevoir pour lui communiquer les résultats.

Elle attendait depuis plus de vingt minutes, échangeant de temps en temps des messages avec Adam. Elle se leva et questionna la secrétaire : Est-ce que c'était mauvais signe ? La secrétaire lui répliqua qu'il fallait être patiente et l'incita à retourner s'asseoir.

C'était chaque fois le même désarroi. Le médecin – un homme d'une cinquantaine d'années à l'abondante chevelure grise, noté cinq étoiles sur Google – surgit et fit signe à Claire de le suivre. Elle pénétra dans une petite salle, retira une nouvelle fois son soutien-gorge et s'allongea sur la table d'examen. Le médecin répandit un liquide translucide et visqueux sur ses seins, fit glisser la sonde tout en lui demandant si elle écrivait en ce moment. Elle répondit évasivement, chacun de ses muscles se contractait sous l'effet de l'angoisse : oui, elle écrivait un nouvel essai. « J'ai beaucoup aimé le précédent. » Elle lâcha un merci inaudible. Elle était au bord des larmes.

— Je vous ai entendue à la radio, hier, à propos des viols à Cologne. Vous avez raison, on ne peut pas accepter que des gens qui viennent sur notre sol nous imposent leur culture et leur religion qui humilie les femmes. Ces types qui violent des Européennes comme si c'était normal, c'est ignoble. On les laisse faire et en plus on devrait les dédouaner parce qu'on a peur d'être taxés de racisme ?

— Je n'ai pas dit ça, vous avez mal compris, j'ai fait un entretien, il sera publié demain.

Elle avait répondu un peu sèchement. Elle appréhendait la publication de son entretien. Ses propos seraient déformés, tronqués, mal interprétés, elle redoutait l'impact qu'ils auraient sur l'opinion publique. Elle garda les yeux sur l'écran, croyant y déceler une tumeur dès qu'une masse blanchâtre apparaissait. Il enfonça la sonde autour de ses aréoles, la fit glisser pendant un moment qui lui sembla une éternité, avant de lui annoncer que tout était normal. Elle respira enfin. Elle le remercia, sortit de la salle et ralluma son portable, plusieurs SMS émanaient d'Adam, il voulait savoir si elle allait bien. Elle avait également reçu deux messages de

Jean : « N'oublie pas ma remise de déco à l'Élysée ce soir. Je compte sur toi ! », « Si je peux (encore) me permettre, j'aimerais bien que tu mettes la robe Armani que je t'avais offerte. » Elle avait envie d'écrire « Va te faire foutre ». Mais les papiers du divorce n'avaient pas encore été signés alors elle écrivit ces mots : « Compte sur moi. »

6

Chaque fois qu'il pénétrait dans les locaux de la chaîne, ce grand bâtiment de verre qui dominait Paris, Jean Farel ressentait une forme d'irradiation interne – c'étaient moins les lieux qui le grisaient encore que les égards auxquels il avait droit dès qu'il franchissait le portique de sécurité, ces marques de reconnaissance dont l'expression, souvent servile, lui rappelait son importance. Le pouvoir, il l'avait, et depuis tant d'années qu'il l'avait exercé de toutes les façons possibles ; il avait fini par trouver son équilibre en respectant deux règles : *tout contrôler, ne rien lâcher* tout en affirmant publiquement : *je n'ai jamais cherché à maîtriser ma vie, ma carrière est le fruit du hasard.*

Ce jour-là, Farel arriva vers 12 h 30 ; il avait rendez-vous avec Francis Ballard, le nouveau directeur des programmes. La secrétaire le fit patienter. Dans le couloir, il croisa Patrick Lavallier, un ancien animateur. Vedette dans les années quatre-vingt, il tentait désespérément de revenir à l'antenne. Farel avait vu certains anciens animateurs perdre leur émission et, par ricochet, leur statut en quelques minutes. Il les croisait quand ils venaient implorer le directeur des programmes, lui proposer une idée « géniale », lui prouver, lettres à l'appui, que les téléspectateurs réclamaient leur retour. Il l'évita. Il n'avait pas envie d'être vu en sa compagnie. Mais Patrick Lavallier se dirigea vers lui et lui tendit une main moite. Il lui demanda s'il faisait partie de la grille de rentrée et, sans attendre sa réponse, précisa que lui avait deux projets d'émission qui allaient « dynamiter la case horaire 19-20 ». Il s'était déplacé pour en parler avec Ballard. Farel le félicita, puis sortit son téléphone portable pour lire ses SMS : Claire lui confirmait qu'elle serait présente à l'Élysée.

— Ça me ferait plaisir qu'on déjeune ensemble dans les prochaines semaines, comme au bon vieux temps, dit Lavallier avec un phrasé un peu confus qui trahissait son émotion et la consommation excessive d'anxiolytiques.

Quinze ans plus tôt, ils étaient très proches et avaient l'habitude de déjeuner ensemble le premier vendredi du mois.

— On trouvera un créneau à la rentrée, répliqua Farel, glacial, tout en écrivant un SMS à son fils : « N'oublie pas ma remise de déco à l'Élysée ce soir, 18 h. »

— On fixe maintenant ? Comme ça ce sera fait ?

— Je n'ai pas mon agenda. Ma secrétaire te contactera.

La porte du bureau de Ballard s'ouvrit brutalement. Farel se leva, rangea son téléphone dans la poche de sa veste :

— À bientôt.

Il s'avança vers Ballard, un homme âgé d'une petite quarantaine d'années, corpulent, qu'il avait du mal à prendre au sérieux, en partie parce qu'il ressemblait au personnage ridicule incarné par Rowan Atkinson, Mister Bean, dans la série du même nom. Il lui serra la main et entra dans le bureau.

— Vous avez croisé Lavallier ? demanda Ballard.

— Oui, malheureusement…

— Prêt à tout pour revenir à l'antenne, je ne sais plus comment l'éviter, il fait le pied de grue, il me harcèle.

Un jour, se dit Farel, c'est de moi qu'il parlera en ces termes.

— Il est tombé si bas, reprit Ballard, c'est si triste. Une star du petit écran hier, un has-been, désormais. Il teint ses cheveux pour paraître plus jeune mais ça vire au violet et personne n'a le courage de le lui dire. Il fait toujours des UV avant de venir, c'est pathétique… Vous avez vu comme il a grossi ? Ce doit être les anxiolytiques, ça fait grossir, vous le saviez ?

— Non. Je n'en prends pas, articula Jean pour bien marquer son mépris.

— Vous avez de la chance.

Ballard lança un regard furtif vers les photos de famille qui envahissaient son bureau et, prenant une inspiration, ajouta :

— J'espère qu'il a une famille. C'est le plus important, n'est-ce pas ? Sans une famille solide, on meurt dans ce métier.

Farel acquiesça. Il ne pouvait pas lui rappeler l'existence de la liaison qu'il avait au vu et au su de tout le monde avec une jeune animatrice de vingt-quatre ans qu'à peine nommé directeur des programmes il avait promue à la tête de l'une des plus grosses émissions de prime time.

— Comment vont votre femme et votre fils ? insista Ballard.

C'était insupportable. Cette manie de demander comment allait sa famille alors qu'en ce moment précis leur seul objectif était de se maintenir à leurs postes respectifs – à peine désigné, Ballard était déjà sur la sellette.

— Très bien ! Alexandre étudie à Stanford mais il est à Paris pour quelques jours et Claire écrit un nouvel essai.

— Ce doit être un sujet de fierté pour vous qui n'avez pas fait d'études...

Farel sourit avec l'envie de lui mettre son poing dans la gueule.

— Jean, je ne vais pas y aller par quatre chemins : les audiences de l'émission ne sont pas bonnes.

— Elles sont tout à fait correctes pour un début d'année... On va diffuser le reportage sur les agressions de Cologne, ça va remonter d'un coup.

Ballard ne semblait pas l'écouter. Il tapotait sur son téléphone portable d'un air lubrique. Il releva enfin la tête et posa l'appareil avec douceur.

— D'ici peu il faudra songer à arrêter *Grand O*, l'émission a près de trente ans maintenant, il faut se renouveler, les gens veulent du changement, de la nouveauté.

Farel aurait voulu mettre un terme à ce flot de paroles, cette éloquence phraseuse. Il perçut entre eux une inimitié profonde, déclarée.

— Vous voulez me mettre au placard à cause de mon âge, c'est ça ?

— Ça n'a aucun rapport...

— Vous voulez me virer alors que le public m'adore parce que vous me trouvez trop vieux ? Si vous saviez le nombre de lettres de soutien et d'amour que je reçois chaque jour...

— Je sais que le public vous aime, Jean. C'est votre émission que je veux arrêter, ce n'est pas vous que je débranche. Il faut renouveler le PAF, c'est tout.

Cette façon qu'il avait de tout simplifier : les expressions, les mots... Il brûlait d'envie de le corriger, de l'humilier.

— Ne prenez pas tout pour une affaire personnelle. Faut être dans le *flow*, c'est tout.

— Pourquoi renoncer à un programme qui plaît ?

— Pour créer un turn-over.

Son goût pour les anglicismes, encore, alors que, sous la pression du Conseil supérieur de l'audiovisuel, il venait de consacrer une journée entière à la défense de la langue française à la télévision.

— Vous savez, j'en ai vu passer des directeurs de programmes, eux sont partis, moi je suis toujours là…

Désignant un exemplaire d'un grand quotidien, Ballard répliqua :

— Plus pour longtemps. Cet article va vous faire du tort et, du même coup, il en fera à la chaîne. Vous ne savez pas choisir vos amis, Jean, ironisa-t-il.

— Je ne sais pas de quoi vous parlez.

— Je parle du portrait en page 22. Tenez, il est tout chaud, ajouta-t-il en lui tendant l'exemplaire. Après tout, c'est un peu normal que personne n'ait songé à vous le faire lire. Être qualifié de merde humaine par quelqu'un qu'on aime n'est jamais très agréable.

Il avait dit cela en souriant. Farel blêmit. Il sentit son cœur s'accélérer d'un coup. Ce portrait ne devait paraître que quinze jours plus tard, dans le journal de Françoise.

— Lisez-le et on en reparle après l'émission. Je viendrai accueillir le ministre.

— Je ne pourrai pas rester longtemps après l'émission, je dois aller à l'Élysée.

— Ah oui, c'est aujourd'hui que vous recevez votre déco.

— Je le fais pour la chaîne, je n'aime pas spécialement les honneurs, vous le savez, mais à travers moi, c'est la chaîne qu'on met en valeur.

— Vous êtes *corporate*, c'est bien. Je viendrai, évidemment, je ne veux pas rater ça.

Farel le toisa, conscient tout à coup de son importance. Il voulait qu'il vienne, il voulait qu'il entende l'éloge que le président de la République ferait de lui devant tout l'état-major de la chaîne.

— Vous serez fait commandeur de la Légion d'honneur ?

— Non, grand officier…

— Prochaine étape, grand-croix ?

Un sourire de fausse modestie s'afficha sur le visage de Farel.

— Ça vous assurera des obsèques aux Invalides.

Il eut envie de le gifler. Il afficha un sourire factice et quitta la pièce sans un mot. Dans le couloir, il distingua de loin la silhouette massive de Lavallier et sa chevelure dont les reflets violacés prenaient une teinte fluorescente sous l'effet des néons. Deux agents de sécurité l'escortaient vers la sortie.

7

Un chagrin d'amour pouvait-il être considéré comme la plus grande épreuve d'une vie ? Tout amour était-il une illusion ? L'amour rendait-il heureux ? Était-il raisonnable d'aimer ? L'amour était-il un jeu de hasard ? Qui aimait-on dans l'amour ? Pouvait-on vivre sans amour ? Y avait-il une vie après l'amour ? Comment se remettre rapidement d'une rupture amoureuse ? Alexandre se rappelait la façon dont Yasmina Vasseur avait mis un terme à leur relation. Le lendemain de son avortement, elle avait brutalement cessé de répondre à ses messages et l'avait évincé de tous ses réseaux sociaux. L'un de ses amis lui avait expliqué qu'il s'agissait d'un nouveau phénomène comportemental : le *ghosting*, du mot *ghost*, « fantôme », en anglais. Du jour au lendemain, la personne que vous aimiez disparaissait sans un mot. C'était une forme d'abandon extrêmement violente, vous étiez littéralement effacé de la vie de quelqu'un en quelques clics. Il avait insisté, réclamé des explications à cette soudaine froideur – sans succès – jusqu'au jour où il l'avait retrouvée. Ne pouvant plus l'éviter, elle avait dit ces mots dont il se souviendrait toujours : « Je ne sais pas si mes nouvelles fonctions sont compatibles avec notre histoire »

– elle venait d'être nommée directrice du cabinet du ministre de l'Économie. Elle ne voulait pas prendre le risque de briser sa carrière pour un homme plus jeune, sans emploi, qui ne lui offrait aucune autre garantie que l'assurance d'être déraisonnablement aimée pendant un temps qu'aucun d'entre eux ne pouvait déterminer à l'avance et dont ils savaient, l'un comme l'autre, qu'il serait limité. Après leur rupture, il lui avait envoyé plusieurs messages pour la revoir auxquels elle n'avait jamais répondu. Jusqu'à la veille. Cela faisait six mois qu'il n'avait plus reçu la moindre nouvelle et voilà que soudainement elle lui avait envoyé un SMS pour « fixer un rendez-vous téléphonique ». S'il avait cru à une reprise possible, il avait vite déchanté : quand il l'avait rappelée, elle avait été glaciale, distante, elle lui demandait simplement de lui rendre ses affaires personnelles – un pull et une écharpe *en cachemire* – et d'effacer tous les messages qu'ils s'étaient envoyés au cours de leur liaison ; elle n'avait pas donné d'explication particulière à part que *n'importe qui pouvait s'amuser à trafiquer leurs messageries.* Il ne savait pas pourquoi elle était devenue si précautionneuse, il le découvrirait plus tard.

— Tu n'es pas sur Telegram ?

— Maintenant, oui. Mais quand nous étions ensemble, j'ai été imprudente. Tu as conservé ces mails ?

— Oui.

— Je voudrais que tu les détruises, s'il te plaît.

— Non. C'est mon patrimoine sentimental, j'y tiens. Il m'arrive de les relire.

— Arrête…

— Je me caresse en les lisant…

— Je t'en prie, ne plaisante pas avec ça.

Il avait acquiescé mais posé une condition : il voulait la revoir. Elle effacerait elle-même leurs messages, lui n'en avait ni le désir ni le courage, *c'est trop douloureux*. Elle avait accepté et lui avait donné rendez-vous vers 15 heures dans le bar de l'hôtel des Grands Hommes, place du Panthéon.

Il repensa au questionnaire imposé par les recruteurs américains. Sa plus grande épreuve avait été cette rupture. Il avait mis des mois à aller mieux ; il ne s'en était toujours pas remis. Quand Yasmina l'avait quitté, il avait souffert le martyre comme si, avait-il confié au psychiatre qu'il consultait depuis sa tentative de suicide, « le sang coulait de tous les pores de ma peau ». Il avait passé six mois dans un état d'instabilité morale, oscillant entre un désespoir total et une sérénité de façade.

Il quitta l'appartement de son père, prit le métro jusqu'à la station Cardinal-Lemoine, rejoignit la place du Panthéon, un casque sur les oreilles. Un rap déchirait ses tympans, le titre intitulé « Violent » du rappeur américain Tupac :

This time the truth's gettin'told, heard enough lies
(Cette fois on dit la vérité, j'ai entendu assez de mensonges)

I told em fight back, attack on society
(Je leur ai dit de se défendre, de s'attaquer à la société)

If this is violence, then violent's what I gotta be
(Si c'est de la violence, alors violent c'est ce que je veux être)

Quand il n'écoutait pas de musique, il pouvait passer des heures à diffuser en boucle des podcasts proposés par les universités américaines sur des sujets aussi hétéroclites que : « Comment rendre la démocratie vivante ? », « Ce que veulent les algorithmes » ou encore « Borges et la mémoire ». Il entra dans l'hôtel des Grands Hommes où Yasmina lui avait donné rendez-vous. Elle était déjà là quand il arriva : brune à la peau mate, aux cheveux coupés au carré, de taille moyenne, très mince, vêtue d'une jupe en coton bleu marine, d'une chemise blanche et d'une veste en velours bleu nuit, elle dégageait une assurance tranquille. Il se planta devant elle et, sans même l'embrasser, sortit son téléphone et le jeta sur la table. Le serveur s'avança vers eux : Alexandre commanda un Spritz dont il adorait la couleur orangée. Quand ils furent seuls, il saisit son téléphone, ouvrit sa messagerie :

— Voilà, fais ce que tu veux.

Elle le prit, effaça les messages l'un après l'autre. Elle le faisait consciencieusement, avec zèle et concentration, comme l'auteur d'un crime effacerait les traces de son méfait.

— Tu sais que tu peux tout supprimer d'un coup ? lui dit-il en lui arrachant le téléphone des mains.

Il lut à haute voix :

— *J'ai envie de toi, c'est terrible.*

— Efface.

— *Je t'aime. Je suis fou de toi.*

— Efface ça, je te dis !

— Tiens, c'est de toi maintenant : *tu es l'homme le plus tendre, le plus doux, tu es mon amour, je t'aime si fort.*

— Arrête de jouer, s'il te plaît, efface !

Elle fit un mouvement vers lui pour attraper le téléphone tandis qu'il lisait toujours à haute voix :

— Ah ! Celui-là est de moi : *j'ai envie de toi, je vais m'enfoncer en toi et te faire jouir. Je vais te faire mal...*

74

Hors du champ amoureux, les mots paraissaient ridicules, obscènes.

— Attends, un autre : *tu es une salope mais je suis (très) amoureux de toi.*

— Supprime tout ou je ne te vois plus jamais.

Mais il rangea son téléphone et lui dit avec autorité :

— Une autre fois. Comme ça tu seras obligée de me revoir.

Elle ne répondit rien. Le serveur déposa les boissons et s'éclipsa. Alexandre se rapprocha de Yasmina, passa sa main autour de sa taille, chercha à l'embrasser, elle le repoussa :

— Arrête !

Il insista.

— Je t'aime, j'ai envie de toi, je ne peux pas me passer de toi.

— C'est fini.

— Non. Un jour, nous serons de nouveau ensemble, je le sais.

Disant cela, il glissa sa main entre ses cuisses, tâta le tissu soyeux de sa culotte.

— Arrête je t'ai dit !

Il retira sa main, saisit la sienne et la posa sur son jean, au niveau du sexe.

— Regarde dans quel état tu me mets.

Elle recula, jeta un œil autour d'elle pour vérifier que personne ne les regardait. La salle était vide.

— J'ai envie de te faire l'amour. Tout de suite. Je vais réserver une chambre, attends-moi.

— Non.

Puis elle ajouta :

— J'ai rencontré quelqu'un.

Il se figea ; sa bouche se crispa.

— Tu mens.

Elle détourna son regard.

— C'est la vérité.

— Tu me fais payer quoi, là ? Tu m'en veux parce que je ne t'ai pas poussée à garder l'enfant ?

— Je ne veux plus parler de ça… C'est du passé.

— Si tu n'avais pas oublié ta pilule, ça ne serait pas arrivé.

— C'est ma faute, c'est ça ?

Sur ces mots, elle régla l'addition et se leva mais il la retint par le bras et l'obligea à s'asseoir.

— On ne peut pas réécrire l'histoire. Un enfant, nous en aurons un autre.

— C'est fini, je viens de te le dire.

— Tu ne veux pas d'enfant dans quelques années ?

— Pas avec toi.

Il accusa le coup.

— Ton nouveau mec va t'en faire un, c'est ça ?

— Mon nouveau mec, comme tu dis élégamment, a beaucoup trop de responsabilités pour songer à avoir des enfants.

C'était donc ça : elle souhaitait effacer les messages compromettants pour protéger son nouvel amant, sans doute un politique ou un grand industriel coté au CAC 40.

— Et puis, il ne veut pas d'enfant, ajouta-t-elle, il en a déjà plusieurs.

— Il ne te reste pas tant d'années que ça pour en avoir. À moins que tu n'aies pensé à congeler tes ovules ?

Yasmina ne réagit pas. Elle avait entendu tant de fois ce genre de remarques blessantes, cette sommation sociale à procréer. Elle se leva, lui redit avec autorité d'effacer ses messages et de ne plus jamais essayer de la joindre. Il fouilla dans sa poche, en sortit son téléphone, il tapota sur les touches, prit une photo de son écran qu'il lui envoya aussitôt par SMS.

— Tiens, c'est un lien vers un site américain qui

propose des donneurs à fort potentiel : des QI élevés, des profils sociaux de haut niveau, ils m'ont contacté, ils me veulent, ils disent que je serais un géniteur parfait, regarde, c'est écrit : un "excellent choix", je vais m'inscrire, tu me retrouveras rapidement ; si tu changes d'avis, tu pourras toujours acheter mon sperme sur Internet.

8

L'organisation du désir, la codification des rapports amoureux, d'une vie commune qu'ils avaient voulue, choisie – qui, de Claire ou d'Adam, pouvait prétendre avoir imaginé une telle reconfiguration après avoir surmonté toutes les difficultés qu'une décision de séparation avait occasionnées ? Au plus fort de leur passion, Claire avait fantasmé une forme de fusion, une existence consacrée à cette intimité sexuelle nouvelle, Adam avait perdu son travail, il était là, présent, fou amoureux, et cette disponibilité réciproque les engageait davantage et les isolait du reste du monde, sans qu'ils en soient affectés, ils refusaient les invitations, s'éloignaient de leurs amis respectifs, indifférents à leurs reproches – ils désiraient être ensemble, rien d'autre. Alors, quand quelques semaines après la séparation, son ex-femme lui avait annoncé qu'elle partait vivre avec leurs filles à Brooklyn, dans le quartier juif ultrareligieux de Crown Heights, Adam n'avait pas manifesté la moindre opposition. Au fond, il préférait la savoir loin, inoffensive ; Claire aussi, qui ne s'imaginait pas partager une semaine sur deux le quotidien des deux filles d'Adam quand elle-même n'avait plus la charge de son fils. Pour la première fois de leur vie, ils avaient cessé d'exister pour leurs familles, il y avait une forme d'égoïsme dans ce repli amoureux qui contredisait leurs valeurs profondes, tout ce qu'ils avaient été jusqu'alors, des époux fidèles, des parents attentifs, et en dépit de ce qu'ils interprétaient dans les moments où les remords étaient trop vifs comme une trahison intime, cela avait été la période la plus heureuse de leur vie. Les premières semaines, malgré l'absence de leurs enfants, ils avaient goûté à une forme de sérénité extatique ; ils pouvaient rester plusieurs jours enfermés dans cet appartement, à faire l'amour, conscients de partager une expérience hors norme, d'une intensité inégalée, étonnés par leur chance – autour d'eux, il n'y avait plus que des couples placides dont le destin commun semblait être l'insatisfaction sexuelle, des célibataires déçus par des relations brèves et factices, des divorcés écœurés par la vie conjugale qui pouvaient passer des heures à vous faire le récit de leurs déboires. Mais cette période d'euphorie avait été de courte durée. Un matin, Mila, la fille aînée d'Adam, avait débarqué chez eux avec une valise : elle ne supportait pas la vie à New York, au sein du milieu religieux auquel sa mère appartenait désormais, elle ne supportait pas le contrôle exercé sur sa façon de s'habiller, de marcher, de penser : « Elle m'oblige à porter des jupes de plus en plus longues et des bas noirs quelle que soit la saison. » Elle raconta que les magasins situés dans le quartier où elle vivait ne vendaient que des articles conformes à la loi juive. Même les magasins de jouets proposaient un certain type d'articles : « Kits de cuisine pour les filles, kits de prière pour les garçons. » Trop de pression, elle étouffait. Le jour où sa mère lui avait annoncé qu'à dix-huit ans révolus elle était en âge de se marier et envisageait de demander au rabbin de la communauté de lui présenter un homme qui pourrait devenir son mari, Mila décida de rentrer en France, elle était majeure, elle préparait son bac en candidature libre et, naturellement, Adam lui avait dit qu'elle vivrait avec eux. Elle passait la majeure partie de la journée dans l'appartement, à voir des séries américaines et de vieux films. Claire supportait difficilement cette présence permanente dont elle percevait une animosité, réelle ou fantasmée ; elle la tolérait sans chercher à nouer un lien affectif quelconque, consciente que, si elle était obligée de vivre avec elle, rien ne la contraignait à l'aimer.

9

En sortant du bureau de Ballard, Farel ne pensait plus qu'au portrait dont le journal avait avancé la publication sans l'en informer. À deux heures de l'enregistrement de l'émission, son équipe avait tenté désespérément de dissimuler l'existence de cet article assassin. Dans les locaux, on l'entendait vociférer contre sa plus proche collaboratrice, Jacqueline Faux, une femme rousse d'une soixantaine d'années, âpre et sévère, aux traits secs, une marathonienne au corps musclé par une heure quotidienne de course : « Comment as-tu pu me cacher ça ? C'est une faute professionnelle. » Deux semaines plus tôt, il avait accepté une rencontre avec l'un des journalistes de la rédaction du quotidien où travaillait Françoise et une séance photo. Jacqueline l'avertit qu'il valait mieux éviter de lire le portrait avant l'enregistrement mais il ne l'écouta pas. Il le lut rapidement, conclut, lapidaire : « un torchon », puis exigea de rester seul. Enfermé dans sa loge, il appela le journaliste qui avait écrit l'article, s'entretint longuement avec lui avant de raccrocher en l'insultant. Alors seulement il se leva, ouvrit la porte de sa loge et rappela Jacqueline. Le corps tendu, en alerte, sa collaboratrice l'écoutait religieusement : « C'est Ballard qui a orchestré ça, j'en suis sûr ! Depuis qu'il a pris la direction des programmes il veut ma peau... C'est un coup de poignard le jour de ma première émission de l'année, le jour où je reçois le ministre de l'Intérieur, le jour où je vais devenir grand officier de la Légion d'honneur ! Comment est-ce que je pourrais travailler après avoir lu ça ? Tu as vu la photo qui illustre l'article ? Prise de profil, une lumière crue projetée en plein visage qui fait apparaître des rides que je n'ai même pas, j'ai l'air d'avoir cent ans. Et le contenu ? Partial, verbeux, vindicatif... truffé de barbarismes et de propos obscènes... Sur mes engagements, ma passion pour la littérature – quelques lignes. Par contre, l'anecdote sur François Mitterrand, en bonne place, dès les premières lignes : "Mitterrand était très vexé le jour où je lui ai fait remarquer que sa fonction contribuait beaucoup à son succès auprès des femmes", fermez les guillemets, j'ai l'air de quoi ? Le titre donne le ton : *Grand Amoral*, au-dessus de cette photo ignoble où l'on voit en arrière-fond l'ombre de mon frère, Léo. "C'est un montage, non ?" Cinq lignes rien que sur mon "anorexie" – où ont-ils été chercher que je ne me nourrissais que de graines ? –, mon goût pour les chemises de chez Charvet, les vacances au Cap-Ferret, dans les villas de plusieurs grands patrons, mon humour "graveleux", ma collusion avec les politiques : une incitation à la détestation... Cinq autres lignes sur ce que le journaliste appelle élégamment mon *déni social*, qu'il associe à *ma soif de revanche*, évoquant "ce père, ouvrier métallurgique, alcoolique, décédé dans des circonstances troubles, qu'il n'a quasiment pas connu et dont il refuse de parler, sans doute parce qu'il en a honte". Et le voilà qui cite Bourdieu et Freud, recense les gens qui ont voulu échapper au déterminisme, évoque la mort de ma mère et constate, ébloui par sa propre analyse : *il y a un lien entre absence de la mère et fragilité nar-cissique* – à ce stade-là, je suis déjà anéanti mais attends la suite... le meilleur pour la fin, le coup de grâce arrive : *Johnny Farel est la preuve qu'on peut être un grand professionnel, adoré du public, et une merde humaine*, et tu sais qui a prononcé ces mots, ce n'est pas l'un de mes rivaux et Dieu sait qu'ils sont nombreux, ce n'est même pas ma première femme et pourtant elle aurait pu le dire, elle en aurait été capable après tous les procès qu'elle a engagés contre moi, mais non, elle n'est pas citée, cette phrase a été prononcée par une personne dont j'avais moi-même communiqué le nom et les coordonnées au journa-liste. J'ai donné l'arme qui allait servir à m'assassi-ner ! Tu peux le croire ? Ce journaleux de vingt-cinq ans me demande – et je peux te dire que je vais m'as-surer personnellement que ce minable ne fera pas carrière ou alors à la rubrique des chats écrasés –, ce minus me demande si j'accepterais de lui trans-mettre le numéro d'une personne appartenant à mon cercle privé, restreint, un intime, j'aurais pu donner ton nom, pourquoi n'ai-je pas donné ton nom ? On travaille ensemble depuis trente-cinq ans... je ne l'ai pas fait parce que tu aurais été capable d'évoquer ma brutalité, mon autoritarisme, tu l'aurais dit en plaisantant, je te connais suffisamment pour savoir que chez toi le goût pour la provocation l'emporte toujours, tu comprends pourquoi je n'ai pas donné ton nom... un portrait juste, voilà ce que j'attendais, sans soufre, sans stupre, avec l'âge j'aspire à une res-pectabilité factice, je vise l'honorabilité moi qui suis né dans la marginalité ; j'espérais un article qui ferait référence à mon professionnalisme, l'amour de mon métier, avec quelques coups de griffe éventuelle-ment, des égratignures, mais pas ces scarifications à la forge, pas ce texte à charge, d'une violence inouïe, un règlement de comptes, j'en suis certain, qui laisse accroire que je serais un intrigant, un lèche-bottes, un dépravé, un animateur sans envergure, sur le déclin, quelle incurie et, comme un reproche, mon passage à l'organisation d'extrême droite Occident, j'avais dix-sept ans, merde ! On avait tous plus ou moins fricoté avec eux, ça ne fait pas de moi un antisémite ou un raciste ! Je tombe de haut, je suis un homme à terre, atterré, on me lynche, on me salit, mais je n'envisage pas l'éventualité de l'assassinat social, et lorsque ce petit journaliste me demande de lui donner un nom, je réponds spontanément : "Appelez mon meilleur ami, Michel Duroc", c'est sorti comme ça. Michel, tu le connais, c'est un ami d'enfance, on allait à l'école ensemble, il est gynécologue à Aubervilliers… une personne sûre, fiable, attachée aux valeurs morales, d'une loyauté exemplaire, jamais pris en défaut d'impatience, d'indignité, un parangon de justice… Il est discret, réservé, timide, il a l'exhibition en horreur, mais c'est pourtant lui qui affirme avec conviction à ce journaliste qu'il ne connaît pas : *Johnny Farel est la preuve qu'on peut être un grand professionnel adoré du public et une merde humaine*, il n'a pas dit "mon ami" ou "Jean", préférant citer ce surnom que je hais, que je ne porte pas, se détachant de moi, devenant le complice de ce journaliste dont je me demande par quelles ruses il a su obtenir de lui ces paroles, par quelle pression – c'est évidemment un coup de Ballard, il est prêt à tout pour me vider, il veut ma peau, bref, j'avais dit "Appelez Michel Duroc" sans imaginer qu'il allait prononcer ces mots, et je t'assure qu'il les a bien prononcés ! Le journaliste a l'enregistrement, il m'en a envoyé l'extrait après mon appel, le salaud, j'ai menacé de porter plainte tu comprends, j'ai hurlé : *Vous avez réécrit, extrapolé, mal noté !* et il répond qu'il a fait son travail, c'est un journaliste *sérieux*, mais il y a pire, tu as vu la chute ? Tu sais que je suis menacé de mort par des islamistes radicaux depuis que j'ai diffusé ce reportage sur la condition des femmes dans certains quartiers, eh bien, le journaliste demande à Michel, pour finir, ce qu'il pense de ces menaces et il répond – c'est écrit noir sur blanc –, il répond – j'ai écouté l'extrait dix, vingt fois –, mon ami que j'ai aidé, porté dans les moments difficiles de sa vie, tu sais que sa femme l'a quitté comme une merde ? – bref, il répond : "Qu'ils l'abattent et qu'on n'en parle plus." Après ça, je suis censé garder mon sang-froid, mais c'est impossible ! Je veux porter plainte contre le journal pour diffamation, ma messagerie est déjà saturée de paroles de condoléances. Je veux également une contre-attaque de la chaîne, une publicité d'une page dans ce même quotidien avec ma part de marché – juste retour des choses. Et il faut préparer un droit de réponse... »

Jacqueline acquiesça d'un hochement de tête. D'un regard qui disait « je m'occupe de tout », elle le rassura. Il s'enferma dans son bureau, il inspira, expira plusieurs fois mais aucun de l'un de ses exercices de « pleine conscience » que Françoise lui avait appris ne parvint à le calmer. L'article avait été publié dans *son* journal. Comment Françoise avait-elle pu laisser passer ça ? Il composa son numéro. Avant même d'écouter ce qu'il avait à lui dire, elle répéta d'une voix étranglée qu'elle était désolée.

— J'attendais ton appel, je suis désolée, je n'ai pas eu le papier entre les mains, je l'ai découvert en même temps que toi, ils ont modifié le chemin de fer sans m'en parler, je savais que je n'aurais jamais dû insister pour obtenir ce portrait de toi, c'est contre-productif, je te l'avais dit.

— Tu m'as trahi, je ne peux pas entendre ça, tu comprends ? Tu m'as trahi, Françoise !

— Je ne savais pas, je te le jure !

— C'est encore pire. Tu n'es donc plus rien dans ce journal ! Tu ne vaux pas mieux qu'une stagiaire et elle au moins, on peut la baiser !

Elle se tut comme si quelqu'un avait brutalement éteint le son. Il regretta aussitôt ses paroles. Il laissa s'écouler un silence, puis reprit sur un ton adouci.

— Désolé, je n'aurais pas dû dire ça, je suis brutal parce que je suis à bout, tu comprends ? Dans ce métier, on ne peut donc avoir confiance en personne.

De Françoise, on n'entendait plus que les larmes.

— Je suis désolé.

— Tu es si dur, Jean, si dur...

— Je ne suis pas dur, je suis professionnel et je vis dans un monde de dilettantes.

Elle raccrocha. Il se jura de ne plus la rappeler et contacta Jacqueline : « Passe-moi Michel Duroc. » Même dans le cas d'une amitié très ancienne, Farel continuait de faire appeler ses proches par sa secrétaire. Avec le temps, certains avaient fini par se vexer et préféré rompre les liens avec lui. Duroc n'était pas joignable. En régie, on lui annonça que le ministre de l'Intérieur venait d'arriver dans sa loge. Il prit sa tête entre les mains et donna un grand coup de pied dans sa poubelle sous son bureau : *Allez tous vous faire foutre !* La violence. La colère. La rage. Le dépit. L'abattement. Il pensait : ils ne savent pas qui tu es. Ils te voient comme un animateur politique populaire en quête de sensationnalisme. Ils te méprisent. Ils ne te connaissent pas et ne veulent pas te connaître. Ils t'ont fait une gueule, comme disait Gombrowicz. Il inspira, coiffa ses cheveux avec ses mains, s'observa dans le miroir : sa peau avait pris une teinte presque terreuse. Du bout des doigts, il exerça de brèves pressions sur ses joues pour activer la circulation veineuse et les rosir. Quand il se sentit apaisé, il se dirigea vers la loge où se trouvait son invité politique du jour. Habituellement, il ne discutait pas avec l'invité avant l'émission pour éviter une complicité qui se verrait à l'écran, mais ce jour-là, il fit une exception : il connaissait cet homme depuis ses débuts – les vrais liens se nouaient quand les politiques n'étaient pas encore au pouvoir. Jean repérait les jeunes pousses prometteuses, les conviait à déjeuner ou à s'exprimer dans son émission, il les mettait en confiance, en valeur, les propulsait sur la scène médiatique ; tôt ou tard, ces politiques lui seraient redevables. Une fois nommés, élus, c'était une autre histoire, ils se détournaient de lui ou lui faisaient savoir qu'il devrait désormais passer par leur attachée de presse.

Jean salua son invité, devint enveloppant, délicat. Il se fit maquiller, régla les derniers points avec son rédacteur en chef. Quand il pénétra sur le plateau, le public était déjà installé. Quelques personnes se levèrent pour obtenir un autographe, faire une photo avec lui. Avec son public, il était doux, attentif, disponible. Tout le monde s'installa sur le plateau. Farel relut ses fiches avec concentration. La maquilleuse effectua les dernières retouches. Une voix hurla : « 5-4-3-2-1... Ça tourne ! » Farel releva la tête, fixa la caméra, l'œil enjôleur : « Bonsoir à tous ! » L'acteur entrait en scène.

À la fin de l'émission, un cocktail fut organisé. Ils étaient tous là : les dirigeants de la chaîne, les journalistes, les assistants. Le conseiller en communication du ministre de l'Intérieur, un homme au physique extrêmement juvénile, cacha mal sa colère. Le ministre n'avait pas apprécié le ton qu'il avait employé pour poser une question qui faisait le lien entre violence et immigration clandestine. Farel expliqua que les Français réclamaient une parole libre : « Ça fait des années maintenant que, sous votre pression, les personnalités politiques ne lâchent plus qu'une parole calibrée, prudente. Moi je veux obtenir autre chose. Leur vérité, ce qu'ils pensent profondément. » « Oh ! Vous cognez, mais sur le fond... Vous savez comme moi que plus vous posez la question de manière agressive, moins elle l'est. » Un jeune cadre de la chaîne, bras droit de Ballard, se mêla à la conversation, espérant tempérer les tensions : « J'ai bien aimé le petit reportage introductif sur les jeunes conseillers du Président. C'est bien de rajeunir la vie politique. » Le conseiller en communication du ministre s'adressa alors à Ballard, et, lançant un regard en direction de Farel, précisa : « Il faudrait rajeunir la télévision aussi. » Tout le monde rit.

10

Alexandre était à Paris et il se sentait seul. Sa mère ne l'avait pas appelé pour lui proposer de l'accompagner à l'Élysée. Que faisait-elle ? Où était-elle ? Il se demandait pourquoi il avait fait ce long voyage. Ses parents réclamaient sa présence mais, quand il était là, ils n'avaient pas grand-chose à lui offrir : un déjeuner rapide, un dîner, un cocktail mondain, quelques échanges intellectuels, c'était tout. Allongé sur son lit, dans sa chambre, il observait le contenu de sa bibliothèque personnelle ; il y avait là des centaines d'ouvrages : littérature, mathématiques, latin, anglais – le fruit de quinze années d'études – mais aussi de très nombreux livres de méthodologie qui expliquaient comment *réussir* et *être efficace*. Il en saisit un, en lut quelques pages. « Vous n'êtes en rivalité qu'avec vous-même ! », « On apprend beaucoup d'un échec ». Tout sonnait faux. Il se souvenait d'un élève qui, la veille du concours, avait pris un somnifère pour s'endormir mais le cachet n'avait fait l'effet que le lendemain, si bien qu'il s'était endormi sur sa copie. *Personne* ne l'avait réveillé. Quand il avait demandé des explications, les élèves présents lui avaient répondu que c'était *un concours*. Ils étaient seuls, tous en compétition dans l'espoir de sortir *major* de la *meilleure* école.

Alexandre prit son ordinateur, se rendit sur un site pornographique et fit défiler sur l'écran les vidéos proposées : il hésita entre *Jeune étudiante se faisant défoncer par un CRS* et *chef de chantier corrigée par son ouvrier* – l'écriture inclusive n'avait pas encore atteint les sphères du porno. Il cliqua sur la première. Il se caressa en visionnant la vidéo : l'homme – un colosse blond aux mains énormes – pénétrait la jeune actrice brune au teint mat. Elle avait un sexe d'enfant, entièrement épilé, et, au niveau des grosses lèvres, un petit anneau argenté. L'acteur introduisit avec violence son sexe en érection dans la bouche de l'actrice, en lui tirant les cheveux ; la caméra filmait au plus près les va-et-vient du sexe dans la bouche. Il s'enfonçait si profondément que l'actrice manquait d'étouffer. L'homme éjacula sur son visage en haletant. Au même moment, Alexandre jouit. Son téléphone vibra : c'était l'un de ses amis, Rémi Vidal, élève ingénieur comme lui. Il ne répondit pas. Il prit une douche et, quand il fut habillé, écouta le message : Rémi lui proposait de se rendre le soir même à une fête dans le XVIIIe. Il répondit par SMS qu'il le rejoindrait directement à la soirée. Puis il en envoya un autre, à Yasmina cette fois : « Je pense à toi. Tu me manques. » Il ne reçut aucune réponse. Il écrivit plusieurs messages : « Pourquoi tu me fais ça ? Je t'aime. » « Réponds-moi ! » « ??? » Il vérifia son fil Twitter, constata qu'elle venait de publier un lien vers un article de presse. Il lui écrivit un nouveau message : « Réponds, stp ! Je sais que tu es dispo, tu viens de poster deux tweets ! » Il s'effondra sur son lit, se recroquevilla, serrant un coussin contre lui. Il reçut un SMS de son père : « Ne tarde pas pour ma déco. Mets le costume que je t'ai acheté, Roberta l'a repassé. » Alexandre se leva, se rendit dans la buanderie, où la femme de ménage avait suspendu le costume. Il s'habilla mécaniquement et sortit. Il prit un taxi mais, une fois à bord, changea d'avis et donna l'adresse de Yasmina. Elle habitait à côté, au bout de l'avenue Paul-Doumer, dans un immeuble moderne. Il sonna. Personne ne répondit. Il tambourina à la porte de toutes ses forces. Enfin, elle apparut dans l'embrasure, elle n'avait pas ouvert le loquet de sécurité.

— Qu'est-ce que tu veux ? Ne fais pas de bruit, tu vas ameuter les voisins.

— Laisse-moi entrer, s'il te plaît.

— Non.

— Je veux juste te parler.

— C'est impossible, laisse-moi maintenant. Va-t'en ! J'attends quelqu'un.

Elle referma la porte. Il cogna en criant qu'elle devait lui ouvrir, il voulait « simplement » lui parler. Quelqu'un hurla :

— Partez ou j'appelle la police !

Il colla son visage contre la porte et implora :

— Yasmina, s'il te plaît, laisse-moi entrer, j'en ai pour cinq minutes.

La revoir l'avait démoli. Il entendit des sirènes de police, prit peur et déguerpit. À quelques mètres de l'immeuble de Yasmina, il commanda un Uber. Le chauffeur, « Dimitriu », noté quatre et demie sur cinq étoiles, arriva dans une Peugeot noire avec trois minutes de retard sur l'horaire initial. Alexandre s'engouffra dans le véhicule. Le chauffage avait été réglé au maximum, il transpirait dans sa chemise cintrée. Le chauffeur écoutait la radio trop fort, répondait à ses SMS en conduisant. Alexandre ne fit aucune remarque, il avait déjà entendu ces histoires macabres dans lesquelles un chauffeur de taxi psychopathe déposait son client dans un coupe-gorge pour l'y massacrer. Quand le véhicule s'immobilisa à proximité de l'Élysée, Alexandre sortit sans même le remercier. Une fois dehors, il vérifia ses messages pour y lire le reçu de sa course. Il cliqua sur la phrase *Comment s'est passée votre course ?* Mal. Très mal. Il dénonça le comportement du chauffeur et réclama le remboursement. Il ne cliqua sur aucune étoile, puis rangea son téléphone.

11

« Le palais de l'Élysée, c'est la résidence secondaire de Farel », ironisaient ses ennemis, Farel avait vu passer toute la Ve République, il y avait été régulièrement invité par les présidents successifs, il avait croisé les vaniteux, les arrogants, les timides, les faux modestes, les adversaires du Président qui vociféraient publiquement contre lui mais se comportaient avec déférence et obséquiosité une fois sur place, les amoureux transis, les dopés au pouvoir, les courtisans, les ambitieux partis de rien, les blocs de volonté qui ne lâchaient rien – de loin, ses préférés. Dès l'annonce de sa nomination au *Journal officiel*, il avait fait le siège de la présidence pour obtenir l'honneur d'une cérémonie individuelle dans la salle d'hiver du palais de l'Élysée et avait contacté le service chargé des décorations pour fixer la date de la remise. Il avait fait comprendre qu'il refusait d'être décoré en même temps qu'un simple préfet ou qu'un écrivain, fût-il Prix Nobel de littérature. Le Président lui devait bien ça. Farel l'avait invité à *Grand Oral* alors qu'il n'était qu'un jeune militant fougueux. C'était lui qui avait annoncé son élection à la télévision des années plus tard.

Ils étaient tous là : représentants du CAC 40, grands patrons de presse, journalistes, écrivains, éditeurs, ministres, anciens et en exercice, quatre-vingt-dix personnes triées sur le volet – des hommes essentiellement – s'avançant vers le perron de l'Élysée, leur carton incrusté de lettres dorées à la main (certains l'avaient pris en photo avant de poster l'image sur les réseaux sociaux). Le secrétaire général de l'Élysée était présent aussi ; c'était lui qui avait validé la liste d'invités. Quand il l'avait lue, il n'avait pas pu cacher son exaspération : « Farel nous emmerde avec ses caprices de diva, il a invité trop de monde », mais il avait fini par noter avec humour qu'il y avait là trois Premiers ministres et tout le CAC 40 réuni, « cela ne se refuse pas ». Le directeur de cabinet du Président était présent ainsi qu'un conseiller et le rédacteur du discours, un jeune énarque coopératif qu'il avait invité à déjeuner quinze jours plus tôt pour évoquer son parcours. Il lui avait apporté les articles qu'il aimait particulièrement : un portrait dans *Les Échos* en 1999 et trois pages d'entretien dans *Le Nouvel Observateur* en 2003. Il ne céderait pas à l'improvisation. Il lui avait également donné les coordonnées de deux, trois contacts qu'il avait appelés avant. Il était à présent impatient d'entendre ce discours.

Les premiers arrivés, souvent les plus intimidés, les deux frères de Farel notamment, Gilbert et Paulo, endimanchés comme s'ils se rendaient à leur propre mariage, n'avaient pas pu résister au plaisir de se prendre en photo sur le perron du palais. Ils avaient fait le déplacement depuis le petit village du Gard où ils vivaient avec femmes et enfants. On les fit patienter dans une grande salle aux tentures rouges. Les personnalités issues du monde politique et médiatique se dévisageaient avec l'œil des professionnels.

Chacun guettait sa proie, cherchant la plus influente. Quand la personne visée était déjà en discussion avec un tiers, il fallait ruser pour tenter une approche et d'un mot, d'un geste amical, prendre la place convoitée, s'intégrer avec subtilité à la conversation en cours, voire évincer son rival après avoir évalué son potentiel social – il était souhaitable de ne pas commettre d'impair – jusqu'à ce qu'un plus influent que soi se présentât et, qu'à son tour, l'élu se trouvât éjecté de la discussion selon un jeu de chaises musicales qui, à l'Élysée, comme dans toutes les sphères de pouvoir, avait ses propres règles. Dans un coin de la salle, deux cousins des Farel avaient l'air mal à l'aise, ne sachant s'ils pouvaient sortir leur appareil photo dans l'enceinte de l'Élysée. À un moment, un esclandre fut évité, un invité avait voulu faire un selfie avec Catherine Deneuve en surgissant derrière elle mais un huissier lui avait fait signe de ne pas importuner la star. Alexandre discutait avec sa mère, qui paraissait tendue, le corps moulé dans la robe que Jean lui avait demandé de porter. Au centre, Farel brillait comme un astre. On y est, pensait-il en visualisant mentalement le cadavre de sa mère recouvert d'un linceul, on y est. Tout, dans sa vie, le prédestinait au sordide et au naufrage, et voilà où il était arrivé : au sommet de l'État. Tout *ça*, il l'avait fait pour elle. Farel virevoltait, passant d'un invité à l'autre, heureux comme jamais, quand soudain il reçut un SMS envoyé par un expéditeur inconnu :

Françoise a fait une tentative de suicide.

Il fut incapable de bouger. Une migraine dévorait son crâne. Il allait faire un nouvel AVC qui le laisserait tétraplégique cette fois, il le sentait, il allait s'effondrer devant tout le monde et une photo de lui la bave aux lèvres serait diffusée partout, *la honte*. Il inspira, expira. Il avait été trop dur avec Françoise, il le regrettait terriblement. Il l'aimait. Voyant Claire, engoncée dans cette robe qui ne la mettait pas en valeur – elle avait pris un peu de poids, c'était *horrible* –, il se disait même qu'il n'avait aimé qu'une seule femme, Françoise, et elle avait tenté de mourir *à cause de lui*. Un invité arriva par-derrière, posa sa main sur son épaule. Il sursauta. « Tout va bien, Jean ? » Il sourit. « Oui, tout va très bien. » Il suait. Où était passé Léo ? Il chercha son frère du regard et l'aperçut enfin, au fond de la salle, en grande discussion avec une éditrice parisienne. Au même moment, le Président fut annoncé. Farel rangea son téléphone en tremblant. Que devait-il faire ? Il ne pouvait pas faire attendre le Président ni se mettre à tapoter sur son téléphone. Il ne pouvait pas non plus aller chez Françoise ou appeler tous les hôpitaux de Paris ; après la cérémonie, il y aurait un cocktail à l'Élysée en son honneur, il fallait *jouer le jeu*. Son cœur éclatait dans sa poitrine, il sentait l'eau couler le long de son dos. L'huissier demanda aux invités de se mettre en place, la cérémonie allait commencer. « C'est le plus beau jour de votre vie ! s'exclama Ballard en pressant le bras de Farel, vous savez ce qu'on dit ? La Légion d'honneur est le dernier Viagra des hommes de pouvoir ! » Farel recula : s'il avait eu une arme, il l'aurait achevé.

Françoise a fait une tentative de suicide. Elle est à Bichat, en psychiatrie.

Un nouveau SMS venait d'être envoyé au moment où un huissier annonçait l'arrivée du Président. Aussitôt, chacun des invités se figea. Le Président pénétra dans la salle, un sourire à la commissure des lèvres, affichant cette bonhomie qui le rendait sympathique ou détestable selon que l'on était de son bord politique ou pas. Tout semblait glisser sur lui ; il s'installa derrière le pupitre. Il se tenait droit et fier ; à cet instant, il dominait Farel. Claire avait les yeux rivés sur son portable, indifférente à l'allocution du Président qui commençait. « Messieurs les Premiers ministres, mesdames, messieurs les ministres, mesdames, messieurs, amis, proches, famille de Jean Farel, je suis heureux de vous accueillir ici pour cette cérémonie. » Tous les regards convergèrent vers le Président. Claire rangea son portable et feignit d'être attentive. De loin, elle apercevait son fils, un peu à l'écart, elle avait envie de le rejoindre mais la foule était si dense qu'elle renonça. « Jean Farel, continua le Président, vous êtes journaliste, un très grand journaliste même, vous ne laissez jamais rien au hasard, vous avez un œil sur tout. Depuis plus de quarante ans, vous êtes l'animateur, je pourrais dire l'agitateur, de la vie politique française. Chaque dimanche, en fin de journée, vous offrez aux Français des entretiens de qualité avec les plus grandes personnalités politiques de ce pays, des émissions qui ont marqué l'histoire télévisuelle. Vous êtes connu pour ce mélange de sympathie et d'agressivité, vous ne lâchez rien ni personne. De vous, on croit tout savoir, depuis première chronique à l'ORTF où vous étiez entré en stage, à vingt ans, à la grâce d'une rencontre avec son directeur général, Jean-Bernard Dupont – la légende raconte que vous vous étiez littéralement jeté sur lui avenue du Président-Kennedy en le suppliant de vous donner votre chance ! –, jusqu'à aujourd'hui où vous régnez encore sur l'audiovisuel public en tant que journaliste et producteur, vous êtes la preuve que, dans la vie, l'audace et le travail sont des valeurs républicaines toujours récompensées. Jean Farel, vous venez d'un milieu défavorisé, vous ne vous en êtes jamais caché, vous n'êtes pas l'un de ces héritiers que décrivait Bourdieu que vous avez plusieurs fois invité à s'exprimer dans votre émission, vous êtes un autodidacte, c'est votre singularité et votre force. Vos débuts dans la vie n'ont pas été faciles. Sur votre enfance, sur la mort tragique de votre mère et la séparation d'avec deux de vos frères, vous êtes toujours resté discret, ce qui ne vous a pas empêché d'écrire dans votre ouvrage paru récemment, *Grand Oral*, un livre d'entretiens sans concession avec vous-même, que tout ce que vous avez fait, vous l'avez fait pour votre mère. Ce n'est pas un hasard si, parmi vos écrivains préférés, vous citez souvent Romain Gary qui a écrit, avec *La Promesse de l'aube*, la déclaration d'amour que vous auriez rêvé d'adresser à votre mère si vous aviez eu le don d'écrire, avez-vous modestement déclaré lors d'un récent portrait. »

Il faisait référence à l'ignoble portrait, un coup de griffe, songea Jean, tout sourire. Il ne se doutait pas qu'une version parodique du discours présidentiel circulait dans les bureaux du palais, un texte qui faisait référence à un autre livre de Gary : *Au-delà de cette limite, votre ticket n'est plus valable*, roman sur la vieillesse et le déclin sexuel.

« Jean Farel, vous avez interviewé les plus grands : Bourdieu, je l'ai dit, mais aussi Pompidou, Foucault, Mitterrand mais c'est Pierre Mendès France qui vous a le plus marqué. Vous avez fait vôtres ces mots qu'il a prononcés au cours du discours d'Évreux le 23 juillet 1955 : "Le premier devoir, c'est la franchise. Informer le pays, le renseigner, ne pas ruser, ne pas dissimuler, ni la vérité, ni les difficultés."

Cette franchise, que certains ont interprétée comme une manifestation de brutalité alors qu'elle n'était que l'expression de votre pugnacité, vous a parfois été reprochée ; elle est aujourd'hui votre marque de fabrique. Quiconque accepte votre invitation sait qu'il va être questionné jusqu'à ce qu'il lâche sa vérité. »

Un coup bas, encore. Qui avait dit au rédacteur du discours qu'il avait été marqué par Mendès France ? C'était faux, évidemment. Le seul homme qui l'avait marqué, c'était le général de Gaulle, il connaissait des pans entiers de ses *Mémoires* par cœur.

Françoise a fait une tentative de suicide.

Les mots s'ancraient dans l'esprit de Farel, il était incapable de rester concentré : dans quel état se trouvait Françoise ? Et si elle était entre la vie et la mort ? Grièvement blessée ? Non. Le message l'aurait précisé. Il se ressaisit quand le discours toucha à sa fin. « Monsieur Jean Farel, nous vous faisons grand officier de la Légion d'honneur. » Farel s'avança jusqu'au Président, qui lui épingla la décoration sur le revers de sa veste avant de l'embrasser en pressant sa main sur son bras dans un geste amical. Un photographe immortalisa la scène. Les portables braqués vers eux figèrent la même image. Aussitôt, le Président remit un bouquet de roses à Claire qui avait observé toute la cérémonie, sur le côté.

En dépit du protocole qui fixait que personne ne parlât après le Président, Farel prit place derrière le pupitre pour lire son discours, ils étaient amis de longue date, l'affaire avait été entendue entre eux. Il s'installa à la place du Président, sortit de sa poche le texte qu'il avait préparé pendant deux semaines. Cinq jours plus tôt, il s'était même fait livrer un pupitre afin de s'entraîner dans les conditions de l'Élysée. Mais au moment où il releva la tête, il aperçut Michel Duroc qui entrait dans la salle. Il était un peu débraillé, le ventre renflé, le visage mangé par une barbe hirsute, il semblait avoir bu, son regard était dur, menaçant. Jean avait oublié de rayer son nom de la liste.

« Monsieur le Président, je suis très sensible à l'honneur que vous me faites car il est coutume de ne pas parler après vous. Je n'abuserai pas de cet honneur ; aussi, je serai bref. Je ne serais pas arrivé là sans ma mère qui m'a tout donné, je ne serais pas arrivé là sans mes parents adoptifs qui m'ont élevé dans l'amour de la France, je suis fier aujourd'hui que la République m'ait permis de faire ce chemin inattendu. »

Michel ne le quittait pas des yeux. À mesure qu'il déroulait sans conviction son discours, Jean tentait de chasser les pires scénarios que produisait son imagination. Il y avait, au cœur de son texte, un passage sur son éthique personnelle, son ami allait faire un esclandre, il en était sûr, il se sentait de plus en plus mal, il allait s'évanouir devant tout le monde, c'était inévitable, mais ce fut l'inverse qui se produisit : Farel resta debout et Duroc s'effondra au milieu de la salle. Les invités lâchèrent des cris d'effroi et reculèrent tandis que Claire, Alexandre et les trois frères de Jean se dirigèrent vers Michel pour lui porter secours. Farel s'interrompit mais ne bougea pas. Un garde républicain s'avança et effectua les premiers gestes avant de demander à trois autres gardes de l'aider à emmener Michel Duroc dans les salons Napoléon III, juste à côté, derrière le lourd rideau de velours rouge qui séparait les deux salles. Les invités restèrent figés, on n'entendait que leurs chuchotements. Cinq minutes plus tard, une équipe de pompiers fit irruption dans la pièce. Tout se déroulait désormais hors champ, derrière le rideau de théâtre. Claire et Alexandre avaient réintégré la salle principale.

« Que fait-on ? » murmura le Président à l'oreille de Farel. « On continue », dit Farel sans hésitation. Puis il reprit sa place, égrena son discours, mais plus personne ne l'écoutait. Quelqu'un avait des nouvelles de Michel ? Comment Farel avait-il pu reprendre la cérémonie alors que son ami était entre les mains des pompiers ? Peut-être mort ? Des bribes de son allocution parvenaient aux oreilles de chacun. « J'ai eu une belle carrière mais mon fils, c'est ce que j'ai réussi de mieux. » Tous les regards convergèrent vers Alexandre, qui rougit en entendant son nom. « Et pour finir, vous voyant tous réunis devant moi, mes chers amis, je voudrais évoquer *L'Homme de cour* de Baltasar Gracián ; les journalistes ont souvent cité cet ouvrage, non sans ironie, disant qu'il était mon livre de chevet. Il y en a d'autres : Proust, Gary et Gombrowicz ont été mes vraies passions mais je citerai Gracián pour faire plaisir à mes nombreux confrères ici présents : *C'est beaucoup d'être admiré mais c'est encore plus d'être aimé*. Je voudrais remercier ici tous ceux qui m'aiment. »

Les invités applaudirent. On racontait que Michel Duroc avait été transporté à l'hôpital. Mais une fois le buffet ouvert, ça n'intéressait plus personne.

12

Duroc n'avait pas été transporté à l'hôpital. Dès qu'il avait recouvré ses esprits, il s'était retranché dans les toilettes de l'Élysée. Le voyant s'éloigner, Alexandre l'avait rejoint. Il n'avait pas lu le portrait de son père publié dans le journal du jour. Il lui demanda s'il avait besoin d'aide. *Non merci, ça va.* Michel lui dit qu'il allait rentrer chez lui, il se sentait mieux à présent, il avait eu un malaise, *rien de grave.*

— Et toi, comment vas-tu, champion ?

— Ça va, répondit Alexandre, mais Duroc savait qu'il mentait : les êtres malheureux se reconnaissent entre eux.

— Je sais que je ne suis pas très présent comme parrain, mais j'ai de l'affection pour toi. Tu es comme un fils.

Il vit alors Alexandre s'approcher de lui et l'étreindre ; cette effusion d'affection soudaine lui fit perdre ses moyens : Michel s'effondra en larmes.

— Je suis désolé, petit, je ne sais pas ce que j'ai. Ça doit être un effet de mes médicaments pour la tension.

Alexandre lui passa la main dans le dos pour l'apaiser.

— Allez, ça va, Michel, tu as eu un malaise, rien de plus, il faisait chaud là-dedans.

Duroc se ressaisit, essuya ses larmes avec la manche de sa veste comme les enfants, puis s'approcha du robinet. Tandis qu'il rinçait son visage à grande eau, il vit Alexandre pénétrer dans l'une des cabines de toilettes : « Allez, ne t'inquiète pas, tout ira bien. » Michel avait le visage ruisselant quand Jean fit irruption, accompagné de Léo qui le dominait de deux têtes. Farel fit un signe à son frère. Aussitôt, Léo sortit.

— Pourquoi tu es venu ?

— Tu m'as invité, Johnny, répondit Duroc en cherchant désespérément une serviette en papier pour sécher son visage.

— Arrête de m'appeler comme ça...

— Je dois t'appeler comment ?

— Tu n'aurais pas dû venir. Regarde-toi, tu es saoul...

— J'avais répondu que je venais, je respecte mes engagements.

— Ton malaise pendant mon discours, c'était ta dernière façon de m'emmerder ?

Duroc ne dit rien.

— Qu'est-ce qui t'a pris de dire ça à ce journaliste ? T'es un malade, Michel ! Et ce malaise, c'était dans quel but ? Attirer l'attention le jour où le Président me décore ? À quoi tu joues ?

Duroc restait calme, dans un état cotonneux, l'eau perlant sur son front et ses joues, se contentant d'écouter Farel qui criait toujours : « Hein, pourquoi t'as fait ça, alors que tu sais que je suis exposé, que je joue ma vie, chaque jour, à la radio, à la télé ! Je joue ma vie, merde ! »

Tout à coup, Duroc sortit de son silence :

— Tu joues ta vie ?

— Oui, j'ai une pression énorme ! Énorme !

— Tu veux savoir pourquoi j'ai dit ça à ce journaliste ? Ça m'est sorti comme ça, figure-toi, j'étais tellement choqué que tu penses à moi pour participer à un portrait flatteur dans un journal sur lequel tu as passé ta carrière à cracher, alors que je n'avais plus de tes nouvelles depuis six mois, très exactement depuis que tu m'as demandé de faire cette chose ignoble derrière le dos de ton fils.

Duroc imaginait Alexandre caché derrière la porte, il voulait qu'il sache ce que son père l'avait obligé à faire. Il y eut un silence. Il avait visé juste. La voix de Farel tremblait légèrement à présent.

— Tu m'en veux parce que je ne t'ai pas appelé ? J'ai eu un tel stress au travail. Tu n'imagines pas tous ces vautours qui veulent me supprimer.

— Tu as eu du stress ? Moi, je suis sous antidépresseurs depuis six mois à cause de toi.

— On est tous sous antidépresseurs, Michel, c'est juste le laboratoire qui change. Sois compréhensif. Mets-toi à ma place.

— Tu ne m'as pas appelé une fois…

— J'étais occupé. Écoute, ce n'est pas le bon endroit pour parler de ça, dit-il en posant sa main sur la poignée de la porte pour signifier qu'il voulait en finir, quelqu'un pourrait nous entendre. On va fixer un déjeuner, appelle Jacqueline.

Mais Duroc ne bougeait pas.

— Ça fait plus de cinquante ans que je te connais et je dois encore passer par ta secrétaire pour te voir. Tu as tellement changé, Jean. Dès qu'on a un peu de pouvoir, tu es déférent mais si l'on n'a plus rien à t'offrir, tu deviens méprisant. Tu as bien appliqué la règle qui t'a mené où tu es aujourd'hui : Fort avec les faibles, faible avec les puissants.

— Ne me fais pas la leçon, s'il te plaît, pas maintenant.

— Tu m'as dénigré alors que moi j'ai été là quand tu avais besoin de moi.

Jean relâcha la poignée et pivota vers Michel.

— Tu fais une compétition morale, là ?

— Tu sais très bien de quoi je parle...

— C'est quoi au juste ? Des menaces ? Tu as tout à perdre...

— J'ai déjà perdu la santé et toute dignité. J'ai privilégié l'amitié à l'éthique, je me dégoûte.

— Je dois y aller, on m'attend.

— Comment as-tu pu me demander d'avorter cette fille et cacher à ton fils qu'elle avait dépassé le délai légal pour le faire ?

— Je l'ai fait pour le protéger et toi aussi, tu l'as fait pour ça. Qu'est-ce que tu préférais ? Que je laisse cette arriviste détruire la vie d'Alexandre ? Et puis, elle était d'accord !

— J'imagine ce que tu as dû lui promettre pour la convaincre.

— Tout ce que j'ai fait, je l'ai fait pour le bien de mon fils.

— Tu trouves toujours le moyen de justifier tes actes, même les plus inacceptables.

— Le monde est brutal et injuste, Michel, et oui, moi, je suis prêt à faire des choses inacceptables pour protéger ma famille.

— Ton problème, c'est ton absence de morale, ton cynisme associé à ton narcissisme. Tu crois que tout t'est dû, que tu peux tout contrôler, les êtres, les situations. Même la mort tu crois pouvoir la tenir à distance ! Oui, je crois que même la mort ne te fait pas peur.

Farel le regarda sans rien répondre. Il n'avait pas tort, ce n'était pas la mort qui l'effrayait et le faisait dériver mais l'irruption du drame dont la peur ne l'avait jamais quitté depuis qu'il avait découvert le cadavre de sa mère en rentrant de l'école, et, quand on avait peur, il en était sûr, tout devenait possible.

— Tu ne comprends rien aux autres. Tu n'as aucune empathie.

Jean ne réagit pas. Il avait fait ce qu'il avait pu avec ce qu'il avait eu à la naissance. Il avait aimé, désiré, travaillé avec passion. Son seul tort était d'avoir manqué de *psychologie* – un mot qu'il détestait –, qu'y avait-il à comprendre ? Rien. On restait opaque à soi-même.

— Tu as pensé à ton fils ? Comment réagira-t-il si un jour il l'apprend ?

— Il ne l'apprendra pas. Souviens-toi de ce que je t'ai dit. Si tu parles, tu perds tout : ta réputation, ton travail que tu aimes tant, tu seras radié de l'ordre des médecins.

— Au moins, je serai en paix avec moi-même.

Farel eut un petit rire nerveux puis, ouvrant la porte pour partir, ajouta :

— Tu sais ce qui arrive à ceux qui pensent qu'on peut survivre en respectant des lois morales ? Tôt ou tard, ils finissent piétinés.

13

Jean Farel avait annulé sa réservation dans un grand restaurant de la place de la Madeleine où il avait ses habitudes – trop d'émotions. Il traversa la rue du Faubourg-Saint-Honoré, pâle et tremblant. Il ne restait plus rien de la brillance élyséenne. Au Château, ils avaient su donner l'illusion d'une famille soudée, aimante, solide. Là, tout se disloquait, l'édifice se fissurait et menaçait de s'effondrer. Il ne pensait plus qu'à la tentative de suicide de Françoise. Sitôt la cérémonie terminée, Claire avait rejoint Adam, laissant le bouquet offert par le Président sur l'une des tables dressées, alors Jean l'avait emporté, il l'offrirait à Françoise puisqu'elle en avait rêvé. Il s'immobilisa un instant, en pleine rue, posta une photo de lui prise au cours de sa remise de décoration sur son compte Twitter avec ces mots : *Émotion ce soir en recevant des mains du Président les insignes de grand officier de la Légion d'horreur. Vive la République !*

Malgré l'heure tardive, il commanda un taxi pour se rendre à l'hôpital Bichat, où Françoise avait été hospitalisée. La radio diffusait de la variété française, Jean demanda au chauffeur d'éteindre la musique. Il se connecta à son compte Twitter pour y lire les réactions : quelques messages de félicitations mais surtout des moqueries : « Les lèche-cul, c'est sûr, c'est l'horreur ! », « Farel, tu mérites bien la légion d'horreur ». Il avait écrit « horreur » au lieu d'« honneur » et à cause de cette faute de frappe, son message était maintenant tourné en dérision. Il le supprima, mais le mal était fait, des captures d'écran circulaient sur le Net. Il s'en voulait d'avoir envoyé son tweet sans le relire – la précipitation et l'impulsivité avaient déjà ruiné quelques carrières.

Il n'eut aucun mal à entrer à l'hôpital en dépit de l'heure tardive, les visites n'étaient plus autorisées depuis longtemps ; pourtant il avait réussi, à la grâce d'un sourire et d'un autographe, à franchir la porte du service psychiatrique – la notoriété délivrait un laissez-passer permanent. Il avait la douloureuse impression de revivre une nouvelle fois le drame de son fils, ce moment terrifiant où il avait reçu cet appel lui annonçant qu'Alexandre avait tenté de se suicider. L'infirmière lui demanda de faire vite, de ne pas fatiguer la patiente, « très affaiblie ». Il s'engouffra dans le long couloir qui menait aux chambres, le bouquet de fleurs présidentiel à la main. C'était l'attribut qu'il préférait dans la célébrité : l'assurance que rien n'était impossible pour celui dont l'image apparaissait sur un écran. Il entendait des cris à travers la paroi des murs, c'était effrayant, il marchait vite, cherchant fébrilement le numéro de la chambre de Françoise. La pièce était petite, trop sombre, surchauffée, il aurait voulu faire entrer Françoise dans une clinique privée et pas dans cet établissement public aux murs balafrés et à l'odeur d'éther. Françoise avait le masque grave des statues de marbre, un visage inhabité. Un drap blanc recouvrait son corps jusqu'au cou, à la manière d'un suaire. Seules ses mains, tavelées de taches brunâtres, dépassaient du drap. Mal coiffée, sans maquillage, la peau desséchée, elle semblait avoir quatre-vingts ans. Jean s'approcha d'elle, embrassa son front. Sa peau exhalait des effluves âcres.

— Comment vas-tu, mon amour ? lui demanda-t-il.

— En pleine forme, répondit-elle, comme tu le vois, je me suis ratée.

Ses paupières tombaient sur ses yeux, ses lèvres étaient gercées comme ce jour où ils avaient marché en montagne pendant des heures avant d'atteindre ce refuge niché à deux mille cinq cents mètres d'altitude dans les Alpes du Sud. Il se souvenait de la passion qu'ils avaient vécue, du plaisir qu'il avait eu à l'embrasser pendant des heures.

— Qu'est-ce qui t'a pris ?

Son ton se voulait enjoué. Toute son animosité et sa colère avaient disparu. Françoise le regarda sans répondre. Qu'aurait-elle pu lui dire ? Elle avait construit sa vie autour de sa liberté, de son indépendance. Elle savait qu'elle devait le quitter, il en allait de sa survie mentale, physique. Elle avait déjà été entraînée trop loin de ses limites. Il s'approcha d'elle, caressa sa main.

— Je te demande pardon, dit-il en serrant sa main dans la sienne. J'ai été si brutal, si stupide. Je me suis comporté comme un minable, je suis désolé, je t'aime. Tu me connais, parfois je suis trop réactif.

Françoise détourna son visage.

— Dis quelque chose !

Elle le fixa.

— Tu as eu du courage, Jean ; dans ta vie professionnelle, tu as pris tous les risques, tu t'es retrouvé au cœur du réacteur politique de ce pays, oui, tu as eu du courage et je t'ai admiré pour ça mais dans ta vie privée, tu n'en as eu aucun.

L'éternel désir de légitimation de l'adultère, pensait-il, alors que ce qui le rendait si excitant, c'était précisément qu'il fût illicite et déraisonnable.

— J'étais trop accaparé par mon métier, tu comprends ?

— Ta passion pour ton métier n'est qu'un des nombreux masques de l'ambition. Chez d'autres, moins habiles, moins stratèges, le désir de conquête est plus visible ; chez toi, au premier abord, on ne décèle pas l'ambitieux compétiteur ; seulement le travailleur acharné, mais il y a dans cette forme de dévouement, cet acharnement à bien faire, une même volonté d'atteindre la première place, et d'y rester, quel que soit le prix à payer pour ça. Tu t'es révélé dans l'aventure collective au sein de ces rédactions où tu évoluais avec aisance. Tu t'es découvert une âme de chef. C'était une revanche incroyable pour l'enfant traumatisé et l'adolescent timide que tu avais été.

La psychologie de comptoir, encore, il était à bout de nerfs. Mais il ne voulait rien dire qui pût la braquer davantage.

— Tu as raison, je n'ai que ce que je mérite.

Il se rapprocha d'elle comme s'il s'apprêtait à l'embrasser mais elle se recula légèrement et, le regardant, lui dit qu'il valait mieux qu'il parte. *Pars et ne reviens pas.* Elle prononça ces mots sur un ton monocorde, dans un effort qui emportait tout son corps vers l'abîme. Il resta un moment interdit, quelques secondes qui semblèrent une éternité et puis, tout à coup, il acquiesça. Lui non plus n'avait pas envie de continuer. Dans quelques heures, tout le monde serait au courant de son geste, on évoquerait sa fragilité, on dirait qu'elle n'était plus en mesure de travailler. En tentant de se suicider, Françoise venait de mettre un terme à sa carrière journalistique. Elle enchaînerait les congés maladie jusqu'à son éviction. Cette fois, il ne pourrait pas la sauver du désastre.

— Si tu as besoin de quelque chose, dis-le-moi.

— Tout ce que je veux, c'est que tu t'occupes de Claude, va le chercher s'il te plaît. M'offrir ce chien, c'est la meilleure chose que tu aies faite pour moi. Pour le reste, va te faire foutre.

Depuis quelques semaines, il la trouvait confuse et souvent obscène, comme si les filtres naturels qui retenaient chaque individu de révéler ses pensées inavouables pour préserver sa place s'effaçaient. Il sortit de la chambre, salua l'infirmière qui lui demanda une photo. Il accepta, posa en souriant auprès de la jeune femme d'une vingtaine d'années. Elle rougit, le remercia. Il prit sa main dans la sienne, la garda pendant quelques secondes ; à un autre moment, en d'autres lieux, il aurait tenté sa chance.

Dans le taxi qui le ramena chez lui, il refit en accéléré le résumé de ces dernières vingt-quatre heures. Michel Duroc le haïssait, Claire le repoussait et maintenant, Françoise. Il ne ressentait pourtant aucune culpabilité. On lui reprochait son « manque d'empathie », son « obsession du contrôle ». Il n'avait jamais pu chasser de ses souvenirs la respiration bruyante des clients que sa mère recevait chez elle. À chaque moment important de sa vie, il revoyait le corps de sa mère étendu sur le sol de la cuisine. Tout cela, il l'avait fait pour elle, pour venger une vie de misère, d'humiliation et de souffrances. Une vague de tristesse l'envahit, un poids écrasa sa poitrine. Les messages qu'il avait reçus s'emmêlaient dans son esprit : *Bravo ! Laquais du Président ! Félicitations pour cette distinction ! Journaleux servile, aux bottes*

du pouvoir ! Vous le méritez, vous êtes formidable.
Ordure, t'as dû en sucer des bites pour obtenir ton
susucre. Il sortit de sa poche un pilulier, l'ouvrit et
prit un anxiolytique qu'il fit fondre sous sa langue.
En quelques minutes, l'angoisse se dissipa : désormais, le bonheur ne s'obtenait plus que sur ordonnance.

14

Après la remise de décoration à l'Élysée, Alexandre traversa Paris à pied, accablé par la conversation qu'il avait entendue dans les toilettes. Ce n'était pas l'avortement réalisé hors délai qui le choquait mais l'idée d'un plan orchestré dans son dos par les êtres qu'il aimait le plus au monde : son père, son parrain, la femme dont il était amoureux. Et sa mère ? Avait-elle été mise dans la confidence ? Les relations humaines semblaient vouées à la trahison et à l'échec. Il essaya de joindre Yasmina à plusieurs reprises pour entendre sa version – sans succès. Il se trouvait près de l'Assemblée nationale quand il reçut un appel de sa mère. Elle lui demanda où il était. Dix minutes plus tard, elle passa le chercher en taxi. Il ne lui posa aucune question, s'enfonça dans un mutisme qu'elle ne chercha pas à rompre. Il était convaincu qu'elle ne savait rien et il n'avait pas le courage d'affronter son père. Il rentrerait bientôt en Californie, ses parents espaceraient de plus en plus leurs visites à cause du voyage, « trop fatigant », leurs liens finiraient par se distendre. Ils arrivèrent rapidement chez Adam et Claire. C'était la première fois qu'il visitait leur appartement. Il suivit sa mère à l'intérieur d'un immeuble en crépi de l'avenue des

Gobelins. La cage d'escalier était mal entretenue. Dès qu'il arriva sur le perron, il remarqua la présence d'un petit boîtier transparent, « une mezouza, précisa sa mère, c'est censé protéger notre maison ». « Installe plutôt une alarme, ironisa-t-il. Tu vas te convertir au judaïsme, c'est ça ? » Elle haussa les épaules. Adam ne lui avait rien imposé mais, par respect pour lui, elle avait accepté que leur quotidien fût ponctué par certains rites : la célébration des grandes fêtes, la seule consommation d'aliments autorisés par le judaïsme. Leur vie amoureuse n'en était pas pour autant exempte de tensions : lui d'un naturel si calme, « un taiseux » comme elle le qualifiait, avait parfois des emportements soudains, des moments d'angoisse existentielle, des doutes quant à la pérennité de leur histoire. « Nous sommes tellement différents », concluait-il, tout en sachant que c'était précisément sa singularité qui la lui rendait si attachante.

Ils vivaient dans un appartement composé d'une entrée, d'un séjour et de deux chambres, l'une pour Claire et Adam, l'autre, une grande chambre avec vue sur un jardin que Mila occupait seule ou partageait avec sa sœur quand elle venait à Paris voir son père. Après les salutations d'usage échangées sans chaleur, Alexandre s'assit sur le canapé du salon, à quelques mètres de Mila, lovée sur un fauteuil en feutre gris. Elle portait un jean bleu foncé, taille basse, et un pull en maille à col V qui laissait apparaître sa peau blanche. « Ça te plaît Stanford ? » demanda Adam, tout en continuant à ranger des livres dans l'imposante bibliothèque qui dominait la pièce. Alexandre n'avait pas envie de discuter avec cet homme auquel il ne trouvait aucun charme particulier alors que sa mère le regardait comme s'il avait reçu le prix

Nobel de littérature. « Oui, j'aime beaucoup. »
« Après le bac, Mila va peut-être repartir aux États-Unis aussi. Elle aimerait faire une école de cinéma à New York. » Entendant son prénom, Mila se mit à rougir. « C'est super », répliqua Alexandre. C'était un pur rôle de composition. Il fallait faire comme si on était heureux d'être ensemble, comme si on s'aimait alors que, sans se détester, on avait envie de prendre individuellement chacune des personnes présentes, de les replacer ailleurs, dans leur contexte originel, et de reformer ce qui avait été détruit par les effets de leur égoïsme et de leur insouciance. Des personnes qui n'avaient rien en commun, se connaissaient à peine, ne s'aimaient pas et ne s'aimeraient sans doute jamais, étaient appelées à cohabiter parce que deux adultes tyrannisés par ce qu'ils appelaient avec gravité « leur amour » l'avaient imposé quasiment du jour au lendemain. Il chercha à s'éclipser, prétextant une soirée sans imaginer que sa mère lui suggérerait d'inviter Mila. Alexandre n'en avait pas envie, il ne manifesta qu'un silence courtois mais sa mère insistait : « Ce serait l'occasion de mieux vous connaître », tentant de créer une complicité artificielle, c'était pourtant évident que rien ne les rassemblait. Adam dit que Mila devait passer la nuit chez sa mère qui était arrivée à Paris quelques jours auparavant pour assister à un mariage et voir sa fille, elle avait loué un petit appartement dans le IXe arrondissement. « Tu ne vas pas à ce mariage ? » demanda Claire. « Non, c'est trop religieux, les hommes et les femmes sont séparés, même à table, ça ne me dit rien, je dois la rejoindre après. » Adam paraissait étonné : « Maman te laisse sortir et rentrer tard toute seule ? » Mila se mit à rire : « Je lui ai dit que si je sortais, tu me raccompagnerais chez elle », puis, se tournant vers Alexandre, elle ajouta : « Je suis d'accord de venir

avec toi à cette soirée. » Elle précisa qu'elle devait préparer ses affaires. Quand Adam avait annoncé à Valérie que Claire avait un fils de vingt et un ans, beau et diplômé, la première chose qu'elle avait trouvé à dire fut : « Que feras-tu si elle tombe amoureuse de lui ? » Il se souvenait de sa réponse : « Et si c'était la meilleure chose qui puisse lui arriver ? » Échapper comme lui au carcan identitaire, renoncer à la folie de l'entre-soi, se réinventer ailleurs avec un être vraiment différent ? Valérie avait soupiré. « Je connais les amis de mon fils, dit Claire à Mila, tu vas passer une bonne soirée. » Mila enfila une parka noire et rejoignit Alexandre, qui patientait devant la porte du salon. Il la trouvait sans intérêt, il se demandait comment il allait oser arriver avec *elle*. Une fois encore, ses parents décidaient pour lui.

Adam annonça qu'il allait leur commander un taxi. Alexandre resta un moment debout, à fixer le salon : le canapé qu'ils se vantaient d'avoir acheté chez Ikea « en attendant de trouver mieux », la table en bois et les chaises qu'ils avaient chinées, les centaines de livres qui envahissaient l'espace. Puis, en se dirigeant vers la sortie, il vit une série d'images encadrées et disposées dans la bibliothèque : une photo d'Adam et Claire – on les voyait en train de s'embrasser à l'avant d'une voiture – et plusieurs de Mila et Noa. En quelques secondes, son regard foudroya toutes les images. Il n'y avait aucune photo de lui. Tandis qu'il se dirigeait vers l'ascenseur suivi par Mila, engoncée dans sa parka, il entendit Adam prononcer ces mots : « Prends bien soin d'elle. »

LE TERRITOIRE DE LA VIOLENCE

« Le fait est que comprendre les autres
n'est pas la règle dans la vie. L'histoire
de la vie, c'est de se tromper sur leur
compte, encore et encore, encore et toujours, avec acharnement et, après y avoir
bien réfléchi, se tromper à nouveau. C'est
même comme ça qu'on sait qu'on est
vivant : on se trompe. »

Philip ROTH, *Pastorale américaine*

1

Jean Farel s'était réveillé avec une très jeune femme dans son lit ; c'était une situation rare maintenant qu'il avait fêté son soixante-dixième anniversaire mais vingt ans plus tôt, quand il présentait tous les soirs, à 20 heures, le journal télévisé le plus regardé de France, cela lui arrivait fréquemment. S'il n'avait pas le magnétisme érotique d'une rock star, il n'avait aucun mal à séduire des femmes qu'un passage régulier à la télévision excitait plus qu'un corps jeune et athlétique. À ses débuts, il ne résistait pas et il les entraînait sans difficulté dans son lit ; il n'avait jamais eu besoin de beaucoup ruser, d'engager des efforts de séduction, des promesses, d'user de chantage ou de contrainte, il lui avait suffi d'être lui-même – *un homme de pouvoir*. À présent, s'il n'avait pas renoncé aux jeux de la séduction, il ne passait plus à l'acte – non que son désir eût faibli mais il se sentait profondément lié à Françoise avec laquelle il avait toujours une intimité intellectuelle et physique exceptionnelle, la tendresse l'exhortait à la fidélité, il devenait sentimental ; et puis, il y avait autre chose, dont il n'osait parler qu'à son médecin : avec l'âge, il était devenu maniaque, anxieux et hypocondriaque, obnubilé par l'hygiène et la peur d'être contaminé par un virus qui l'affaiblirait, il avait besoin de mobiliser toutes ses forces pour travailler, il avait renoncé au sexe furtif, aux emportements amoureux, à tout ce qui était trop vif et risquait de le laisser exsangue – la passion mobilisait toutes les ressources – et c'est pourquoi, ce matin-là, il avait été étonné de trouver à ses côtés cette jeune stagiaire qui travaillait au sein de sa rédaction, une jolie blonde âgée d'environ vingt-quatre ans, originaire de Pau : Quitterie Valois. Après avoir rendu visite à Françoise à l'hôpital, il était allé chez elle pour chercher Claude qu'il avait ensuite déposé dans ses locaux. Puis il avait décidé de prendre un verre au bar du Ritz et, une fois sur place, il avait reçu un SMS de cette stagiaire qui flirtait ouvertement avec lui depuis qu'elle était arrivée, une fille distinguée, sans ostentation, qui portait des tenues assez classiques : des tailleurs-jupes ou des robes portefeuilles qui laissaient apparaître sa poitrine – jamais de pantalon. Elle était extrêmement professionnelle et mature et entretenait avec lui des rapports hiérarchiques, s'adressant à lui avec déférence : « C'est vous le chef ! » ou « OK, patron », il aimait bien ça, cette amabilité servile, en particulier quand elle émanait *de jeunes beautés*. Il songeait de plus en plus à se séparer de sa collaboratrice, Jacqueline Faux, qui n'avait pas su anticiper les répercussions du portrait déplorable que lui avait consacré le journal mais elle avait été sa maîtresse jadis, elle avait des « dossiers » comme on dit, elle pouvait le faire chanter – *No sex in business*, il n'avait pas toujours appliqué la première des règles qu'imposait la vie en entreprise. Quitterie lui avait envoyé un SMS strictement professionnel et, après quelques échanges, il lui avait proposé de le rejoindre. Elle avait aussitôt accepté, elle se trouvait « justement, à côté » et elle avait conclu son message par ces mots : « À tout de suite, chef ! » Quand il l'avait vue arriver, un quart d'heure plus tard, en jupe en jean et ballerines rouges, les cheveux noués en une queue-de-cheval très haute qui mettait en valeur sa nuque fine, un petit foulard rouge noué autour du cou, il n'avait pu s'empêcher de s'extasier : « Vous êtes si belle. Vous ressemblez à Faye Dunaway. » À son regard, il avait compris que Quitterie Valois ne savait pas qui était Faye Dunaway, elle était trop jeune, elle n'était même pas née quand l'actrice américaine avait triomphé dans *Bonnie and Clyde*, film culte qu'il avait vu trois fois avec sa première femme. Désignant sa chemise dont deux boutons s'étaient ouverts, laissant apparaître un torse imberbe, il avait bégayé : « Regardez dans quel état je suis maintenant. » Ça l'avait fait rire. Elle s'était assise face à lui, sur les fauteuils en cuir fauve, serrant son sac contre elle. « Détendez-vous, personne ne va venir vous le voler. » Elle avait commandé un cocktail, Last train to Shanghai, et lui, un dry martini. Il lui avait raconté que Hemingway avait bu cinquante et un drys martinis à la suite lorsqu'il avait libéré le bar des Allemands et que ce lieu avait été longtemps réservé aux hommes : « Heureusement, les temps ont changé. » Elle n'était pas le genre de filles à lui rappeler qu'il y avait tant d'autres lieux qui étaient encore réservés aux hommes – les lieux de pouvoir, notamment ; elle appartenait à cette catégorie de femmes qui ne remettaient jamais en cause l'empire viril, celles qui avaient fait le choix de la collaboration masculine et décidé que leur ascension se ferait grâce aux hommes et non pas contre eux. Il y avait quelque chose de l'élève appliquée et consciencieuse chez cette jeune femme, une aura un peu surannée qui séduisait Farel, les filles de son âge s'habillaient toutes de la même façon – en jean et tee-shirt – alors qu'elle avait son propre style, mélange de classicisme bourgeois et de fantaisie hippie. « Quitterie », il adorait l'élégance désuète de ce prénom si bien qu'il était allé faire des recherches sur Internet en l'attendant. « Votre prénom vient d'un mot latin qui signifie *tranquille*, c'est ce que vous êtes ? » Elle avait rougi. Ça l'excitait : cette *petite garce* était tout sauf tranquille. Il avait aussi appris que Quitterie était la fille d'un prince de Galice, en Espagne. Son père souhaitant la marier de force, elle s'était enfuie. Elle avait été baptisée en secret et s'était consacrée à Dieu. Mais les serviteurs de son père l'avaient retrouvée et décapitée sur place, le 22 mai 477. Il aimait les destinées romanesques. Une heure plus tard, après avoir siroté deux cocktails au Ritz, Jean l'avait invitée à prendre un dernier verre dans ses locaux de la rue de Ponthieu. Elle s'était extasiée sur des clichés le représentant aux côtés des plus grands chefs d'État de la planète tandis qu'il se demandait s'il n'était pas trop tard pour prendre un comprimé de Viagra et s'il avait bien une boîte de préservatifs non périmés. « Vous avez rencontré Gorbatchev ? Mandela ? Obama ? » « Oui, chérie, lui avait-il répondu en caressant ses cheveux, mais crois-moi, c'est avec toi que je préfère me trouver. » Devant l'immense bibliothèque remplie d'essais politiques, de Mémoires, d'exemplaires de la Pléiade elle lui avait demandé s'il avait lu tous ces livres. Oui, il les avait tous lus, et, disant cela, il avait saisi un exemplaire des *Mémoires* de Saint-Simon avant de le lui offrir. Elle l'avait embrassé sur la joue, répétant que « c'était trop », elle était vive, touchante, sexy – et elle voulait bien faire : apprendre, paraître curieuse, intéressante, elle posait des questions avec obséquiosité comme s'il allait la noter à l'issue de la soirée – mais dans son souvenir, il ne s'était rien passé. Après l'avoir embrassée, il lui avait demandé avec ironie si elle consentait bien à faire l'amour avec « un grand officier fatigué », et pour toute réponse, elle avait éclaté d'un rire nerveux, alors il l'avait déshabillée et s'était allongé sur elle, il avait écarté ses jambes, avait caressé son sexe qu'elle avait rasé de près mais il n'avait pas pu avoir la moindre érection. Elle avait été adorable et compréhensive, elle l'avait caressé avec douceur et l'avait même pris longuement dans sa bouche, sans résultat, hélas, cette soirée les avait épuisés, ils avaient fini par renoncer. Dans la nuit, il s'était frotté contre elle, elle s'était réveillée et il avait pris sa main, l'avait posée sur son sexe : « Ne me laisse pas comme ça, fais quelque chose », elle l'avait caressé sans réclamer sa part de jouissance comme souvent les très jeunes femmes qui ne cherchent même pas le rapport de forces, elles savent qu'elles ne dominent rien au premier échange, elles n'ont que le pouvoir de la jeunesse, elles ne tentent pas de prendre la main ; elles le feront plus tard, par la vitalité sexuelle, l'assurance – tout ce que l'âge finirait par lui confisquer. Après, une fois qu'elle l'aurait ferré, ce serait trop tard pour lui ; il serait dompté comme un animal domestique.

En la voyant à son réveil s'occuper de Claude qui végétait dans son panier et semblait se laisser mourir, il se sentit mal à l'aise, elle était trop jeune, il n'avait plus l'énergie qu'exigeait une liaison sur son lieu de travail, il y avait longtemps que le goût de l'interdit lui était passé ; il avait tout connu, tout essayé : hommes, femmes, actes sexuels à plusieurs dans des clubs, des chambres d'hôtel, des maisons d'amis influents sans que Claire ni Françoise qui étaient, sur ce terrain-là, conventionnelles et même un peu prudes, n'en sachent jamais rien. De lui certains disaient qu'il était « à voile et à vapeur », c'était inexact, il était hétérosexuel ; il avait bien eu une aventure avec un homme au milieu de sa carrière mais il l'avait fait par intérêt professionnel. Il ironisait : à soixante-dix ans, il était enfin devenu monogame. Tout ce qu'il désirait, c'était voir Quitterie partir, et vite. La perspicacité de cette fille était évidente : elle lui sourit et dit simplement qu'elle avait « du travail ». Puis elle se leva, étirant ses muscles avec la souplesse de la jeunesse et il vit ce corps ferme, cette peau lisse, mate, sans défaut, il vit ses cheveux châtains, drus, brillants, qui tombaient en cascade sur son dos et, quand elle se retourna, ses petits seins ronds dressés, son sexe juvénile, il eut une érection, il se sentit vigoureux alors il bondit sur elle, se plaqua contre ses fesses, baissa sa culotte d'un geste vif et la prit, au bord du lit ; il se retira avant de jouir, éjacula sur son dos en lâchant un râle tellement puissant qu'elle lui dit : « J'ai cru que tu étais mort. » « Ça, c'est Félix Faure, mon chou », lui répondit-il en la repoussant, sombre tout à coup, presque désagréable, submergé par un irrépressible besoin de solitude. Il lui précisa qu'il devait se préparer pour son interview matinale et elle s'habilla mécaniquement, sans émettre le moindre reproche ; elle quitta les lieux comme elle y était venue, avec discrétion, serrant son livre contre elle – elle avait vraisemblablement *de l'éducation*.

Quand Jean vit le lit aux draps froissés, Claude, la tête sur ses pattes avec le regard des grands dépressifs, refusant la gamelle remplie de viande qu'il avait posée la veille devant lui, il pensa à Françoise, à ce qu'elle lui répétait toujours en caressant son chien avec une tendresse excessive : « Claude est le fils que tu m'as donné », il regrettait ce qui venait de se passer, elle lui manquait, il avait besoin d'elle, il se sentait terriblement coupable d'avoir eu cette aventure alors qu'elle avait attenté à ses jours. Il appela son entraîneur sportif pour annuler son cours, il était sans forces : après la radio, il irait voir Françoise pour la convaincre de revenir. Il en était sûr à présent : il n'avait plus d'énergie pour les femmes, les exigences exorbitantes de l'amour ; pour la première fois, il rêvait de stabilité et de transparence. Il était confiant ; elle céderait : que trouverait-elle de mieux à son âge ? Longtemps, il avait eu peur de la perdre – peur qu'un confrère, un reporter pugnace, un homme politique charismatique, un de ces discoureurs sans scrupules qu'il côtoyait quotidiennement, la lui ravisse ; il évoluait dans un milieu où la valeur des femmes se jaugeait au rayonnement social de l'homme qui s'affichait à leurs côtés, où l'on n'hésitait pas à se les échanger, l'endogamie n'étant qu'une autre facette de l'entre-soi – mais maintenant ? Il n'y avait rien à craindre, l'âge l'avait totalement désérotisée.

Dans la salle de bains, il écouta son répondeur : Ballard le félicitait, l'émission à laquelle avait participé le ministre de l'Intérieur avait été vue par près de cinq millions de téléspectateurs, une audience exceptionnelle. Ballard lui présentait ses excuses, il retirait ce qu'il avait dit la veille dans la précipitation : *Grand Oral* devait continuer. Farel se connecta à son compte Twitter, posta une photo de lui en compagnie du ministre de l'Intérieur après l'avoir retouchée, accompagnée de ces mots : *Hier @grandoral, meilleure performance avec près de 5 millions de téléspectateurs et 22,9 % de part de marché. #fierté #merciauxéquipes.*

Il s'habilla à la hâte, sortit de ses locaux et descendit la rue de Ponthieu, emprunta la rue du Colisée. Il fut arrêté à plusieurs reprises par des passants qui lui réclamaient un autographe, une photo, il se prêtait toujours à l'exercice de bonne grâce. Chaque fois, il en profitait pour se connecter à son compte Twitter, Ballard avait repris son tweet avec ces mots : « Bravo Jean Farel ! », il avait déjà été retweeté cent vingt fois. Il traversait l'avenue des Champs-Élysées quand soudain deux hommes casqués surgirent à moto et le projetèrent sur le côté. Il s'effondra sur le trottoir, à proximité d'un kiosque à journaux. Il resta inconscient quelques secondes, puis bougea la tête, les deux hommes avaient disparu. Un passant se précipita pour l'aider à se relever mais il le repoussa violemment : « Tout va bien, laissez-moi, merci. » Il regarda à droite, à gauche, pour vérifier qu'aucun photographe n'avait immortalisé la scène. Il appela aussitôt Léo, puis se hâta jusqu'aux locaux de la radio. Son pantalon était légèrement déchiré, il avait le bras gauche entièrement tuméfié. C'était une agression préméditée, mais par qui ? Sur place, son assistante l'aida à se changer et sa maquilleuse, à dissimuler les traces rougeâtres qui striaient ses mains – même à la radio, les entretiens étaient filmés désormais et une personne préposée aux réseaux sociaux prenait une photo de Farel et de son invité qu'elle postait sur les comptes de la station – ordre avait été donné aux équipes : il fallait *communiquer*. Son invitée du jour était une jeune femme politique âgée d'une quarantaine d'années, militante de gauche, députée et auteur de trois romans salués par la critique. Il lui posa des questions cinglantes, la mit en difficulté et, pour finir, lui demanda quel était le milieu le plus féroce : le milieu politique ou littéraire. « Ce qui fait la dureté d'un milieu, ce sont les manœuvres de ceux qui le dirigent. Vous voyez par exemple, ce matin, en acceptant cet entretien, j'aurais dû me méfier et écouter les conseils de Beckett. Vous savez ce qu'il a écrit dans *Molloy* ? C'est le matin qu'il faut se cacher. Les gens se réveillent, frais et dispos, assoiffés d'ordre, de beauté et de justice, exigeant la contrepartie. Oui, c'est le passage dangereux. » De l'autre côté de la vitre, le technicien faisait un signe à Jean indiquant qu'il fallait conclure. « Eh bien ! Vous l'avez passé avec succès ! » s'exclama Jean en fixant la caméra, puis il annonça le journal, remercia son invitée sans chaleur et sortit. « La petite conne, s'écria-t-il en s'engouffrant dans la salle des techniciens, sous ses airs de madone inoffensive, c'est un vrai pitbull. Les femmes politiques, en interview, ce sont les pires, elles sont tellement sur la défensive qu'elles montrent les crocs à la première griffure. » Personne, dans son équipe, ne renchérit – si on tenait à sa place, il fallait savoir *s'écraser*. Il partit après avoir embrassé chacun de ses collaborateurs avec une affectivité feinte, il devait *créer du lien*. Léo l'attendait dans sa voiture, devant les locaux de la radio, Jean lui avait demandé de venir le chercher. Dès qu'il monta à bord, il raconta l'agression dont il avait été victime.

— Tu as vu leur visage ? demanda Léo.

— Non, ils étaient casqués.

— Il faut que tu engages un garde du corps, tu es trop exposé.

— Pas question.

Léo ne parlait pas, concentré sur sa conduite. L'autoradio diffusait une chanson de Charles Aznavour, « Il faut savoir ». Jean ouvrit légèrement la fenêtre, un vent glacé fouetta son visage. La voix d'Aznavour le berçait. « Dépose-moi à Bichat, s'il te plaît. Fais

127

vite. » Léo accéléra, Jean regardait le paysage défiler à travers la vitre.

> *Il faut savoir encore sourire*
> *Quand le meilleur s'est retiré*
> *Et qu'il ne reste que le pire*
> *Dans une vie bête à pleurer*
> *Il faut savoir, coûte que coûte,*
> *Garder toute sa dignité*
> *Et, malgré ce qu'il nous en coûte,*
> *S'en aller sans se retourner*

— Trouve-moi une arme. Un Beretta ou quelque chose dans le genre, lâcha tout à coup Jean.

Léo éteignit la radio.

— Quoi ?

— Rallume la radio et fais ce que je te dis.

Léo laissa s'écouler un long silence puis réenclencha la radio.

> *Sans s'accrocher l'air pitoyable*
> *Mais partir sans faire de bruit*
> *Il faut savoir cacher sa peine*
> *Sous le masque de tous les jours*
> *Et retenir les cris de haine*
> *Qui sont les derniers mots d'amour*
> *Il faut savoir rester de glace*
> *Et taire un cœur qui meurt déjà*
> *Il faut savoir garder la face*

Le véhicule s'immobilisa devant l'hôpital Bichat.

— Tu veux que je revienne te prendre dans une heure ? Je n'ai pas envie de te laisser seul.

— Non, je vais me débrouiller.

Jean descendit du véhicule, traversa les longs couloirs, le corps de Quitterie le hantait. Il s'immobilisa dans un coin, à proximité d'un homme âgé, assis dans un fauteuil roulant. Leurs regards se croisèrent, l'homme l'avait reconnu, il lui demanda un autographe, Jean accepta, ramassa un journal qui traînait sur une table basse. C'était un numéro « spécial cancer du côlon » avec cette mention : *éthique, l'empathie du bloc opératoire.* Il se hâta de trouver un stylo, il détestait les couloirs des hôpitaux, il voulait en finir mais l'homme le retenait : « C'est facile, je m'appelle Jean comme vous, nous sommes de la même année, on est un peu jumeaux. » Jean se redressa, dédaigneux : lui était encore jeune, alerte, on lui donnait *quinze ans de moins,* il n'avait aucun point commun avec *ce vieillard.* Il lui tendit l'autographe, puis se détourna pour écrire un SMS à Quitterie : « Je crois que je suis en train de tomber amoureux. » Il le relut, hésita – *les hommes ne sont sentimentaux que lorsqu'ils veulent baiser,* lui avait un jour reproché Françoise. Il songea qu'elle n'avait pas tout à fait tort. Il releva la tête, l'homme le regardait toujours, les mains posées sur les roues de son fauteuil, prêt à le faire avancer. Jean fixa l'écran de son téléphone et appuya sur la touche « Envoi ».

2

Alexandre Farel se réveilla en sueur, dans le grand appartement familial déserté. Son père avait passé la nuit ailleurs, à son bureau, sans doute. Il se sentait terriblement mal, une migraine tenace vrillait son cerveau, il avait fait des cauchemars toute la nuit ; la veille, il avait trop bu, trop fumé. Après avoir quitté le domicile de sa mère et de son nouveau compagnon, il s'était rendu avec Mila Wizman à une soirée organisée par un étudiant dans un loft du XVIIIe arrondissement. Il était arrivé assez tard. Là-bas, il avait retrouvé des amis. Ils avaient bu, fumé, dansé, discuté de leur avenir. Ingénieurs, fonctionnaires, banquiers d'affaires, créateurs de start-up, leurs destinées semblaient toutes tracées : plus tard, ils seraient embauchés par les géants de la Silicon Valley – Google, Apple ou Facebook –, les grandes banques d'affaires et les sociétés de conseil – McKinsey ou Goldman Sachs – ou, mieux, par un *hedge fund*, l'un de ces fonds d'investissement à vocation spéculative. Issus des grandes écoles d'ingénieurs, ils s'étaient rencontrés dans les classes surpeuplées des lycées parisiens les plus sélectifs ou des prépas publiques ou privées et avaient tissé des liens amicaux qui, plus tard, se transformeraient en réseaux professionnels – la sincérité n'excluait pas l'intérêt. Ils avaient passé une partie de la soirée à boire et à fumer et certains avaient réclamé de « l'action ». Qui avait, le premier, lancé le jeu ? Rémi Vidal. Brun, de petite taille, au corps musculeux, il était à peine plus âgé qu'Alexandre, c'était lui qui avait créé dès son entrée dans une école d'ingénieurs un site destiné à noter les filles – les plus belles étant les mieux classées – et à dévoiler *qui couchait et avec qui*. Le principe du jeu, qui s'apparentait à un bizutage, était simple : chacun d'eux devait séduire une fille présente à la soirée et revenir, avant 2 heures du matin, avec l'un de ses dessous. Dans le cas contraire, le perdant aurait un gage : diffuser sur son compte Facebook ou Instagram une photo de lui en caleçon qui resterait en ligne pendant trente minutes. De l'excitation, voilà ce qu'il leur fallait. De l'adrénaline. De l'action. Une expression virile. De la peur. Des enjeux moraux.

Aux États-Unis, Alexandre avait fréquenté les fraternités, ces clubs étudiants au fonctionnement secret. À deux ou trois reprises, il s'était rendu dans des sous-sols aménagés où des étudiants à peine majeurs attiraient des filles mineures, élues sur leur physique, leur offraient à boire avec l'espoir qu'elles acceptent de coucher avec eux en pensant qu'elles étaient là pour *ça*. Ce soir-là, à Paris, la fille choisie pour Rémi était une étudiante qui avait intégré une école de commerce *correcte*, une petite rouquine à l'air matois. L'année précédente, elle avait été nommée *chopeuse* d'or. Traduction : « la moitié du campus lui est passée dessus ». Pour Alexandre, ils avaient désigné Mila ; il n'avait pas osé dire qu'elle était la fille du compagnon de sa mère, personne n'avait remarqué qu'il était arrivé avec elle. Dans ce vivier d'ingénieurs où la valeur se mesurait au CV, sa cote était basse. Elle paraissait timide, se tenait à l'écart, assise sur l'un des canapés, un verre d'eau à la main, le genre d'ovni qui ne se sentait à sa place nulle part et était bien incapable de le cacher. Alexandre avait discuté avec elle – une fille gentille et pragmatique sans être particulièrement brillante qui disait aimer le cinéma et les séries –, ils avaient bu du champagne, sur l'insistance d'Alex car, dans un premier temps, elle avait avoué qu'elle ne consommait pas d'alcool « non casher », et rapidement elle s'était sentie mal, elle avait voulu « prendre l'air », et il l'avait accompagnée – il avait encore en tête les mots de son père : « Prends bien soin d'elle. » À proximité de la sortie du métro Anvers, il avait acheté du shit et de la cocaïne et, comme elle refusait de fumer dans le parc (elle avait peur, froid, et il l'avait traitée de « petite nature »), il lui avait proposé d'aller dans un local d'immeuble que connaissait le dealer, à côté. Ils s'y étaient rendus rapidement ; là-bas, ils avaient fumé, il l'avait embrassée, puis il lui avait demandé une fellation, il avait pris de la coke, ils avaient eu un rapport assez rapide, *rien d'extraordinaire*, il avait récupéré sa culotte et, en sortant, il lui avait avoué qu'il s'agissait d'un bizutage, elle s'était mise à pleurer, c'est là qu'il avait pris peur, les larmes lui faisaient perdre ses moyens, il avait un peu paniqué. Il l'avait laissée au milieu de la rue et était retourné à la soirée, la culotte dans la poche. De retour à l'appartement, il avait beaucoup bu, un peu dansé, il s'était affalé sur un canapé avec ses amis et une discussion avait mal tourné : Alexandre avait affirmé que *la voie royale*, c'était développeur chez Google mais Rémi s'était énervé : Chez Airbnb, ils payaient cent quatre-vingt mille dollars annuels alors il n'avait pas l'intention « d'aller croupir chez

Google » où on ne lui en avait proposé « que cent trente ». Quant à Uber, il leur avait « presque raccroché au nez » quand il avait entendu le salaire proposé : cent dix mille annuels. Il ne faisait pas « l'aumône ». Finalement, Rémi avait conclu que le problème ne se poserait pas parce qu'il allait travailler dans un *hedge fund*, à New York, pour deux cent cinquante mille dollars qu'il pourrait doubler en bonus. « Tout ça pour ça », avait conclu Alexandre dans un état de tension insupportable, et, au milieu de la nuit, il était rentré en taxi. Il se sentait au bord du gouffre à présent, il ne se souvenait plus très bien de la façon dont les choses s'étaient passées avec Mila, il avait peut-être été directif et brutal *à cause de la drogue et de l'alcool*, il n'était pas dans son état *normal*, mais c'était tout, il s'en persuadait – en vain. Pourquoi ne parvenait-il pas à la sortir de sa tête ? Pourquoi revoyait-il cette fille *en pleurs* ? Est-ce qu'il avait été *trop loin* ? Il n'aurait pas dû l'amener dans ce local, voilà ce qu'il se répétait, cherchant à oublier ce qui s'était passé à l'intérieur : *cela n'aurait pas dû arriver*. C'était une sensation poisseuse, il avala un comprimé de Xanax et se détendit rapidement.

Il se leva, prit une douche, frottant chaque parcelle de son corps avec un gel bio pour peaux sensibles, hypoallergénique, sans parabène. Dix minutes plus tard, il se connectait à son ordinateur : il avança son retour pour San Francisco, il n'avait plus rien à faire en France, ses parents ne se souciaient pas de lui, Yasmina le fuyait, il était pris d'une irrépressible envie de rentrer chez lui le plus vite possible. Il réserva un billet pour le lendemain et régla avec sa carte bancaire. Il envoya un SMS à ses parents pour le leur annoncer : il écourtait son voyage, il était convoqué à « un entretien important chez

Google ». Aucun de ses parents ne réagit. Avec le temps, l'expérience, il avait appris à maîtriser la charge de tristesse qui s'abattait sur lui quand ils le renvoyaient, par leur absence, à sa solitude. Il se connecta à son compte Instagram. Il fit défiler les photos des comptes auxquels il était abonné. Les gens semblaient vivre une existence *tellement excitante*. Ils allaient dans les *meilleurs* restaurants, avaient les amis *les plus frais*, sortaient avec *les plus belles filles* et en étaient *fous amoureux*. Ça le déprimait. Il se mit en tenue de sport, torse nu, et se dirigea dans la salle que son père avait fait aménager au fond de l'appartement. Il se plaça devant l'une des nombreuses machines et prit une dizaine de photos de lui. Il en choisit une, fit longuement dérouler les filtres, les essaya l'un après l'autre – « radieux » semblait un bon choix pour déjouer l'angoisse. Il régla la luminosité et sélectionna enfin une image qu'il envoya, accompagnée des mentions suivantes : #discipline #nevergiveup #motivation #bien-être #happylife #lovemylife #Stanfordstudent #followme. Aussitôt, des cœurs rouges apparurent sur son écran. Il reçut rapidement des commentaires : « Waouh ! », « Magnifique », « Beau gosse ». De nouvelles personnes s'abonnèrent à lui, des filles pour la plupart, en tenue de yoga, de fitness ou en maillot de bain. Il vérifia les comptes et ne s'abonna en retour qu'à celles dont le profil lui plaisait, les mannequins de moins de vingt-cinq ans ayant sa préférence, il y en avait des centaines sur Instagram qui posaient à moitié nues, à croire que ces filles se baladaient en string toute l'année. Il évitait les blogueuses mode et toutes celles qui vivaient aux crochets des grandes enseignes en faisant du placement de produits – trop vulgaire. Il cliqua sur les liens de deux mannequins, deux Américaines dont l'activité principale consistait à poster des photos de leurs fesses galbées par des centaines de squats quotidiens, elles posaient bouche entrouverte, ne souriaient jamais, ça l'excitait. Il ajouta un commentaire : « Love that. » Il vérifia si Mila possédait un compte : oui, elle en avait un, mais il n'affichait que vingt abonnés et n'était constitué que de quelques photos de paysages – Brooklyn, Jérusalem, Paris – ou de plats cuisinés. C'était ce qu'il appelait communément *une pauvre fille*. Dans un élan de culpabilité, il s'abonna à elle.

3

Une lumière jaunâtre irradiait la Seine, teintant vaguement un ciel de traîne : tout semblait incertain, mouvant depuis que Claire, à son réveil, avait allumé son téléphone. Son fils lui avait annoncé qu'il avançait son départ et elle n'avait pas trouvé le courage de le rappeler pour l'en dissuader. Professionnellement, elle traversait une zone de turbulences et, dans ces moments de conflits, elle devait mobiliser toutes ses forces morales, intellectuelles, elle ne savait plus alors être une femme *et* une mère. Elle était si jeune quand elle avait eu son fils ; elle avait traversé des phases de doute et d'abattement. Elle se revoyait, au lendemain de l'accouchement, serrant le petit être dans ses bras et se répétant avec effroi qu'elle était à présent responsable de lui *à vie*. Elle s'était sentie impuissante et veule, comme l'avait été sa mère à sa propre naissance, pleurant en cachette par crainte du jugement social. Il y avait bien cet attachement très fort, cet amour fou, ce désir constant de protéger son enfant mais ce n'est qu'avec le temps qu'elle avait réussi à se départir – partiellement – de ses angoisses. Depuis la naissance d'Alexandre, elle se sentait ponctuellement dépassée par l'ampleur des exigences qu'impliquait la maternité, et notamment la plus difficile à satisfaire pour une femme qui avait placé très haut sa liberté : la disponibilité.

Dans le taxi qui la menait vers les locaux de la radio où elle allait être interviewée sur les effets de son entretien publié le matin même dans la presse, elle relisait avec une rigueur quasi masochiste les dizaines de messages d'insultes qu'elle avait reçus. On la traitait d'« islamophobe » ; on lui reprochait son « féminisme blanc et bourgeois ». Elle avait un sentiment de malaise et d'immense gâchis, de forfaiture intellectuelle, comme si sa pensée avait été transformée, réduite, anéantie sous la puissance d'un nouveau tyran – les réseaux sociaux et leur processus ravageur : l'indignation généralisée. Elle aimait la discussion, la contradiction, la remise en question, pas la simplification, pas l'agressivité, c'est pourquoi elle avait accepté cette invitation à débattre avec la responsable d'une association féministe dans une émission matinale. Elle ne recherchait pas une quelconque publicité, elle avait accepté dans un seul but : « dénoncer la culture du viol et lever les malentendus que son texte avait suscités ». Son interlocutrice, cheveux coupés court, jean noir et chemise rouge, l'interpella avec vigueur dès la prise d'antenne.

— Vous vous manifestez aujourd'hui parce que ce sont des migrants alors qu'en fait, le vrai problème, c'est la violence sexuelle en général ! Vous désignez les migrants comme seuls responsables et ça, c'est inacceptable !

— Bien sûr que je dénonce la violence sexuelle en général, mais là, en l'espèce, il s'agissait essentiellement de jeunes hommes venus de Syrie ou du Maghreb, des endroits où les rapports homme-femme ne sont pas les mêmes qu'en France, où le corps de la femme est souvent contrôlé par l'homme.

— Le vrai problème, ce n'est pas l'origine ethnique, sociale ou religieuse, c'est la domination, c'est le patriarcat. Pas besoin d'être syrien ou maghrébin pour l'imposer. La violence sexuelle a toujours existé, elle n'a pas été importée par les migrants !

— Je n'ai jamais dit qu'elle l'était.

La journaliste intervint :

— Claire Farel, pensez-vous, comme certains l'ont affirmé en Allemagne, qu'il pourrait s'agir d'une nouvelle forme de terrorisme, d'une action concertée ? Certains ont même parlé de djihad sexuel...

— Non, je ne le crois pas du tout. Selon moi, il s'agit d'actes sans arrière-plan politique, je ne crois pas qu'ils soient liés au fondamentalisme islamique. Simplement, ces jeunes en provenance de pays musulmans ont été élevés dans une ambiance patriarcale très forte, au sein de sociétés régies par l'ordre religieux, ces hommes ont souvent une méconnaissance totale des désirs féminins, il y a même parfois, chez les plus jeunes, une vraie misère sexuelle car il y a, dans certaines familles, beaucoup d'interdits, on assiste alors à une chosification de la femme qui mène aux violences commises sur son corps comme ce qui s'est produit à Cologne.

— Et alors ? Ça ne fait pas d'eux des violeurs en puissance ! répliqua la responsable associative.

— Mais la misère sexuelle peut mener à l'agression...

— C'est la domination masculine qui mène à l'agression...

— Vous êtes dans le déni. Voilà ce que je reproche au néoféminisme : avoir trahi le combat féministe en donnant la priorité à l'antiracisme sur l'antisexisme.

— Nous n'avons rien trahi. C'est vous qui trahissez

nos valeurs en stigmatisant clairement les musulmans, en les désignant comme agresseurs !

— Je ne stigmatise personne, mais selon moi il n'y a pas d'intérêt supérieur à la vérité et à la transparence.

— La seule vérité, c'est qu'il y a environ quatorze mille cas de viols déclarés par an en France et un peu plus de sept mille en Allemagne et je ne vous parle pas des milliers de victimes qui n'osent pas porter plainte ! Et ces viols sont le fait de qui, vous croyez ? Ils sont le fait des hommes ! De toutes sortes d'hommes : du psychopathe au bon père de famille ! Allez au Palais de Justice, madame Farel, et vous verrez que l'agresseur peut être n'importe qui… Alors cessez de stigmatiser les migrants parce qu'à ce jeu-là vous aurez l'extrême droite au pouvoir dans un an ! C'est ce que vous voulez ?

— Je n'ai pas de leçon à recevoir de vous. Mon engagement, mes prises de position, mes livres parlent pour moi. On ne peut pas débattre avec quelqu'un comme vous. Vous êtes dans l'invective, vous êtes dans le jugement définitif. D'une certaine façon, vous êtes le produit de notre époque.

— D'après vous, demanda la journaliste, ces actes de violence commis à Cologne remettent-ils en question la politique migratoire d'ouverture prônée par Angela Merkel ?

— Non, répondit Claire. Il faut seulement penser différemment l'accueil, faire un travail d'information, d'éducation.

— Vous allez leur distribuer des plaquettes informatives pour leur expliquer comment aborder une femme ? Ce discours paternaliste et néocolonialiste me révulse…

— C'est un discours féministe mais hélas, vous avez choisi d'abandonner les femmes. Tous les agresseurs sexuels doivent être lourdement condamnés. Quand il s'agit d'étrangers, notre volonté ne doit pas être affaiblie.

L'émission touchait à sa fin. La journaliste annonça l'actualité du jour. Claire se leva, tendit la main à la responsable associative mais la femme esquiva, posa un casque sur ses oreilles et sortit.

4

Jean déambulait dans le service hospitalier mais cette fois-ci, il ne circula pas avec la même fluidité ; il avait à peine franchi la porte de l'ascenseur qui menait au service psychiatrique qu'il fut arrêté par un médecin : les visites n'étaient pas autorisées le matin. « Je n'en ai que pour quelques minutes. » « Non, monsieur. » C'était visiblement un homme qui n'aimait pas ses émissions, songea Farel. La chambre dans laquelle était hospitalisée Françoise ne se trouvait qu'à quelques dizaines de mètres. Le médecin lui rappela que les règles de l'hôpital s'adressaient à tout le monde. Farel détestait ces petits chefs qui vous mettaient des bâtons dans les roues, répétaient en société que la virilité n'était jamais aussi intéressante que lorsqu'elle s'effondrait tout en affichant un machisme primaire à la moindre occasion ; ceux-là, il fallait leur laisser croire qu'ils vous dominaient pour mieux les corrompre le moment venu. Farel fit mine de se diriger vers les toilettes publiques puis, tout à coup, s'élança vers la chambre, porté par une énergie nouvelle, il se mit à courir, retrouva sa vigueur, il avait vingt ans, trente ans, il bouscula un chariot vide, indifférent aux vociférations lointaines du médecin qui appelait en renfort les services de

141

sécurité et, quand enfin il ouvrit la porte, il ne put s'empêcher de pousser un cri d'effroi : Françoise était allongée, face contre terre, sa chemise de nuit remontée au niveau des cuisses, dans la même position que celle où il avait retrouvé sa mère un après-midi d'octobre 1955. Mais cette fois ce n'était plus du sang qui s'écoulait du corps gisant à terre, c'était de l'urine. Il recula, deux hommes le saisirent et l'emmenèrent jusqu'à une salle de garde. Jean attendit que le chef de service daignât le recevoir. Il tremblait. Après avoir patienté une heure, il fut enfin autorisé à entrer dans son bureau. C'était une petite pièce sans charme qui ne contenait aucun objet personnel, façon de leur rappeler qu'ils n'étaient que de passage. Jean lui dit qu'il était le compagnon de Françoise, elle n'avait pas d'enfants, pas de famille, il était « tout » pour elle. Il réclamait « la vérité sur son état de santé » et le médecin lui répliqua qu'il était soumis au secret médical. « Vous m'avez fait attendre tout ce temps pour me dire ça ? Enfin, elle était par terre, inconsciente, personne ne s'était soucié d'elle, c'est inadmissible. Vous savez qui est cette femme ? C'est une très grande journaliste. » « Nous traitons tous nos patients avec le même dévouement. » Jean avoua qu'il songeait à la transférer à l'Hôpital américain. Le médecin afficha un petit rictus crispé : « Si vous ne trouvez pas l'hôpital public à votre goût, libre à vous de partir. Mais je vous conseille d'abord de parler à votre compagne pour savoir ce qu'elle veut, *elle*. » Jean demanda s'il pouvait rester un peu avec elle et le médecin accepta cette fois, « à titre exceptionnel ».

Lorsque Jean entra dans la chambre, il trouva Françoise étendue sur son lit ; elle pleurait doucement, dans un état de grande vulnérabilité. Il s'assit au bord du lit, prit sa main dans la sienne.

— Je suis là, ma chérie.

Elle ne répondit pas, essuya ses larmes, fuyant son regard. Il se mit à embrasser sa main, la garda contre sa joue.

— Qu'est-ce qui s'est passé ?

— Rien. Il ne s'est rien passé, j'ai eu un malaise, c'est tout, je suis tombée et je me suis pissé dessus, ce sont des choses qui arrivent.

Il ne la reconnaissait plus.

— Je parle de ta tentative de te faire du mal... C'est à cause de moi ? De ce que je t'ai dit ?

— Cesse de te prendre pour le centre du monde, Jean. Ce n'est pas à cause de toi que j'ai tenté de me suicider.

Depuis la tentative de son fils, il était incapable de prononcer le mot « suicide » sans trembler.

— C'est quoi alors ? Parle, ma chérie.

Elle détourna son regard. Il sentit qu'elle retenait ses larmes.

— Je suis malade, Jean.

Il était trop tôt pour évoquer la maladie d'Alzheimer mais elle en présentait tous les symptômes : pertes de mémoire, confusion du langage. Jean savait ce que signifiaient ces mots, ce qu'ils impliquaient.

— J'ai consulté parce que j'avais des troubles de la mémoire.

— Et qu'ont dit les médecins ?

— J'ai fait des examens, les résultats sont formels. En plus de l'IRM, les médecins m'ont fait une ponction lombaire, les marqueurs ont confirmé le diagnostic, je suis finie, Jean.

Elle ne voulait pas perdre la tête, ses souvenirs, elle ne voulait pas être réduite à la déchéance physique et intellectuelle. Elle allait dès maintenant organiser son suicide assisté en Suisse et il devait l'aider.

— Tu ne peux pas me demander une chose pareille.

Il avait lâché ces mots avec brutalité : c'était sans appel. Elle baissa les yeux. Il se radoucit :

— Pourquoi ne m'as-tu rien dit ?

— Tu ne supportes pas la maladie.

— Comment te sens-tu ?

— La plupart du temps, je vais bien, je donne le change et puis tout à coup, ça débloque. Le portrait dans le journal, je ne t'en ai pas parlé parce que j'ai oublié.

Elle se remit à pleurer doucement.

— Tu vas sortir et je vais m'occuper de toi, tu vas emménager avec moi.

— C'est impossible, tu es marié, je dois encore te le rappeler ?

— Je vais quitter Claire.

— Maintenant ? Tu cherches quoi ? Une sanctification ? Pourquoi ferais-tu cela, après toutes ces années ?

— Parce que je t'aime.

— Et tu finiras par m'étrangler comme Althusser parce que tu ne me supporteras plus.

— Tu dis n'importe quoi.

Il n'était pas très sûr d'être capable de réaliser ce qu'il venait de dire mais c'était sorti tout seul, il devait s'y tenir.

— Je vais m'occuper de tout, laisse-moi faire.

Elle le regarda avec tendresse. Elle ressemblait maintenant à une petite fille docile, elle qui avait été une journaliste courageuse, combative, uniquement guidée par l'amour de son métier. Elle s'était rendue sur la plupart des zones de guerre mais c'était là, dans cette chambre d'hôpital, qu'elle avait connu ses plus grandes terreurs.

— Tu as prévenu le journal ? demanda-t-il.

— Non.

— On va organiser ton départ.

— Chaque jour j'ai peur de commettre une faute, je vérifie tout, vingt fois, trente fois. Dès que j'entends l'expression *fake news* j'ai des palpitations.

— Je vais appeler mon avocat, il fera ça très bien. Tu partiras proprement.

— Il n'y a pas de manière propre de quitter un journal que l'on a tant aimé.

— Disons que je ferai en sorte que tu t'en tires vers le haut. Un départ en majesté.

— Et tu m'aideras à aller en Suisse. Tu t'occuperas de Claude.

— On n'en est pas là.

— Ça s'organise des années à l'avance. Si tu m'aimes, tu dois m'aider à mourir. Tiens, prends les documents dans mon tiroir.

— Non.

— Prends-les. S'il te plaît.

Il se crispa, puis lentement ouvrit le tiroir. C'était une brochure émanant d'un organisme qui proposait des suicides assistés en Suisse. Il prit le document et le glissa dans sa poche.

— Je ne sais pas si je suis prêt pour ça…

— Tu sais ce que m'a dit un jour un éditeur parisien ? *Avec l'expérience de la vieillesse, les femmes meurent vivantes.* Je l'ai traité de misogyne. C'était cruel mais vrai.

Jean se crispa. Il n'aimait pas ces discussions sur l'âge et le déclin. Il était convaincu qu'il fallait se battre, continuellement, et que, dans cette lutte, hommes et femmes étaient égaux. Il s'approcha du visage de Françoise et l'embrassa sur le front.

— Je t'aime, Françoise. Je t'aime telle que tu es. Tu es la plus grande journaliste du monde et tu es la femme de ma vie.

145

— Moi aussi, je t'aime.

Elle avait aimé avec passion un homme qui incarnait tout ce qu'elle détestait humainement. C'était *un mystère*.

— Au revoir, mon amour, dit-elle, puis, avec ironie, ajouta : Le jour où je t'appellerai *Papa*, supprime-moi.

Jean quitta la chambre, chancelant ; il avait un sentiment d'extrême solitude. Mécaniquement, il consulta son compte Twitter : il avait atteint les cinq cent quarante-trois retweets, c'était inespéré. Dans le taxi du retour, il tenta de se concentrer, commença à prendre des notes pour son interview du lendemain, il allait recevoir l'un des grands juges de l'antiterrorisme, il lui demanderait si oui ou non, la France était en guerre. Il arriva à son bureau avec retard, Jacqueline lui avait déjà envoyé dix messages. Dès qu'il franchit le seuil des locaux de la chaîne, il constata que Quitterie Valois n'était pas là. Habituellement, elle se trouvait à l'accueil, assise derrière un bureau improvisé sur lequel elle avait posé ses affaires : une bougie à la figue, un bloc-notes multicolore et des carnets rouges. Il demanda à Jacqueline où était passée « la petite stagiaire » et elle répondit qu'elle avait donné sa démission, le matin même. Elle avait téléphoné « dans un état de grande confusion » en disant qu'elle avait « de graves problèmes personnels ». « Elle ne t'a rien dit d'autre ? » « Non. » Il eut des remords tout à coup, elle avait sans doute honte d'avoir eu cette liaison avec lui, il lui envoya un nouveau message : « Pardonnez-moi pour ce qui s'est passé ; je n'aurais peut-être pas dû. » Elle ne réagit pas. Il regretta aussitôt de l'avoir envoyé : ce dernier message prêtait à équivoque. Dans ces histoires-là, il ne fallait jamais laisser de traces. Et si c'était une folle ? Une manipulatrice ? Depuis l'affaire DSK, il faisait preuve de prudence, il avait été traumatisé par les images de l'homme politique présidentiable sortant des locaux de la police, menotté comme un petit malfrat, lui qu'il avait toujours considéré comme un esprit brillant. À l'époque, il l'avait appelé pour lui témoigner son soutien. En pénétrant dans son bureau, il appela Léo : « Viens tout de suite. » Léo le rejoignit quinze minutes plus tard. Il portait un jean noir et une chemise dont il avait oublié de fermer plusieurs boutons comme s'il était parti de chez lui dans la précipitation. « Je crois que j'ai fait une connerie », dit froidement Jean. Puis il lui raconta que la veille, il avait couché avec une jeune stagiaire : « une fille qui n'arrêtait pas de me tourner autour ». Il lui avait envoyé un message qui laissait entendre qu'il l'aurait harcelée ou aurait abusé d'elle.

— Tu as quelque chose à te reprocher ? demanda Léo en allumant une cigarette.

— Non, bien sûr que non, tu me connais, je n'ai jamais forcé qui que ce soit... Je lui ai même demandé son consentement, tu peux le croire ? Ne fume pas dans mon bureau, s'il te plaît. Et arrange ta chemise.

— Alors où est le problème ? répliqua Léo en écrasant sa cigarette.

— Je ne sais pas. Elle a donné sa démission ce matin. D'après Jacqueline, elle était mal.

— Tu es parano, là.

— Oui, tu as raison.

— Tu as fait attention ?

— Oui, évidemment.

— Il n'y a aucun risque.

— Oui, tu me rassures.

Jean paraissait extrêmement tendu.

— Tu veux que je lui parle ?

— Non, surtout pas.

— Tu n'as vraiment rien à craindre. Mais je vais quand même me renseigner sur elle.

Léo partit aussitôt. Jean saisit son téléphone : Claire lui avait laissé cinq messages en absence. Il la rappela. Non, il n'avait pas eu le temps de l'écouter à la radio. Elle parlait avec fébrilité et emphase, dissimulant mal son angoisse. Son article avait engendré une vague de réactions indignées, on l'insultait, on la traitait même de raciste ! Il jubilait : que pouvait faire son nouveau compagnon face à une telle situation ? Il ne connaissait pas la rudesse de leur milieu, les coups bas, les attaques, la rhétorique politicienne, l'impact des médias et des réseaux sociaux – ces machines à broyer. Il prit le temps d'écouter Claire, puis lui conseilla d'assumer sa position. « Non, je regrette d'avoir fait cet entretien. Je me suis exprimée trop rapidement, j'ai cédé à la facilité de l'époque : cette injonction à donner son avis sur tout, à chaud, sans distance critique, sans débat contradictoire et, au fond, sans réflexion. Ma pensée a été dévoyée, j'en suis malade. » « Tu as tort, ça a fait du buzz. En bien, en mal, il faut qu'on parle de toi. » « Tu sais bien que je ne recherche pas l'exposition médiatique. » « Pourtant, en donnant des interviews, en écrivant, tu t'exposes. » « C'est vrai mais je vis très mal l'agressivité sur les réseaux sociaux… tous ces anonymes qui se lâchent… ce lynchage public, je crois que je ne supporte plus toute cette violence. » Il eut un rire ironique : « Alors il ne fallait pas faire ce métier. »

Il raccrocha, dénoua sa cravate : il étouffait. Il avait l'impression que son cœur battait trop vite, sa tension devait être haute. Il ressentait une légère compression au niveau thoracique. Il consulta sa montre connectée qui lui permettait de déceler le moindre trouble du rythme cardiaque. Son pouls était correct. Il sortit de sa poche une petite plaque métallique. Reliée à son téléphone, elle enregistrait le tracé de son électrocardiogramme. Il posa ses doigts sur la plaque. En quelques secondes, le résultat s'affichait : tout était normal. Il sentait pourtant confusément que rien ne l'était.

5

Jean Farel reconstituait le fil des événements depuis le moment où il avait reçu le SMS de Quitterie Valois et celui où elle avait franchi le seuil de son appartement : il ne se souvenait pas de lui avoir imposé quoi que ce soit. Il craignait la dénonciation calomnieuse – tout ce qui aurait pu salir sa réputation professionnelle et compromettre son avenir télévisuel. Plus que tout, il craignait la rumeur qui avilissait tout. Cette fille pouvait avoir été envoyée par Ballard, par un concurrent ou même un politique rancunier pour le faire tomber, tout était possible. Dans le parc situé à proximité du Grand Palais, Claude tirant sur sa laisse, il saluait les gens qui le reconnaissaient, masquant son trouble. Il se dirigeait vers ses locaux quand il reçut un appel de la gardienne de sa résidence principale, avenue Georges-Mandel : la police était chez lui. Il l'écoutait religieusement, figé par ces mots qu'elle répétait en boucle tandis qu'au même moment Claude se mettait à aboyer avec une vigueur suspecte contre un groupe d'individus. Il était comme enragé. « Qu'est-ce qu'ils sont venus faire ? » « Ils ont juste dit qu'ils avaient un ordre de perquisition, ils sont rentrés et c'est tout. » Jean raccrocha, appela Léo et lui expliqua la situation. Son frère le rassura : « Écoute, pas de panique, ce n'est peut-être rien. » « Non, ça ne peut pas être rien. Ils sont en train de perquisitionner chez moi. Qu'est-ce que je fais ? » « Tu attends. Viens à la maison, ça nous permettra de gagner du temps. » Jean déposa Claude à son bureau, vérifia qu'il n'avait rien laissé de compromettant, puis se rendit chez Léo, dans le XVIIe arrondissement de Paris. La sobriété de la décoration – murs blancs, meubles en bois – trahissait un désir de neutralité presque suspect. Léo vivait seul, Jean ne lui connaissait aucune compagne. Quand il évoquait ce sujet, son frère se contentait de sourire ou laissait entendre qu'il était un espion de la DGSI sans attaches. La réalité était plus pathétique : à part son frère, il n'avait personne dans sa vie. Ils avaient une relation fusionnelle mais déséquilibrée. Léo donnait l'impression d'être dépendant de Jean : il était corvéable à merci. Certains surnommaient Léo « va chercher », comme on le dirait d'un chien. Jean s'assit sur l'une des chaises en bois, Léo lui servit un verre d'eau :

— Tu n'as aucun souci à te faire. Même si la fille porte plainte, son témoignage ne vaudra rien. Regarde ce que j'ai trouvé dans son bureau.

Il sortit une pochette, l'ouvrit. À l'intérieur, il y avait des photos de Jean, des articles de presse découpés avec un soin maniaque :

— À moins que ce ne soit ton attachée de presse, je crois qu'on a affaire à une admiratrice.

— Elle est jeune pour être une fan. Habituellement, je séduis la ménagère de plus de cinquante ans.

— Tu es irrésistible.

— Ce n'est pas drôle. Je risque quoi si elle porte plainte ?

— Tu sais que je n'aime jamais imaginer le pire tant qu'il ne s'est pas présenté.

Léo téléphona à Alexandre, il devait être à l'appartement, il pourrait lui en dire plus mais son neveu ne répondait pas. Jean restait prostré, sa tête entre les mains, incapable de réagir aux sollicitations qui se multipliaient sur son téléphone. Léo avait des contacts dans la police. Il passait quelques coups de fil tandis que Jean faisait nerveusement défiler le fil de son compte Twitter. Léo posa sa main sur le téléphone de son frère : « Maintenant, on se calme et on attend. » Jean ne l'écouta pas, se connecta à ses comptes, il devait à tout prix montrer qu'il n'avait rien à se reprocher. Il posta sur Instagram une photo de lui en train de lire, au soleil, souvenir de ses dernières vacances à Bali.

Quelques minutes après, le téléphone de Léo sonna. Jean vit le visage de son frère se décomposer au fil de la conversation. Léo raccrocha rapidement.

— Une plainte a été déposée pour viol au commissariat de la Goutte-d'Or dans la nuit.

Jean passa ses mains sur son visage et les fit lentement glisser.

— J'en étais sûr, j'aurais dû me méfier, j'ai été imprudent. Quel con ! En quarante ans, je n'ai jamais fait un tel faux pas, c'est une erreur de débutant.

Léo restait silencieux.

— Dis quelque chose ! J'ai une plainte pour viol sur le dos, merde !

— Oui, il y a une plainte. Mais ce n'est pas toi qu'elle vise, c'est ton fils.

6

Alexandre courait sur son tapis roulant depuis quarante-cinq minutes quand trois officiers de la police judiciaire avaient surgi au domicile de son père. C'est lui qui leur avait ouvert la porte, il était seul, son père n'était pas rentré. Il tenta de rester calme, de contenir son angoisse. Il les avait accueillis en bas de jogging, torse nu, essoufflé, en sueur. Les policiers lui avaient demandé s'il était bien Alexandre Farel et il avait acquiescé. Après lui avoir montré leurs cartes officielles, ils avaient pénétré dans le grand appartement décoré de meubles anciens, le regardant d'un air soupçonneux comme s'il pouvait à tout moment sortir un flingue de la poche de son jogging et les tuer d'une balle dans la tête.

— Nous sommes ici parce qu'une jeune femme a déposé une plainte contre vous. Elle vous accuse de viol.

— Je ne sais pas de quoi vous parlez, c'est une erreur.

— Nous avons reçu ordre de procéder à une perquisition.

— Mais ici, vous êtes chez mon père, le journaliste Jean Farel, moi j'habite en Californie. Vous n'avez pas le droit.

— Les faits se sont passés en France.

— C'est une erreur, attendez, je vais appeler quelqu'un et...

Le policier l'interrompit en lui disant qu'ils avaient des ordres tout en faisant signe à ses hommes d'agir. Ils enfilèrent des gants, puis fouillèrent sa chambre en premier, jetèrent par terre le contenu de chaque placard, vidèrent les tiroirs, retournèrent son matelas, les coussins.

— C'est quoi ça ? demandèrent-ils en désignant une valise pleine.

— Je m'apprêtais à rentrer chez moi aux États-Unis.

— Plus maintenant. Tu ferais mieux d'annuler ton billet si tu ne veux pas le perdre.

— Ne me tutoyez pas.

Alexandre restait prostré, dans un coin de sa chambre. Ils saisirent son ordinateur. Il les supplia de le lui laisser, sans son ordinateur, il ne pouvait pas travailler, il n'avait même pas fait de sauvegarde, et il avait des examens prochainement, toutes ses données étaient à l'intérieur, mais les policiers se mirent à rire : *on va voir ce que tu caches, le disque dur va parler*. Ils vidèrent les poches, tâtèrent l'intérieur des blousons et des sweats, démontèrent la valise et, tout à coup, dans la poche d'une veste, ils trouvèrent une culotte jaune.

— C'est à qui ça ?

— À ma copine.

— Comment s'appelle-t-elle ?

— Je ne suis pas obligé de répondre.

L'un d'eux s'avança vers lui et le menotta :

— À partir de maintenant, vous êtes placé en garde à vue. Ça peut durer jusqu'à quarante-huit heures. On vous notifiera vos droits au commissariat. Vous aurez le droit à un médecin et à un avocat. Si vous n'avez pas d'avocat, on appellera un commis d'office.

Alexandre répétait qu'il ne comprenait pas ce qui lui arrivait, que c'était une erreur. Les policiers le poussèrent vers la sortie et le firent entrer dans un fourgon sous les yeux de la gardienne et des voisins qui avaient assisté à la scène.

— Où va-t-on ? demanda Alexandre.

— Au premier district de la police judiciaire. On va te mettre au chaud.

Dès son arrivée, Alexandre fut enfermé dans une petite cellule dont les murs exhalaient des effluves méphitiques d'urine et de sueur. À côté du banc où il s'était installé, il aperçut des toilettes à la turque tachées d'excréments et de restes d'aliments. Il avait envie de vomir, la tête lui tournait. Il avait si peur qu'il tremblait. On lui dit qu'un avocat commis d'office allait arriver et qu'il pourrait s'entretenir pendant trente minutes avec lui au début de sa garde à vue. Si au bout de vingt-quatre heures, la garde à vue était prolongée, il aurait le droit à trente minutes supplémentaires. Il s'assit sur un banc, la tête entre les mains. On lui avait tout confisqué : son ordinateur, son portefeuille avec ses papiers d'identité, son téléphone. À côté de lui, un homme âgé d'une quarantaine d'années lui demanda pourquoi il était là. Il répondit qu'il ne savait pas, il était innocent. L'autre se mit à rire : « Moi aussi, mec. Tu sais quoi ? On l'est tous ici. » Alexandre se concentra : il devait rester fort, s'adapter à cette nouvelle configuration s'il voulait survivre. Il se souvenait du discours qu'avait prononcé l'un de ses professeurs le jour de sa rentrée à Stanford : « Vous êtes tous des étudiants brillants, intellectuellement curieux, ambitieux mais ce qui vous distinguera, c'est votre flexibilité. » Et ce grand spécialiste de la topologie algébrique avait cité Darwin : « Les espèces qui survivent ne sont pas les plus fortes ni les plus intelligentes, mais celles qui s'adaptent le mieux aux changements. »

7

Le point de rupture, c'était l'annonce, l'appel de la femme d'Adam en fin de matinée, cette voix rageuse, imprécatoire, ces reproches agressifs tandis que Claire essayait de garder son calme, de rester digne, de résister à l'injonction de sa propre folie alors que tout en elle se fracturait, tout en elle esquivait l'attaque, espérant que son fils livrerait une autre version, une histoire moralement acceptable qu'elle pourrait opposer à celle de Mila, mais Alexandre avait éteint son portable, ce qui l'accusait, disait Adam, et elle n'avait pas trouvé d'autre issue que d'appeler Jean pour qu'il la réconforte et la convainque que ce n'était qu'un cauchemar, qu'il allait tout arranger, mais tout ce qu'il avait trouvé à lui dire fut : *tout ça est ta faute*. Il était au courant, il avait essayé de la joindre, Léo avait obtenu l'information, une plainte avait été déposée, il n'en savait pas plus. Adam répétait le déroulement des faits tels que sa femme les avait décrits au téléphone : « Il l'a violée à plusieurs reprises ! Il l'a menacée avec un couteau ! » et Claire répliquait que c'était impossible, comme si les mots pouvaient la déporter vers un monde parallèle qui disculperait son fils. Elle ne croyait pas à la possibilité du viol, son fils allait bien, il était heureux aux États-Unis, il n'avait aucune raison de céder à la violence. Quand il raccrocha, Adam regarda Claire fixement sans parvenir à parler. Il saisit son blouson, puis se dirigea vers la porte de sortie.

— Où vas-tu ? demanda Claire.

— Aux urgences médico-judiciaires de l'Hôtel-Dieu, rejoindre ma fille et sa mère.

— Ton ex-femme a porté plainte sans même t'en parler. Tu ne crois pas qu'elle utilise cette histoire pour nous nuire ?

— Non, elle n'utiliserait jamais sa fille pour cela. Elle avait peur, tu comprends, peur que je la dissuade, sous ta pression, d'aller au commissariat.

— Tu vas lui dire de retirer sa plainte, n'est-ce pas ? demanda-t-elle en tremblant. Il doit y avoir une explication à tout cela.

— Quelle explication ? Ton fils a violé ma fille. Tu comprends ce que cela signifie ?

— On n'en sait rien encore.

Il se figea.

— Tu penses que ma fille ment ? Qu'elle a inventé cette histoire ? Et dans quel but ?

— Je n'ai pas dit ça mais je ne crois vraiment pas que mon fils soit capable de faire une chose pareille.

— La violence n'a pas toujours d'explication rationnelle, j'en sais quelque chose.

— Il faut que nos enfants nous donnent leur version.

— Ça veut dire retirer la plainte ?

— Écoute, tu ne peux pas me faire ça, s'il y a une plainte, Alex ne pourra plus étudier à Stanford, il perdra tout. Il est fragile, je t'en prie, ne brise pas tout ce qu'il a construit après sa tentative de suicide.

— Il n'y a donc que cela qui t'intéresse ? La réussite de ton fils ? Est-ce que tu penses deux minutes à la souffrance de ma fille ? À l'horreur de ce qu'il lui a fait subir ? Est-ce que tu te rends compte de ce que tu dis ?

— Je suis désolée, je veux bien croire que quelque chose de grave est arrivé mais je t'en supplie, n'agis pas de manière impulsive, ne prends pas le risque de tout briser sur un simple appel de ton ex-femme.

— Je te parle de ma fille... Je lui ai parlé au téléphone, elle était dans un état de détresse totale, elle n'arrivait même pas à articuler trois mots, il l'a bousillée ! Est-ce que tu peux entendre ça ?

Il y eut un long silence. Puis Claire reprit :

— Elle a été choquée par quelque chose, c'est certain, mais sa mère a peut-être exagéré la gravité des faits et l'a obligée à porter plainte pour me faire du mal.

— Jamais la mère de Mila n'aurait porté plainte si elle n'était pas sûre de la réalité des faits. Enfin, tu ne comprends pas ? Dans son milieu juif ultra-religieux, quand une fille est violée, plus personne ne veut d'elle. Pour tout dire, je suis même étonné qu'elle l'ait accompagnée au commissariat pour porter plainte. Tu n'imagines pas le courage qu'il faut pour faire cela...

Il avait lâché cette phrase d'une voix brisée, au bord d'un précipice intérieur. Claire s'approcha de lui. Il était froid, distant, il la repoussa. Elle se justifiait, elle n'était pas responsable de ce qui s'était passé, il n'avait aucune raison de s'éloigner d'elle.

— Je passerai prendre toutes mes affaires quand tu ne seras pas là.

— On ne va plus vivre ensemble ?

— Une enquête est en cours, je préfère qu'on ne se voie plus.

C'était le pire moment de leur vie, ils le savaient. Ils n'iraient pas plus bas, ils avaient touché le fond ;

après ça, ils ne pourraient que remonter à la surface, peut-être pas naviguer à vue, nager, mais seulement se laisser porter par un mouvement cyclique de submersion-asphyxie-réanimation, pour finir par flotter comme des corps inertes : les grands noyés bleus. Ils découvraient la différence entre l'épreuve et le drame : la première était supportable ; le second se produisait dans un fracas intérieur sans résolution possible – un chagrin durable et définitif. Adam saisit son casque de moto, sac à dos. Claire le regarda s'éloigner, consciente que l'accusation qui visait son fils avait engendré sa propre disgrâce.

8

L'avocat commis d'office – Maître Arthur Célérier – arriva quelques heures plus tard. On fit sortir Alexandre de sa cellule afin qu'il puisse s'entretenir avec lui. C'était un ancien secrétaire de la conférence des avocats du barreau, une institution qui rassemblait chaque année douze jeunes avocats élus par leurs pairs pour assurer la défense pénale d'urgence. Âgé d'environ trente ans, brun aux yeux marron tirant sur le vert, de taille moyenne, il travaillait dans un important cabinet parisien spécialisé en droit pénal. Sa chevelure abondante et bouclée lui donnait un air étonnamment juvénile, mais il y avait dans son regard un éclat vif et tranchant qui disait le discernement et la ténacité. Son avocat lui serra la main et se présenta : Maître Célérier. Il lui tendit sa carte. Il était alerte, serein, pédagogue quand Alexandre ne pouvait opposer que tension et agressivité :

— Je ne peux pas rester ici, je n'ai rien fait, je veux rentrer chez moi.

— Tu permets qu'on se tutoie ?

Alexandre acquiesça. L'avocat s'assit face à lui, sortit un dossier rempli de feuilles sur lesquelles il commença à prendre des notes. Alexandre se sentit immédiatement à l'aise avec cet homme qui n'avait que quelques années de plus que lui mais qui affichait une confiance et un calme qui l'impressionnaient. Il était dépendant de cet avocat dont il ne savait rien, cet inconnu incarnait désormais sa seule chance de sortie, son seul lien avec l'extérieur. Alexandre fondit en larmes.

— Tu es stressé, c'est normal, dit l'avocat en posant une main amicale sur son épaule. Ne t'inquiète pas, je vais tout faire pour te tirer de là, ça va bien se passer.

— C'est un cauchemar, je ne comprends pas ce qui arrive !

— Ça va aller. J'ai besoin d'abord que tu me parles rapidement de toi.

— Je suis étudiant à Stanford, j'ai vingt et un ans, je dois absolument rentrer aux États-Unis, je ne peux pas manquer les cours !

— Chaque chose en son temps... Est-ce que tu sais ce qu'on te reproche ?

— Ils disent que j'ai violé une fille.

Prononçant ces mots, il essuya ses larmes avec la manche de son pull. Maître Célérier lui donna un mouchoir en papier.

— Et c'est vrai ? Cette fille, tu l'as violée ?

— Non, bien sûr que non.

— Explique-moi ce qui s'est passé...

— Rien, il ne s'est rien passé, je ne sais pas de quoi ils parlent.

— Écoute, je vais t'expliquer comment ça se passe. Une fille porte plainte, elle est auditionnée plusieurs fois, puis elle est envoyée aux unités médico-judiciaires pour faire des prélèvements. Ils vérifient s'il y a bien eu un rapport, ils recherchent des traces de sperme, ils font une recherche ADN, et, quand ils ont des preuves matérielles, un doute, une suspicion, ils procèdent à une garde à vue, tu n'es pas là par hasard, la plaignante doit être crédible alors dis-moi si tu as couché avec une fille récemment, ça ira plus vite.

— Hier soir, je suis allé à une soirée avec la fille du compagnon de ma mère, elle a dix-huit ans. Nos parents ont insisté pour qu'on y aille ensemble. À cette soirée, c'était plutôt tranquille. À un moment, elle a proposé de prendre l'air. Dehors, j'ai acheté du shit qu'on est allés fumer dans un local parce qu'elle avait peur des flics. On s'est embrassés, on s'est caressés, elle m'a sucé, voilà c'est tout.

— Tu n'as pas couché avec elle ?

— Non.

Disant cela, Alexandre prit son visage dans les mains.

— Je veux sortir d'ici, je vais devenir fou. Mon père peut payer une caution. Il faut que je prenne le vol de demain soir.

— Tu as trop vu de séries américaines, on n'est pas aux États-Unis, là. Il faut que tu te ressaisisses parce que ça peut durer quarante-huit heures. Ils vont tout faire pour que tu craques. À ce stade, je n'ai pas accès au dossier, je ne sais rien, j'avance à l'aveugle donc tout ce que tu vas me dire est important. Je vais rester avec toi pendant toutes tes auditions ; le premier est un interrogatoire de grande identité, ils vont te poser des questions sur ton état civil ; ensuite viendront les auditions sur les faits. Les flics utilisent toujours la technique de l'entonnoir c'est-à-dire qu'ils poseront des questions générales où tu te sentiras plutôt à l'aise et où tu seras susceptible de mentir, puis les questions vont être de plus en plus précises sur les faits, le but étant évidemment pour eux de te coincer sur les inexactitudes que tu aurais pu dire au début. En gros, c'est un poker menteur : on ne connaîtra les cartes des policiers qu'à la toute fin de la garde à vue. Ça va ? C'est clair ?

Alexandre acquiesça. Maître Célérier reprit :

— La première audition va durer entre trente minutes et une heure, pas plus. Tu peux garder le silence mais ça ne me paraît pas être la bonne stratégie, on risque de te le reprocher plus tard. Tu ne réponds qu'à la question qu'on te pose, n'en dis pas plus, reste précis, concis, ne panique pas. Le but, à ce stade, c'est de te faire sortir le plus rapidement possible. Tu n'as jamais eu de problèmes avec la justice ?

— Non, jamais.

— On va y aller tranquillement.

Ils se levèrent. Maître Célérier lui tapota le dos dans un geste amical.

— Tout va bien se passer.

— Attendez, il faut que je vous dise quelque chose.

Le jeune avocat se figea.

— Il ne faut pas ébruiter cette affaire, je suis le fils de Jean Farel.

— L'animateur télé ?

— Oui. Et ma mère est une essayiste, Claire Farel.

— Je ne connais pas.

— Ce que je veux dire, c'est que si les médias l'apprennent, ça va causer du tort à mes parents.

— Pense à toi, OK ? Tu es majeur, c'est toi qu'on juge, pas tes parents. Tu veux que je les prévienne ?

— Non, pas tout de suite.

— Écoute, pour le moment, je n'ai pas accès au dossier, je ne sais pas ce que la fille a raconté alors tu restes calme, cohérent, tu ne changes pas de version en cours d'audition, d'accord ?

Alexandre esquissa un léger sourire.

— Je crois que je saurai faire ça.

164

Ils entrèrent dans une salle équipée d'une caméra. La première audition commença. La directrice d'enquête, une femme âgée d'une petite quarantaine d'années, dit à Alexandre qu'il allait être filmé. Il se tenait droit sur sa chaise ; il paraissait tétanisé. Elle lui présenta une photo de la jeune femme qui avait porté plainte : c'était bien la fille d'Adam. Oui, il la connaissait. Non, il n'avait pas couché avec elle. Interrogé sur la présence de sperme sur les vêtements de la plaignante, Alexandre reconnut avoir éjaculé après la fellation qu'elle lui avait faite « de son plein gré ».

Il subit des prélèvements génétiques, on le prit en photo sous tous les angles, puis il fut ramené en cellule jusqu'au retour de son avocat, quatre heures plus tard, pour la deuxième audition.

9

L'appartement de Jean Farel avait été entièrement retourné. Les vêtements, les affaires personnelles avaient été jetés à terre. Jean et son frère découvraient l'ampleur du saccage. Vingt minutes plus tard, Claire les rejoignit, elle était pâle et vacillante.

— Qu'est-ce qui s'est passé exactement ? demanda Jean.

Claire relata les faits et décrivit brièvement Mila Wizman. Jean s'emporta :

— Et ils arrêtent Alexandre comme ça, dans l'urgence, sans enquête ?

Léo se mêla à la conversation.

— Elle a dû leur dire qu'il habitait aux États-Unis et ils ont eu peur qu'il prenne le premier vol ; dans ces cas-là, ils agissent vite.

— Oui, mais on la croit comme ça ? C'est peut-être une mythomane !

— C'est ce que l'enquête va déterminer...

— Est-ce qu'on peut le voir ? demanda Claire.

— Non, il est en garde à vue. J'ai appelé un ami avocat, il m'a dit que s'il n'y avait pas de preuves ils seraient obligés de le relâcher.

— Il ne faut surtout pas que ça sorte dans la presse. Comment était-il hier ?

— Je ne sais pas, normal…

— Est-ce qu'on a d'autres infos ?

— À ce stade, aucune.

— Tu as une photo de la fille ? demanda Jean.

— Je ne vois pas le rapport.

— Souviens-toi, dans l'affaire DSK, quand les gens ont vu la photo de la fille, beaucoup en ont conclu que ce n'était pas crédible. À ce moment, une grande partie de l'opinion publique est passée dans son camp.

Claire prit son téléphone, fit défiler des photos et lui en montra une.

— Pas terrible du tout… Ça peut jouer en notre faveur.

Un long silence s'écoula puis Léo demanda à Claire si, connaissant un peu Mila Wizman, elle la jugeait crédible. Elle répondit qu'elle ne savait pas :

— C'est une fille apparemment sans histoires, elle est réservée, je ne sais pas trop…

— Moi je pense qu'elle ment et tu devrais le penser aussi, répliqua aussitôt Jean. Et Wizman, que dit-il ?

— Il refuse de me parler pour l'instant.

— Il faut que cette fille retire sa plainte, d'une façon ou d'une autre, mais sans violence, comme ça, d'elle-même. Il faut arrêter ça avant que la machine médiatique et judiciaire ne s'emballe.

— Qu'est-ce que tu comptes faire ?

— D'abord voir mon avocat, Bruno Lancel.

Puis, s'adressant à Léo, il ajouta :

— Il faut vite trouver un accord avec la famille avant que la presse ne soit informée.

— Comment ? demanda Claire.

— Je ne sais pas. Ce sont des gens dans le besoin ? Ton compagnon a été licencié, non ?

— Qu'est-ce que tu insinues ?

— Qu'ils ont peut-être besoin d'argent…

— Tu me dégoûtes. Tu veux leur proposer de l'argent ?

— Tu as une autre solution ? Tu préfères laisser ton fils en prison jusqu'au procès, disons dans quatre ans ?

Claire ne répondit pas. La vision de son fils incarcéré la glaçait.

— Il faut d'abord imposer Lancel, Alexandre a pris un avocat commis d'office, ce n'est pas possible, il faut régler ça rapidement.

— Les policiers vont vous convoquer pour une audition, dit Léo. Restez calmes. Vous dites du bien de votre fils, c'est tout.

— Qu'est-ce qu'on va faire si elle maintient sa plainte ? Tu crois qu'il ne pourra pas retourner à Stanford ? demanda Claire.

— Non ! Fini ! Les Américains ne rigolent pas avec le harcèlement sexuel !

— Je vais en savoir plus, les rassura Léo.

— Comment ?

— Laissez-moi faire.

10

Alexandre se trouvait dans le bureau des officiers de police judiciaire pour la deuxième audition. Maître Célérier était assis à ses côtés, attentif.

— À quand remonte votre dernier rapport sexuel ?

— Il y a six mois.

— Avec qui ?

— La femme avec qui j'étais à l'époque. Elle s'appelle Yasmina Vasseur, elle fait de la politique.

— Une jeune femme vous accuse de l'avoir agressée sexuellement dans la nuit du 11 au 12 janvier dans un local à poubelles du côté du métro Anvers. Qu'avez-vous à dire ?

— Que c'est faux. J'étais bien avec une fille mais on s'est juste embrassés et c'était pas un local à poubelles mais une pièce d'entretien.

— Quelle est votre orientation sexuelle ?

— Je suis hétérosexuel.

— Avez-vous une petite amie en ce moment ?

— Non.

— Quelles sont vos pratiques sexuelles ?

Alexandre eut un moment d'hésitation.

— Qu'est-ce que vous voulez savoir ?

— Que faites-vous avec vos petites amies ?

— Je ne sais pas.

— On ne va pas savoir à votre place.

— Tout.

— Vous aimez les préliminaires ?

— Je ne vois pas le rapport.

— Répondez. Vous aimez les préliminaires ou vous allez droit au but ?

— Ça dépend.

— De quoi ?

— Du contexte, de la fille, je ne sais pas !

— Calmez-vous.

— Je suis calme mais vos questions sont indiscrètes.

— Vous pratiquez la pénétration vaginale ?

— Oui.

— La pénétration anale ?

Il se tourna vers son avocat :

— Je suis vraiment obligé de répondre à ça ?

Le policier s'emporta :

— Il vaut mieux que vous répondiez.

Maître Célérier lui fit signe de coopérer.

— C'est arrivé mais la sodomie, c'est pas mon truc si vous voulez tout savoir.

— Pas de fellation, de cunnilingus, de toucher vaginal ?

— C'est quoi ces questions ?

— T'es accusé de viol je te rappelle, on va passer ta vie sexuelle au crible.

— Ne me tutoyez pas.

— Je vous ai posé une question, répondez.

— De temps en temps.

— De temps en temps, quoi ?

— De temps en temps, je lèche des chattes, je me fais sucer, ça vous va ?

Il dit ces mots avec agressivité. Son avocat lui lança un regard plein de reproches. Alexandre regretta aussitôt de s'être emporté. Mais trop tard, c'était écrit.

— Vous pouvez être brutal ?

— Non.

— Pratiquez-vous la masturbation ?

— Comme tout le monde.

— C'est-à-dire ? Quelle fréquence ?

— C'est un piège ? Si je réponds deux fois par jour, je passe pour un pervers, c'est ça ?

— Nous ne sommes pas là pour vous juger.

— OK, alors notez une fois par jour.

— Regardez-vous des films, des magazines ou des sites à caractère pornographique ?

— Non.

— Le disque dur de votre ordinateur va parler...

— OK. Je vois des films pornos classiques, je veux dire, vous allez pas trouver des trucs bizarres genre un homme avec une chienne.

Puis il réaffirma qu'il n'avait pas commis de viol.

— Pourtant, le rapport médical rapporte qu'il y a bien eu pénétration.

— C'est pas moi.

— Vous êtes sûr que vous n'avez pas eu de rapport sexuel avec cette fille ?

— Non. Elle m'a fait une fellation, je veux dire, d'elle-même, je l'ai caressée, c'est tout.

— Qu'entendez-vous par "caressée" ?

— Je lui ai mis un doigt, ça vous va ?

Maître Célérier lui adressa un petit signe de la main, façon de lui dire de se calmer.

— La plaignante affirme que vous l'avez violée.

— C'est faux. Elle vous a dit qu'à la soirée elle m'a proposé de prendre l'air ? C'est elle qui a voulu aller dans un local pour fumer et plus, on s'est embrassés et voilà...

— Pourquoi affirme-t-elle le contraire ?

— Je sais pas, moi, je suis pas dans sa tête ! Pour se venger, sûrement. Quand on est sortis, je lui ai dit que c'était un bizutage, on devait rapporter les dessous d'une fille présente à la soirée. J'avais sa culotte dans ma poche, c'était stupide, j'avoue. Après, elle a pleuré, je l'ai laissée en plan dans la rue et je suis retourné à la soirée. Vous pensez que je serais retourné avec mes amis si j'avais violé cette fille ? En plus, c'était la fille du compagnon de ma mère, je suis pas idiot. OK, je l'ai humiliée, je le regrette. Mais c'est mon seul tort... C'est une vengeance, c'est clair.

— Avez-vous d'autres choses à ajouter ?

— Je n'ai rien fait, je suis innocent. Ça va ? Je peux rentrer chez moi maintenant ?

— Non. Vous êtes en garde à vue pendant vingt-quatre heures renouvelables une fois. Nous attendons les résultats de l'expertise ADN.

Dans l'après-midi, les policiers avaient convoqué les amis présents à la soirée. Ils racontèrent qu'Alexandre était tout à fait normal en début de soirée mais qu'il paraissait légèrement ailleurs à son retour : « Il était un peu bizarre, il avait clairement pris des trucs, mais c'est tout et après, il a dansé une bonne partie de la nuit. » Rémi Vidal apparut extrêmement choqué, il était le seul à ne pas remettre en cause la version de la victime : « Je me sens responsable de ce qui s'est passé. C'est moi qui ai lancé ce bizutage. J'ai été ridicule, je m'en veux terriblement. » Le policier lui avait demandé s'il pensait qu'Alexandre aurait pu commettre un tel acte, s'il avait la réputation d'être violent et Rémi avait répondu que non : « Alex, c'est un mec très sympa, il n'y a rien à dire. » À un autre ami présent à la soirée, ils avaient demandé s'il se souvenait de Mila Wizman. Oui, il s'en souvenait : « Elle était pas très sociable, le genre un peu coincé mais ça voulait

172

rien dire parce que dans les soirées, celles qui font la gueule sont souvent celles avec lesquelles vous finissez par coucher. » Il relut et signa sa déposition. Les policiers n'avaient pas d'autre question.

11

Maître Lancel était l'un de ces ténors du barreau qui pouvaient se vanter d'avoir obtenu autant d'acquittements que de grands portraits dans la presse. Son cabinet était situé place Vendôme. D'immenses œuvres d'art et des bibliothèques en bois ancien remplies de livres de droit ornaient les murs d'un blanc crayeux. Face au bureau de l'avocat, Claire et Jean attendaient fébrilement qu'il termine sa conversation téléphonique, dans un état de nervosité impossible à contrôler. Maître Lancel raccrocha, leur demanda de lui décrire les faits « avec le maximum de détails ». Ils racontèrent tout ce qu'ils savaient.

— Votre fils a des antécédents de violence ? Des problèmes particuliers ?

— Non.

— Il a une petite amie ?

— Pas à notre connaissance.

— Il prend des drogues ?

— Non.

— Cette histoire, c'est un coup monté, lâcha brutalement Farel.

— Il dit qu'il est innocent et je ne vois pas pourquoi il mentirait, ajouta Claire.

— Un homme peut mentir parce qu'il a honte ou

peur. Parce que la réalité de ses actes lui est insupportable. C'est ce que disait le grand avocat d'assises Albert Naud. Mais quelle importance ? Tout être, quoi qu'il ait fait, a le droit d'être défendu. Quant à la plaignante, ce n'est pas son procès et elle n'est pas notre ennemie. Tout ce que nous voulons, c'est éviter la prison à votre fils.

Le téléphone de Farel vibra, il le saisit. C'était Quitterie qui lui disait par SMS qu'il lui manquait. Elle avait dû partir précipitamment à cause de problèmes familiaux. Elle était *désolée*. Elle pensait à lui, elle avait envie de lui *tout de suite*. Il rangea son téléphone.

— Qu'est-ce qu'il risque ? demanda Claire.

— En théorie, entre quinze et vingt ans s'il y a des circonstances aggravantes mais soyons clairs : très peu de viols finissent aux assises. Je ne veux pas être trop optimiste mais le risque est minime ; au pire, cela serait requalifié en agression sexuelle en correctionnelle. On en parle plus tard, il faut d'abord que je le voie.

Il se leva, serra la main de Claire.

— Je vous tiens au courant s'il y a du nouveau.

— Je compte sur vous pour que rien ne sorte d'ici, ajouta Farel.

Il y eut un long silence, puis Maître Lancel répliqua qu'il était soumis au secret professionnel.

Une fois dehors, Jean supprima le message de Quitterie. Il resta un moment à regarder la petite icône représentant une poubelle.

Claire et Jean furent auditionnés à leur tour dans les locaux de la police judiciaire. Ils avaient confié ce qu'ils savaient, évoqué les aspects les plus lumineux de la personnalité de leur fils. Jean avait répété à plusieurs reprises que l'affaire ne devait pas être ébruitée. Il émit même l'hypothèse d'un « complot ».

— Qu'est-ce qui va arriver à mon fils ? demanda Jean à la directrice d'enquête.

— Tout dépend de ce qu'il a fait.

— Il n'a rien fait, évidemment. Il est étudiant à Stanford, vous pensez vraiment qu'un garçon comme lui ferait une chose pareille ? Rien qu'aux États-Unis il a été éduqué sur ces questions-là, personne ne plaisante avec le harcèlement sexuel là-bas.

— Vous savez, monsieur, on voit tout ici.

— Mais lui n'a rien fait, je peux vous l'assurer. Tout ce que je vous demande c'est de garder cette affaire secrète.

— Ce sera le cas.

Mais quelques heures après, comme il le redoutait, l'affaire fut médiatisée. L'information avait été diffusée par l'AFP : SOUPÇONNÉ DE VIOL, LE FILS DE JEAN FAREL EST PLACÉ EN GARDE À VUE. Qui avait communiqué l'information à la presse ? « La fuite peut venir de n'importe où, expliqua Maître Lancel au téléphone à Jean Farel. De la plaignante elle-même, du parquet ou des enquêteurs mais je pense que la supposée victime a intérêt à ce que cela se sache. En cas de négociation, c'est une façon supplémentaire de faire pression. » Maître Célérier réagit à l'annonce de l'AFP : « Mon client conteste l'ensemble des faits qui lui sont reprochés. Ce qui s'est passé cette nuit-là est ce qui se passe habituellement entre deux personnes consentantes. »

Les messages affluaient sur les portables de Claire et Jean Farel – des journalistes essentiellement qui souhaitaient vérifier l'information et recueillir leurs réactions. Toute sa vie durant,

Jean avait mené ses relations sur le mode de la discrétion. Il avait même parfois été excessivement méfiant, ne répondant jamais aux sollicitations des fans trop insistantes. L'accusation qui visait Alexandre le contaminait aussi, par ricochet. On salissait son nom, sa réputation. La plainte pour viol, c'était quelque chose qu'il avait redouté pour lui – jamais pour son fils. Lui était un personnage public, un homme exposé alors que son fils n'était qu'un étudiant sans histoires, qui avait eu des relations stables avec des femmes.

Sur son compte Twitter, Claire reçut des dizaines de messages d'insultes. Son entretien sur les agressions de Cologne se télescopait avec la garde à vue de son fils pour viol.

Quand c'est des étrangers, tu ouvres ta grosse gueule mais quand c'est ton fils, tu t'écrases !

Oh là là ! Elle est pas gênée, cette connasse ! Comment ose-t-elle encore exister ?

Et votre violeur de fils que vous défendez coûte que coûte, on en pense quoi ? Grosse merde que vous êtes !

Ouais, indignation à géométrie variable. Quand c'est des Arabes, c'est super grave mais quand c'est ton fils, y a plus personne. Elle est passée où la féministe ?

Jean lui recommanda de ne pas lire les commentaires, de ne pas céder à la dictature de l'émotion.

— Qu'est-ce qu'ils attendent de nous ? Qu'on donne une conférence de presse pour accabler notre fils, comme ça, sans preuves, sans avoir entendu sa version ?

— Ça va retomber très vite, crois-moi. Je pense qu'ils n'ont rien contre lui. Elle lui a peut-être fait croire qu'elle était consentante, elle l'a dragué, et puis après elle a regretté, surtout si elle est juive pratiquante, ou alors c'est une vengeance et elle finira par craquer, c'est banal.

— Je ne sais pas ce qui s'est réellement passé mais il ne l'a pas violée, j'en suis sûre, il a suffisamment de ressources personnelles pour séduire une fille sans avoir à user de violence.

Jean acquiesça.

— Et s'il avoue quelque chose sous la menace ? On n'a aucun moyen de lui parler, de savoir ce qu'il a dit.

— Il ne dira rien, il n'a rien fait de mal, Claire.

Jean tapota sur les touches de son téléphone. Cela dura quelques minutes.

— Et s'il l'a vraiment violée ? demanda Claire.

— Tu te rends compte de ce que tu dis ?

Sans lui laisser le temps de répliquer il conclut :

— C'est impossible.

— Mais imaginons deux secondes que ce soit vrai…

— S'il a commis les faits, s'il avoue, c'est la prison, Claire. Il n'y a pas de demi-mesure, et ça, il n'en est pas question… Tu ne sais pas ce que c'est que la prison. Moi si, puisque mon père y a passé trois ans et que j'étais dans les parloirs à l'âge où les enfants ne connaissent que les bacs à sable. S'il n'y passe ne serait-ce qu'une journée de sa vie, il sera détruit à jamais.

C'était l'une des premières fois qu'il évoquait ce père délinquant, multirécidiviste, absent, dont il ne savait pas grand-chose. La prison, Claire ne pouvait que se la représenter, elle avait lu Foucault, les grands textes de référence sur la répression pénale mais à présent, c'était réel : son fils risquait l'enfermement. Imaginant son fils emprisonné, elle s'effondra, plaqua sa tête contre le torse de Jean.

— Fais tout ce que tu peux pour le sortir de là.

Il posa sa main sur sa nuque dans un geste affectueux. Elle pouvait compter sur lui. Ce serait la guerre. Il voulait sauver son fils – rien d'autre –, lui permettre de reprendre ses études en Californie. Lui éviter la prison et le déshonneur, tout ce qui avait constitué sa plus grande épouvante : la disqualification sociale.

12

Alexandre Farel passa une première nuit en cellule ; il ne dormit pas, effrayé par le déroulement des faits, il avait le sentiment d'être abandonné, d'avoir perdu toutes ses certitudes et, le lendemain, il se réveilla totalement hagard, le regard halluciné, le visage mal rasé, il était épuisé, il n'avait plus aucun repère. Il renversa par terre le repas qu'on lui avait apporté, hurla qu'il préférerait se tuer plutôt que finir en prison : il ne *s'adaptait* pas. On lui annonça qu'une confrontation allait avoir lieu entre Mila Wizman et lui. C'était la première fois qu'il la revoyait depuis la soirée. Son avocat l'avait prévenu : ce serait difficile mais il ne devait pas être perméable à la position de la plaignante. Il entra dans la salle. Mila portait une jupe noire très longue et un pull à col roulé gris foncé. Ses cheveux noirs encadraient son visage livide. Chacun prit place à une extrémité de la salle, face aux policiers qui les interrogeaient.

— Mademoiselle Wizman, reconnaissez-vous la personne présente comme étant votre agresseur ?

Mila jeta un regard furtif vers Alexandre et acquiesça.

— Pouvez-vous nous dire ce que vous reprochez à cet individu ?

— Il m'a violée dans un local à poubelles.

Elle avait répondu sans le regarder cette fois, les yeux fixant ses jambes, le dos voûté, les mains cachées sous les manches de son pull.

— C'était la première fois que vous le rencontriez ?

Elle releva légèrement la tête.

— Non, je l'avais déjà rencontré une fois, c'est le fils de la compagne de mon père.

— Vous avez entendu les déclarations du mis en cause. Souhaitez-vous faire des remarques ?

— Ça ne s'est pas du tout passé comme ça. C'est vrai, j'ai accepté de le suivre dans le local pour fumer, mais tout le reste est faux. Il m'a obligée à lui faire des choses alors que je ne voulais pas !

Mila Wizman se mit à trembler, elle avait de grosses difficultés à parler, ses yeux étaient pleins de larmes.

— Quel genre de choses ? Une fellation ?

Sa jambe droite était secouée de spasmes musculaires.

— Oui, il m'a obligée en tenant mes cheveux et après il a entré ses doigts à l'intérieur de moi, je ne voulais pas, c'était horrible et il a continué.

— Avez-vous crié ? L'avez-vous repoussé ?

— J'étais tétanisée… J'avais peur qu'il me tue, il m'avait dit qu'il avait un couteau sur lui.

Alexandre Farel semblait impassible. Son corps restait rigide, presque inerte.

— Monsieur Farel, vous avez entendu les déclarations de Mlle Wizman. Souhaitez-vous réagir ?

— Ça ne s'est absolument pas passé comme ça.

— C'est-à-dire…

— Je ne l'ai pas forcée. D'ailleurs elle l'a dit, on se connaissait, on est sortis ensemble, elle m'a sucé dans ce local où elle a voulu aller parce qu'elle avait peur de fumer dehors, on a couché ensemble très

181

rapidement. Une fois dehors, je lui ai dit que c'était un bizutage, elle l'a mal pris et maintenant elle se venge, voilà tout.

Il pivota vers elle et ajouta :

— Putain ! Ne me fous pas dans la merde ! Ne dis pas de conneries, c'est grave !

— S'il vous plaît ! cria-t-elle en posant ses mains sur ses yeux. Dites-lui de ne pas me regarder ! Je ne veux pas qu'il me regarde !

Elle sanglotait à présent. Le policier demanda à Alexandre de regarder dans sa direction.

— Elle était d'accord, c'est pas mon style de violer.

Elle gardait les yeux baissés sur ses jambes, ses cheveux tombaient sur son visage, dissimulant son regard épouvanté.

— Il m'a violée, il avait un couteau, je jure que c'est vrai ! Pourquoi je mentirais ?

— Je lui ai dit que j'en avais un parce qu'elle avait peur pour sa sécurité dans ce quartier un peu chaud de Paris, j'ai toujours un couteau sur moi depuis les attaques terroristes.

— C'est quoi un viol pour vous ? demanda le policier en s'adressant à Alexandre.

— Un viol, c'est quand un homme force une femme à avoir un rapport dont elle n'a pas envie. Ce n'est absolument pas mon cas !

— Auriez-vous eu une pulsion ?

— Je ne suis pas un animal si c'est ce que vous sous-entendez. Je sais me contrôler.

— Monsieur Farel, pourquoi Mlle Wizman menti-rait ? Pourquoi serait-elle aussi choquée ? Qu'est-ce qu'elle aurait à gagner dans cette histoire ?

Alexandre regarda Mila.

— Je ne sais pas.

— Pourquoi irait-elle au commissariat pour porter plainte et accepterait-elle toutes ses auditions ?

— Elle veut se rendre intéressante, c'est fréquent, quand on a une vie banale... vous vous souvenez il y a quelques années de la fille qui avait dit avoir été agressée dans le RER D ? Elle avait les cheveux coupés et des croix gammées dessinées sur le ventre... Elle avait tout inventé pour se retrouver au centre de l'attention médiatique. Au moment des attentats du Bataclan aussi, il y a des gens qui ont dit avoir été victimes et c'était faux...

— C'est pas vrai ! Je n'ai pas menti ! Je dis la vérité. Pourquoi on ne me croit pas ? Pourquoi je ferais ça ? Il l'a fait ! Je jure qu'il l'a fait.

Les larmes coulaient sur les joues de Mila. L'un des policiers lui tendit un mouchoir. Puis il s'adressa à Alexandre.

— Pourquoi inventerait-elle une histoire pareille ?

— Il y a plein de raisons ! La vengeance, je l'ai dit, parce que je m'étais foutu d'elle, ce n'était pas malin, j'en conviens et si c'est ça, je lui présente mes excuses.

Se tournant vers elle, la fixant, il ajouta :

— Voilà, je suis désolé, si je t'ai blessée, je te prie de sincèrement m'en excuser, mais ne ruine pas ma vie pour une mauvaise blague, je t'en supplie. Ne détruis pas ma vie ! Tu sais que j'ai rien fait de mal. Enfin, tu savais très bien que ça allait se passer comme ça sinon tu ne serais pas allée dans ce local ! Tu le voulais aussi !

Mila Wizman se recroquevilla :

— Non, je n'ai jamais voulu ça. Je ne mens pas ! Je dis la vérité ! Il m'a violée derrière une benne à ordures, moi je voulais juste prendre l'air parce qu'il m'avait fait boire alors que ça ne m'arrive jamais !

Elle pleura en mettant ses mains sur son visage comme les enfants qui croient que s'ils cachent leurs yeux, l'autre ne les verra pas parce qu'eux-mêmes ne voient plus. Puis elle déclara qu'elle ne voulait pas qu'il la regarde.

— Monsieur Farel, pourquoi avoir menti lors de vos première et deuxième auditions ? Vous avez dit qu'il n'y avait pas eu de rapport sexuel mais seulement une fellation et des caresses ?

— J'avais oublié... j'avais fumé... Je l'ai dit après quand j'avais l'esprit plus clair.

— Qu'avez-vous d'autre à ajouter ?

— Tout ce que je peux dire, c'est que je suis innocent. Si je veux coucher avec une fille, je sais comment m'y prendre ; franchement, pourquoi j'irais violer une fille et détruire ma vie alors que je peux sortir avec une fille sans problème ? Je ne l'ai pas violée, pas forcée. On a bu OK, mais est-ce qu'on va détruire ma vie pour une simple cuite ? Je n'ai pas été très cool, je veux bien le reconnaître, j'ai manqué de délicatesse mais ça ne fait pas de moi un criminel.

La garde à vue fut renouvelée.

13

--- Je me nomme WIZMAN MILA. ---
--- Je suis née le 3 janvier 1998 à Toulouse. ---
--- De Valérie Berdah et d'Adam Wizman. ---
--- Je suis de nationalité française. ---
--- Je suis en terminale. ---
--- Je vis chez ma mère ou mon père. Mes parents sont séparés.
--- Ma mère est prothésiste dentaire. ---
--- Mon père est au chômage. ---
--- J'ai un compte Facebook à mon nom. ---
--- Mon adresse mail est superstar20@hotmail.fr ---
--- Je suis célibataire, je n'ai pas de petit ami. ---
--- Je viens vous voir parce que j'ai été violée hier soir. [Mentionnons qu'elle pleure.] Ça s'est passé dans la nuit... Celui qui m'a fait ça est le fils de la compagne de mon père, Alexandre Farel.

Léo s'était procuré le procès-verbal d'audition de Mila Wizman auprès d'un policier dont il avait été l'entraîneur de boxe. Il avait proposé à Claire et à Jean de le lire ; ils n'avaient toujours pas pu parler à leur fils. Léo avait précisé que personne ne devait savoir qu'ils avaient eu ce document entre les mains, pas même leur avocat, sinon ils seraient accusés de violation du secret de l'instruction. Ce document, précisait-il, était ultraconfidentiel : « Même la plaignante ne l'a pas. » Claire était chez Léo, enfermée dans la cuisine, elle avait du mal à maîtriser son angoisse ; sa vie entière avait sombré dans le chaos.

La première partie du procès-verbal contenait la description de la soirée, Claire le lut rapidement. Elle s'attarda sur le passage consacré à la description de l'agression.

--- Réponse : Je me répétais : t'inquiète pas, mais en vrai j'avais la peur de ma vie, parce qu'il avait dit qu'il avait un couteau. Puis il s'est levé, il a ouvert son pantalon, il a sorti son... [**Mentionnons qu'elle pleure, au bord du malaise.**]
--- Question : Il a sorti quoi ? Parle en confiance...
--- Réponse : Son sexe... il le tenait et il a pris ma tête par là [**elle désigne sa nuque**], il a mis son sexe dans ma bouche... c'était horrible... Puis il a attrapé mes cheveux en tirant dessus et il a dit... [**Mentionnons qu'elle a beaucoup de mal à dire les choses.**]
--- Question : Tu veux t'arrêter un peu ? Sinon, n'aie pas peur, nous sommes là pour t'aider. Il a dit quoi ?
--- Réponse : Je ne sais pas si je suis capable de le répéter.
--- Question : Tu préfères l'écrire ?
--- Réponse : Il a dit : Suce-moi, salope. [**Mentionnons qu'elle pleure beaucoup. Nous interrompons quelques minutes l'entretien.**]

Claire reposa le document. C'était insoutenable. Elle prit sa respiration, continua.

--- Question : Tu dis qu'il t'a obligée à lui faire une fellation ?

--- Réponse : Oui, c'est ça, j'avais peur alors je l'ai fait, je voulais en finir vite et rentrer chez ma mère, je me disais que si je le faisais, il allait me laisser partir mais je tremblais. À un moment, je me suis reculée en disant quelque chose comme quoi j'étouffais et alors il a crié : Chut ! Tais-toi, salope. Fais-le. Je l'ai fait...

--- Question : Et après ?

--- Réponse : Il m'a relâchée et il a dit : T'aimes pas ça ? J'ai dit que j'étais fatiguée, que je voulais rentrer alors il m'a poussée en arrière et il s'est caressé, j'ai dit qu'il était tard et que je devais partir, mais il m'a attrapée par le bras, j'ai encore mal là où il a serré, il a dit : Attends, sois pas pressée, il m'a ordonné de baisser mon jean, j'avais peur, je l'ai fait, j'étais terrifiée, je n'arrivais même pas à parler. **[Mentionnons qu'un long silence suit ces mots.]**

--- Question : Que s'est-il passé ensuite ?

--- Réponse : Après, il a relevé mon pull, il a mis de la poudre blanche sur mon ventre et il en a pris. Il m'a demandé si j'en voulais et j'ai dit non. J'ai essayé de me lever mais il m'a poussée en arrière, ma tête a cogné le sol, il m'a touché les seins et puis après il m'a forcée à retirer mon jean, il s'est allongé sur moi et a mis ses doigts à l'intérieur de moi **[mentionnons que ces faits sont rapportés en pleurant et dans un état de grande agitation]**, il allait et venait avec ses doigts, ça faisait très mal. Il a dit des choses horribles que j'ai honte de répéter.

--- Question : Peux-tu nous les répéter, s'il te plaît, même si c'est douloureux ?

--- Réponse : Il a dit : Je sens que tu mouilles, je vais te faire jouir.

--- Question : As-tu joui ?

--- Réponse : Non ! Je me retenais de pleurer, j'avais mal...

--- Question : A-t-il joui ?

--- Réponse : Il a retiré ses doigts et tout de suite après, il s'est allongé sur moi ; c'est là qu'il m'a pénétrée en disant... **[Mentionnons qu'elle pleure de plus belle.]**

--- Question : Prends ton temps. Il a dit quoi ?

--- Réponse : Je ne peux pas.

--- Question : Prends ton temps. Qu'a-t-il dit ? N'aie pas peur.

--- Réponse : Il a dit qu'il allait me baiser et aussi qu'il allait me faire mal. **[Elle pleure bruyamment.]** Que j'allais aimer ça.

--- Question : Tu avais envie d'avoir un rapport ?

--- Réponse : Non !

--- Question : Ça a duré longtemps ?

--- Réponse : J'avais plus la notion du temps... C'était horrible ! À un moment, il a mis sa main sur ma bouche comme pour m'empêcher de crier.

--- Question : Il a éjaculé en toi ?

--- Réponse : Je sais pas, il m'a retournée et ça s'est passé sur mes fesses.

--- Question : Il a éjaculé sur tes fesses, c'est bien ça ?

--- Réponse : Oui.

--- Question : A-t-il mis un préservatif ?

--- Réponse : Je ne sais plus. Je ne crois pas. J'étais paniquée ! Il avait dit qu'il avait un couteau ! **[Elle pleure.]**

--- Question : Tu dis qu'il a parlé d'un couteau, peux-tu être plus précise ?

--- Réponse : Oui, c'est ce qu'il a dit quand on était dans la rue : J'ai toujours un couteau depuis les attentats au cas où ; après je ne pensais qu'à ça : il va sortir un couteau et me tuer ! Il va me tuer ! Voilà ce que je pensais !

--- Question : Est-ce que tu racontes bien la vérité ? As-tu vu un couteau ? T'a-t-il menacée de s'en servir contre toi ? T'a-t-il obligée à rester avec lui dans le local ?

--- Réponse : Je n'ai pas vu le couteau, mais il m'a forcée à faire le reste et il m'a violée, je le jure qu'il m'a violée. [Elle pleure.]

Claire resta figée un long moment, assommée par l'ampleur du désastre. Elle relut le procès-verbal, entièrement cette fois. Quand Jean et Léo pénétrèrent dans la pièce, ils la trouvèrent dans un état de prostration, les yeux hagards. Léo lui prit aussitôt le document des mains et le brûla dans l'évier.

« Sa vie est foutue », dit Claire sans préciser si elle parlait de la vie de son fils ou de celle de Mila Wizman.

14

Lors de sa dernière audition, les policiers deman-
dèrent à Alexandre s'il maintenait ses déclarations
et s'il avait forcé Mila Wizman à avoir un rapport
avec lui. Il répondit qu'elle était consentante et qu'il
ne l'avait pas violée. Dans l'après-midi, il rencontra
un expert psychiatre.

La garde à vue touchait à sa fin. Le procureur de
la République décida de déférer Alexandre devant
le juge d'instruction en vue de sa mise en examen.
Alexandre fut emmené au Palais de Justice, dans
la souricière – une succession de minicellules dans
lesquelles étaient retenus les prévenus. Son avocat
s'organisait : il avait enfin accès au dossier. Il avait
moins de deux heures pour préparer la défense
de son client. Il lut toutes les auditions de la plaignante, les confronta à celles d'Alexandre, tenta de
chercher les incohérences. Maître Célérier n'avait
pas retiré son pardessus, entièrement concentré
sur son intervention : « Tu vas t'expliquer devant le
juge, sois calme… Ne sois pas impulsif ou arrogant,
ne t'emporte pas. Il va probablement te mettre en
examen parce qu'il y a des éléments dans le dossier qui jouent contre toi, mais ne t'inquiète pas.

Le mieux, c'est que tu fasses une déclaration spontanée. » Soudain, Maître Bruno Lancel surgit, vêtu d'un long manteau noir et d'une sacoche gravée à ses initiales. Il expliqua qu'il venait d'être désigné par le père d'Alexandre, il allait prendre la suite. Il y eut un léger flottement, puis Alexandre répondit qu'il le remerciait mais qu'il avait déjà un avocat. Maître Lancel se figea ; c'était la première fois que quelqu'un refusait ses services.

— Sens-toi à l'aise, tu n'as pas d'obligations vis-à-vis de moi, tu ne dois chercher que ton intérêt, précisa Maître Célérier en regardant fixement Alexandre.

— Je garde mon avocat, il est avec moi depuis le début. J'ai confiance en lui, conclut Alexandre.

Maître Lancel se tourna vers le jeune avocat :

— On fait quoi ?

— Mon client est majeur, c'est lui qui décide.

— Je comprends. Sachez néanmoins que la famille a refusé un compromis.

— Vous avez contacté la famille sans m'en parler ?

— Votre client a confirmé votre désignation, vous savez où me trouver.

Maître Lancel s'éloigna.

— Tu es sûr de ton choix ? demanda Maître Célérier avant d'ajouter : Lancel, c'est quand même la crème du barreau.

— Je ne veux plus que mon père contrôle ma vie. Jusqu'à présent, il n'a fait que ça. Il croit qu'en choisissant un avocat connu je m'en sortirai mieux mais je veux prendre les décisions moi-même cette fois et mon instinct me dit de continuer avec vous.

Maître Célérier esquissa un léger sourire.

— Je ne suis pas fou, ajouta Alexandre. Je pense que vous êtes un très bon avocat.

Ils furent convoqués dans le bureau du juge ; l'interrogatoire était filmé. Le juge était un homme âgé d'une cinquantaine d'années, de grande taille, au corps maigre, aux traits saillants.

« Monsieur Farel, dit le juge. Vous avez subi une mesure de garde à vue car on vous reproche des faits de viol. Je serai en charge de ce dossier. À ce stade, j'envisage de vous mettre en examen. Vous avez quelque chose à déclarer ? » Alexandre acquiesça : « La garde à vue, ça a été très dur. Je confirme ce que j'ai dit au cours de mes auditions : je n'ai jamais violé personne. Je suis fatigué, je n'en peux plus, je n'ai rien fait de mal, ma vie est devenue un enfer, je suis innocent, je ne veux pas aller en prison, je vous en supplie. » Le juge se tourna alors vers l'avocat d'Alexandre : « Maître, des observations ? » Maître Célérier prit la parole : « On a un dossier où, à ce stade, il n'existe aucune certitude. Il appartient aux services d'investigation de déterminer les faits mais, en l'espèce, nous avons un jeune homme diplômé de la plus grande école d'ingénieurs, sans histoires, extrêmement sociable, avec un casier judiciaire vierge. Par ailleurs, on sait tous de quelle famille vient M. Farel, ses parents sont des personnalités reconnues et respectées. On peut s'interroger sur les motivations de cette jeune femme. L'accusation de viol ne tient pas la route, on la conteste. » Le juge feuilleta son dossier, puis, regardant fixement Alexandre, lui annonça qu'il avait décidé de le mettre en examen pour viol : « Vous avez le droit d'accéder au dossier. La durée prévisible d'instruction est d'environ un an et demi. Toutefois, au vu de vos garanties, je ne vous place pas en détention mais sous contrôle judiciaire. »

Alexandre Farel était libre.

RAPPORTS HUMAINS

« D'abord, nommer les faits. Dès qu'il y a pénétration, il y a viol. Après, bien sûr, il y a une échelle des peines : un doigt, c'est trois ans ; une pénétration sexuelle, six, ça peut aller jusqu'à quinze, mais c'est rare. Si le suspect n'a pas d'antécédents judiciaires, des garanties morales, s'il a un bon niveau social et joue profil bas, ça peut descendre à deux, avec sursis. S'il est noir, maghrébin, étranger, sans papiers, il prend plus. Puis vient la question du consentement. Faut placer le curseur. Ça devient rapidement social, un viol. Je vous choque ? Moi je le dis toujours à mes clientes : la partie adverse va traquer chaque détail de votre vie. Vous avez bu ? Vous avez dîné, dansé avec votre agresseur ? Vous l'avez rencontré sur Internet ? Ils finiront par conclure : elle l'a bien cherché. »

Maître X, avocat

1

Une nuée d'oiseaux noirs transperçait le ciel d'un blanc laiteux d'où se détachaient la Seine et, juste en face, l'imposant Palais de Justice. Des dizaines de journalistes et de simples curieux – public hétéroclite, étudiants en droit essentiellement – faisaient la queue depuis huit heures du matin dans l'espoir d'assister au procès Farel. Il y avait un premier poste de sécurité à passer, il y en aurait un second à l'entrée de la salle. Devant les grilles de l'entrée principale, une soixantaine de femmes arboraient des pancartes sur lesquelles elles avaient inscrit « STOP IMPUNITÉ. » « #MeToo. NON AU SILENCE ! » À proximité du passage réservé aux professionnels, des adolescentes postées devant le kiosque à journaux agitaient de grandes photos de porcs sur lesquelles elles avaient imprimé les mentions « Farel » et « BalanceTonPorc ». Les Femen étaient là aussi, scandant ces mots : « Farel, violeur ! Pas d'honneurs aux agresseurs ! » Des journalistes de télévision filmaient la scène. Plusieurs journaux avaient consacré leurs unes à *L'affaire Farel*.

Six mois plus tôt avait éclaté *L'affaire Weinstein*. Des actrices de renommée internationale accusaient le producteur américain d'avoir sexuellement abusé d'elles – tout un système de menaces et d'intimidation instauré pendant des années selon une mécanique parfaitement codifiée était dévoilé et dénoncé dans une grande enquête lancée par le *New York Times*. Chaque fois qu'une femme osait dire ce qu'elle avait subi, d'autres suivaient, encouragées à briser la loi du silence. Très vite, on avait assisté à une libération de la parole, sur les réseaux sociaux, notamment ; des milliers de femmes racontaient en quelques mots les agressions, les viols, le harcèlement dont elles avaient été victimes. Dans ce contexte, l'affaire Farel avait été très médiatisée, Maître Célérier craignait une contamination du procès : « Ce n'est pas juste, l'opinion publique a déjà condamné mon client », affirmait-il au cours des nombreuses interviews qu'il avait données. Claire n'avait pas osé s'exprimer, elle avait refusé de signer toutes les tribunes qui avaient été diffusées, elle était restée à l'écart, son silence était son échec personnel, sa trahison intime. Il y avait toujours un moment dans la vie où l'on piétinait ses idéaux avec une velléité suspecte.

Claire franchit les grilles, accompagnée de Maître Célérier. Elle portait un pantalon de couleur sombre, une chemise blanche dont elle avait fermé chaque bouton jusqu'en haut et un long manteau bleu marine à la coupe masculine. Dès qu'elle pénétra dans la salle Victor-Hugo, après avoir passé tous les sas de sécurité, elle remarqua le box vitré (une cage de verre, pensa-t-elle) derrière lequel son fils serait exhibé comme un animal de zoo. C'était l'une des plus belles salles d'audience du Palais. Les murs étaient recouverts de boiseries et de peintures bleu ciel. De grands lustres aux néons diamantins surplombaient la salle. Accroché à l'un des murs, un écran de télévision avait été installé pour diffuser photos ou interventions en visioconférence. Mila Wizman était déjà dans la salle, entourée de ses avocats, Maître Denis Rozenberg, un homme corpulent âgé d'une soixantaine d'années, et sa jeune associée, Maître Juliette Ferré, une très jolie femme âgée d'environ trente ans, aux cheveux longs et châtains qu'elle avait relevés avec une barrette noire. Prostrée, recroquevillée, le regard éteint, Mila Wizman était vêtue d'un jean gris foncé, d'un tee-shirt blanc informe qui recouvrait ses fesses et d'un gilet noir trop grand qu'elle avait négligemment fermé. Elle avait beaucoup grossi en deux ans. Adam Wizman était présent, il s'était assis au premier rang, à l'extrémité droite, ce qui lui permettait d'avoir une vue totale sur la salle. Brun, barbe noire taillée de près, il portait une veste et un jean noirs ainsi qu'une chemise blanche dans lesquels son corps amaigri semblait flotter. C'était la première fois que Claire le revoyait depuis les faits. Après son départ précipité, répondant aux nombreux messages qu'elle lui avait laissés sur son répondeur téléphonique dans l'espoir de reprendre le cours de leur histoire, il lui avait envoyé une longue lettre dans laquelle il lui écrivait qu'il était désespéré, déchiré – il l'aimait mais ne pouvait pas revenir. Elle n'avait plus cherché à le contacter. Elle avait rapidement quitté leur appartement et loué un trois-pièces dans le XVe arrondissement de Paris. Pendant les deux années suivantes, elle avait vécu avec son fils, en repli, refusant toutes les interventions publiques : conférences, médias, signatures. Ce fut une période noire au cours de laquelle elle fit l'apprentissage de la solitude, de la trahison et de la déception. Elle avait toujours été du côté des femmes dans la lutte contre les violences, du côté des victimes, mais à présent, elle cherchait avant tout à protéger son fils. Elle avait découvert la distorsion entre les discours engagés, humanistes, et les réalités de l'existence, l'impossible application des plus nobles idées quand les intérêts personnels mis en jeu annihilaient toute clairvoyance et engageaient tout ce qui constituait votre vie. Elle avait gardé des relations cordiales avec Jean. Leur divorce avait été prononcé, ils avaient rapidement trouvé un accord financier. Dans les dîners en ville, Jean aimait dire qu'elle avait été « correcte », elle ne l'avait pas « mis sur la paille et n'avait pas fait d'histoire » quand il lui avait annoncé qu'il allait se remarier avec Quitterie Valois. Il animait toujours *Grand Oral* ainsi que sa matinale à la radio, les audiences étaient bonnes, en particulier depuis qu'il s'offrait une nouvelle jeunesse avec Quitterie qui occupait maintenant le poste de Jacqueline Faux, partie à la retraite. Il était tombé dans le piège qu'il avait toujours redouté : la relation entre l'homme de pouvoir vieillissant et la jeune femme de trente ou quarante ans sa cadette. Il avait cédé à la tentation de refaire sa vie. Et il était heureux. Il venait d'avoir un bébé – une petite fille prénommée Anita, comme sa mère. On pouvait le voir, sur Instagram, en compagnie de sa femme au corps splendide et de leur adorable bébé ; Françoise n'apparaissait jamais sur les photos, il continuait pourtant à lui rendre visite, à mener cette double vie par loyauté envers une femme qu'il avait tant aimée.

La salle était comble. Plusieurs gendarmes assuraient le bon déroulement de l'audience. Tout le monde s'assit. L'avocat général – un homme d'une soixantaine d'années, magistrat critiqué pour ses liens avec un ancien président de la République, auteur d'un livre sur le fonctionnement de la justice – relisait ses notes. Jean arriva dix minutes plus tard, seul ; Quitterie lui avait signifié qu'elle n'apparaîtrait pas au procès, elle n'avait aucune envie de manifester un quelconque soutien envers Alexandre dont elle disait, en privé, qu'il était sûrement coupable et qu'en conséquence, il n'était pas envisageable qu'il les approchât de trop près, elle et sa petite fille. L'heure tournait : l'un des gendarmes expliqua que l'extraction du prévenu avait pris plus de temps que prévu. Le fourgon, qui arrivait de la prison de Fresnes, était immobilisé près des quais de Seine à cause des embouteillages. Vingt minutes plus tard, on apprit qu'Alexandre venait d'entrer dans la souricière du Palais.

2

Alexandre attendait d'être fouillé et emmené dans la salle d'audience. Il n'avait pas dormi de la nuit, il était debout depuis 4 heures du matin : entre les fouilles répétées, les formalités administratives d'extraction et le transport, il avait passé plusieurs heures dans cet état cotonneux, à la fois patient et désespéré. Son procès n'avait pas encore commencé et il était déjà épuisé. Enfin il fut conduit dans la salle, menotté et encadré par trois gendarmes. Il n'était pas dans un box libre mais derrière une vitre et, évidemment, ça changeait tout, la justice aussi avait sa propre géographie, il se trouvait du mauvais côté. Il pénétra dans le box, menottes aux poignets ; il ne voulait pas croiser le regard des avocats de la partie civile ni affronter les journalistes qui avaient fait le déplacement, moins pour le voir lui que pour scruter les réactions de son père. Le gendarme qui l'accompagnait et auquel il était attaché par un cordon plastifié le désentrava et lui indiqua où s'asseoir. Des dizaines de personnes s'étaient installées sur les bancs en bois, tous les regards étaient braqués sur lui. Il garda la tête baissée, menton et épaules rentrées, dans une posture de prostration dont on ne savait pas si elle était naturelle ou si elle lui avait été conseillée par son avocat.

Il aurait dû comparaître libre : il n'avait pas de casier, aucun fait de violence parmi ses antécédents, il avait des garanties, il faisait de brillantes études, ses parents pouvaient l'héberger, des employeurs étaient prêts à lui proposer un travail, si bien qu'après sa garde à vue le juge d'instruction l'avait placé sous contrôle judiciaire – une forme de liberté surveillée. Il était libre mais n'avait pas eu le droit de s'approcher de la plaignante ni même de quitter le territoire national, il avait dû renoncer à ses études à Stanford, à une carrière aux États-Unis. Pendant les deux ans d'instruction, sa vie avait été ponctuée de convocations soudaines, elle reprenait son cours comme si rien ne s'était passé et puis, tout à coup, il recevait un appel de son avocat, une lettre du juge, une demande de renseignement des services de police, on lui imposait une consultation avec un psychiatre, un expert, un psychologue, une audition, une nouvelle confrontation avec Mila Wizman, dans le bureau du juge cette fois. Parfois, plusieurs mois s'écoulaient entre ces événements, il avait alors un sentiment d'irréalité. Les faits avaient-ils *vraiment* eu lieu ? Il était ramené à la possibilité de l'incarcération. Dans les jours qui suivaient ces entretiens, il ne dormait plus et prenait des anxiolytiques. Maître Célérier avait tenté de faire requalifier les faits en agression sexuelle pour correctionnaliser l'affaire, c'était devenu de plus en plus fréquent dans les affaires de viols, mais la partie civile avait refusé, la cour d'assises avait finalement été saisie. Un accord financier avait été recherché pour mettre fin aux poursuites engagées par la plaignante. Sans succès. Adam Wizman avait menacé de porter plainte en cas de tentative d'intimidation. Un jour, enfin, Alexandre reçut une convocation : le procès se tiendrait cinq mois plus tard. Mais au cours de cette période, il avait rencontré par hasard Mila Wizman à Paris, le long du canal Saint-Martin, et dans un élan incontrôlable, il s'était approché d'elle par surprise, elle avait hurlé, il était devenu agressif, elle avait tenté de s'enfuir en poussant des cris terrifiés, il l'avait rattrapée, saisie par les épaules et secouée pour la calmer ; des passants avaient appelé la police. Il avait été arrêté, son contrôle judiciaire avait été révoqué et il avait été incarcéré à Fresnes. À partir de là, il avait sombré – en prison, les « pointeurs », c'est ainsi qu'on appelle les auteurs d'agressions sexuelles, étaient les détenus les plus maltraités : frappés, brimés, ils devenaient rapidement les boucs émissaires.

Maître Célérier s'avança jusqu'à lui et exerça une pression amicale sur son épaule. *Tout va bien se passer. Reste naturel, bref, concis.* Il y avait quelque chose d'étonnamment maîtrisé chez cet avocat au physique juvénile, une forme d'assurance tranquille qui excluait l'arrogance ; sa seule présence rassurait. La veille, alors qu'il avait préparé son client à toutes les éventualités possibles – témoignages à charge, questions indélicates, intrusives –, il l'avait prévenu : « Rien ne te sera épargné. »

Les avocats se levèrent et se dirigèrent vers l'avocat général, qu'ils saluèrent avant de reprendre leur place. Depuis combien de temps étaient-ils là ? Une heure, peut-être beaucoup plus pour les avocats qui s'étaient levés à l'aube afin de préparer leur audience. Alexandre Farel espérait que la partie civile réclamerait le huis clos et que tous ces gens qu'il ne connaissait pas quitteraient la salle avant le début du procès. Il songea qu'il y avait quelque chose d'obscène à faire publiquement le récit de vies dévastées, mais peut-être qu'il avait tort : ce qui était le plus obscène, ici, c'était lui. Il avait beaucoup changé, son visage s'était creusé, son corps, aminci. Il ne restait rien du marathonien vigoureux qui, deux ans plus tôt, était arrivé à la quatrième place au trail de Stinson Beach Park, cinquante kilomètres parcourus en trois heures, cinquante-huit minutes et trente-quatre secondes, rien du jeune homme flamboyant et un peu prétentieux qui, depuis l'entrée en sixième, avait chaque année reçu les félicitations, rien de celui qui avait obtenu le premier prix au concours général de philosophie sur le sujet – quelle ironie – *Les hommes sont-ils violents par nature ou à cause de la violence sociale ?* Le procès durerait cinq jours.

3

À 10 heures du matin, une sonnerie retentit et, aussitôt, une voix annonça : « La cour ! » Tout le monde se leva. La présidente, Anne Collet, entra dans la salle, accompagnée de ses assesseurs, deux hommes d'une trentaine d'années, vêtus des traditionnelles robes noires. Anne Collet était une grande femme blonde âgée d'une petite soixantaine d'années, enveloppée d'une longue robe rouge. Elle déclara que l'audience était ouverte. Le public se rassit. La présidente demanda à l'accusé de se présenter. Il se releva, dit qu'il s'appelait Alexandre Farel. « Je suis le fils de Claire et Jean Farel. J'habite avec ma mère, au 60, rue Falguière, à Paris, dans le XVe arrondissement. Je suis ingénieur, j'ai vingt-trois ans. » Il reprit sa place. La présidente précisa qu'il avait la possibilité de faire des déclarations mais aussi de garder le silence ou de répondre aux questions qui lui seraient posées. Puis elle procéda à l'appel des vingt-quatre jurés titulaires. La greffière énonçait les noms tandis que la présidente glissait une bille dans une boîte chaque fois que le mot « présent » était prononcé. Un juré était malade, il avait téléphoné le matin même, il enverrait son certificat. La présidente procéda au tirage au sort. Elle s'adressa à Alexandre Farel avec douceur : il avait la possibilité, en tant qu'accusé, d'en récuser quatre, lui-même ou par l'intermédiaire de son avocat. L'avocat général pouvait en récuser trois. Les récusations n'avaient pas à être motivées. Il n'avait pas réagi, il ne souhaitait pas sélectionner ceux qui allaient décider de son sort, il voulait simplement *en finir*.

Maître Célérier n'en récusa aucun, il était convaincu, avait-il expliqué à Alexandre avant l'audience, qu'il ne fallait pas chercher à contrôler quoi que ce soit. Ne pas intervenir sur le choix des jurés était une façon d'afficher sa sérénité et sa confiance. Les noms étaient énoncés publiquement. Maître Célérier avait demandé à un jeune stagiaire de les noter afin de rechercher des informations sur les réseaux sociaux, on pouvait désormais savoir ce que les jurés pensaient, quelles étaient leurs opinions politiques et, pour certains, obtenir des détails sur leur vie privée. Il fallait les convaincre et, pour cela, disposer de toutes les armes possibles. Les jurés prêtèrent serment en levant la main et en disant : « Je le jure. » La présidente leur rappela qu'ils avaient le droit de prendre des notes au cours des débats et qu'ils pouvaient poser des questions directement, à condition qu'elles ne laissent pas transparaître leurs opinions. Elle déclara les débats ouverts. Les témoins s'approchèrent de la barre. La greffière leur signala leur ordre de passage. Certains devraient attendre dans une salle spéciale, peut-être plusieurs heures, afin de ne pas être influencés par ce qui serait énoncé avant leur prise de parole. La présidente décidait seule de l'organisation du procès. Elle lut enfin l'ordonnance de mise en accusation, un rapport rédigé par un juge instructeur qui présentait les faits reprochés à l'accusé avec un exposé des éléments à charge et à décharge. Les jurés, le public découvraient l'affaire dans ses moindres détails ; le procès étant oral, personne, hormis les parties, n'avait eu accès au dossier.

Le procès commença par un premier incident : à l'énoncé de l'ordonnance de mise en accusation, au moment où la présidente décrivit la fellation imposée et les actes de pénétration, Mila Wizman se mit à pleurer, elle expliqua que c'était trop dur pour elle, qu'elle ne se sentait pas capable de *supporter* ça. À ses côtés, avec une grande douceur, Maître Ferré tentait de la raisonner, de l'apaiser. Mila répliqua qu'elle ne tiendrait pas, elle voulait rentrer chez elle. La salle se taisait. Mila mit ses mains sur les yeux et se renferma sur elle-même. Son père l'observait, le visage défait par l'émotion, n'osant pas se lever pour la rejoindre. La mère n'était pas venue, elle s'était remariée à New York et avait eu un bébé. Mère et fille ne s'étaient pas revues depuis des mois, précisément depuis le jour où la mère avait dit à Mila cette phrase qu'elle ne lui pardonnerait jamais : « En t'installant avec lui et sa nouvelle compagne à Paris au lieu de rester avec moi à Crown Heights, tu as laissé ton père faire de toi une fille qu'on peut violer. »

La présidente reprit sa lecture. À la fin de son énoncé, elle demanda à Alexandre Farel de se lever.
— Vous avez compris le résumé que je viens de faire ?
— Oui.
— Quelle sera votre position ? Vous reconnaissez les faits qui vous sont reprochés ?
— Non. Elle était consentante.
Entendant cela, Mila Wizman se recroquevilla sur sa chaise.

La présidente s'adressa à Alexandre. Elle lui dit qu'une enquêtrice de personnalité allait témoigner dans l'après-midi. Elle souhaitait dès maintenant qu'il précise quelques éléments sur sa vie. Alexandre se tenait debout, il serrait nerveusement le micro. Il répondit à plusieurs questions sur son identité et celle de ses parents, le milieu social dans lequel il avait évolué. L'utilisation du micro entravait les gestes et la spontanéité. Il confia qu'il n'avait manqué de rien pendant son enfance mais que ses parents n'étaient pas très présents, évoquant des vies professionnelles « trop prenantes » et la « double vie du père ».

— Tout le monde savait qu'il vivait avec une journaliste de son âge. Mes parents étaient séparés depuis quelques mois au moment des faits, ma mère avait rencontré quelqu'un et elle s'était installée avec lui mais mon père attendait qu'elle revienne. Il disait que ça lui passerait.

— Et ça a duré longtemps cette double vie de votre père ?

— Je pense, oui.

— Et comment perceviez-vous cela ?

— Ça me gênait mais c'était comme ça.

— Quel âge aviez-vous quand vous avez découvert la double vie de votre père ?

— Neuf ans.

— Comment l'avez-vous découverte ?

— Un jour, il m'a emmené dans ses bureaux. La femme était là. Il m'a mis un dessin animé à la télé mais je les ai entendus faire l'amour.

— Vous n'avez rien dit ?

— Non. C'est arrivé d'autres fois, je les entendais et après il me disait de ne pas en parler à ma mère. Je précise que la femme ne savait pas que j'étais là, il me demandait de rester dans la pièce d'à côté et de me taire.

— Et votre mère ?

— Ma mère, non, je crois qu'elle n'a eu personne jusqu'à sa rencontre avec Adam Wizman, le père de Mila.

— Vous en avez souffert ?

— Je ne sais pas. Mon père a toujours eu des aventures, je le savais, il ne s'en cachait pas.

— Votre mère était au courant ?

— Je pense que c'était un accord entre eux. Il n'y avait pas de jugement moral.

— Votre mère en souffrait ?

— Elle n'en parlait pas.

— Vos parents étaient-ils violents ?

— Ma mère, non. Mon père, ça pouvait lui arriver, oui, il avait de brusques accès de colère. Dans ces cas-là, il était incontrôlable. Après, il regrettait.

— Il lui est arrivé de vous humilier ?

— Disons qu'il me mettait la pression. Il n'avait pas fait d'études, c'était un gros complexe chez lui, je crois qu'il a reporté ses rêves sur moi. Il exigeait beaucoup, sans doute trop, je devais être le meilleur, tout le temps, ne pas le décevoir. Quand j'avais un 17, il me demandait pourquoi je n'avais pas eu 19, il n'était jamais satisfait. Il me tyrannisait avec les notes et aussi avec les performances physiques, en sport, par exemple, il fallait que je sois excellent mais j'aimais ça, le sport, c'est ce qui m'a sauvé quand j'allais mal.

— Vous étiez un enfant difficile ?

— Je ne sais pas, il faut le leur demander.

— Vos parents étaient présents ?

— Non. Je les voyais peu, leur travail les accaparait, surtout mon père. Quand ils étaient là, ils parlaient essentiellement de politique, c'était ainsi, je n'en ai pas souffert. J'étais très souvent seul, je m'en accommodais.

La présidente voulut savoir s'il n'y avait pas de problèmes particuliers dans leur famille et il répondit que non.

— Vous viviez dans quel type d'appartement ?

— Un grand appartement. Deux cents mètres carrés à deux pas du Trocadéro.

— Votre père gagnait bien sa vie ?

— Oui, très bien, mais il avait un rapport, disons, conflictuel avec l'argent car il en avait manqué, enfant. Quand on allait quelque part, il fallait toujours qu'il puisse faire des notes de frais, qu'il compare les prix. Mais enfin, la plupart du temps, il était invité. Vous savez, à un certain niveau, vous ne payez plus rien.

— Et votre mère ?

— Pas vraiment, l'argent, elle s'en foutait. Il le lui reprochait. Il lui est arrivé de la traiter de "boulet" devant moi. Il pouvait quand même être très cruel.

Jean Farel se crispa.

— Quels étaient les contacts avec vos parents ?

— Plutôt bons avec ma mère, même si elle était froide, peu démonstrative. Sa mère avait quitté leur foyer quand elle était enfant et je sais que ça l'a profondément marquée. Elle ne montre pas ses sentiments, c'est sans doute sa façon de se protéger. Avec mon père, c'était différent, il pouvait être chaleureux mais il n'était pas présent. Son travail, c'était toute sa vie.

— Et aujourd'hui ?

— Avant d'être incarcéré, je vivais avec ma mère.

— Et au niveau de votre scolarité ?

— J'étais un bon élève, j'ai obtenu mon bac à seize ans. J'ai réussi le concours d'entrée à l'École polytechnique en trois-demi.

— Ça veut dire quoi ? Précisez...

— Ça veut dire du premier coup... Et puis j'ai été admis à l'université de Stanford. Ça a l'air facile dit comme ça, mais en fait, j'avais des difficultés. De l'âge de dix à treize ans, j'ai eu des problèmes d'anorexie, j'ai été suivi par un psychiatre. En deuxième année de prépa, j'ai connu un épisode dépressif à cause de la pression. Juste après les concours d'entrée, au début de mon année à Polytechnique, j'ai fait une tentative de suicide, mais sans gravité, je veux dire, sans risque mortel.

— Pourquoi avez-vous tenté de mettre fin à vos jours alors que tout vous réussissait ?

— On ne peut pas dérouler toutes les contraintes des concours comme ça, en quelques minutes. Passer des concours, ça veut dire mettre une croix sur sa vie personnelle pendant deux ans. Je pense que j'ai vrillé. C'était trop de pression, trop de frustrations. Je n'ai pas voulu mourir, c'était juste une façon d'attirer l'attention sur moi.

— Vos parents ne s'occupaient pas assez de vous ?

— Je ne sais pas... Je ne veux pas les accabler. Ils faisaient ce qu'ils pouvaient.

La présidente l'interrogea sur l'arrêt de ses études en lien direct avec les faits reprochés :

— Comme je ne pouvais plus étudier à Stanford, j'ai voulu poursuivre mes études et obtenir mon diplôme d'ingénieur à Paris mais j'ai été harcelé, lynché. Je n'ai bénéficié d'aucune présomption d'innocence. Des associations féministes se sont liguées contre moi, je ne pouvais pas suivre les cours à l'école, j'étais menacé. J'ai cessé d'y aller, je ne pouvais plus porter le fardeau de ces accusations. Sur les réseaux sociaux, c'était encore pire, j'ai dû fermer tous mes comptes. Certains appelaient au meurtre.

Des huées se firent entendre. Dans la salle, des femmes dirent à voix haute que Farel était indécent, que ce n'était pas lui, la victime. La présidente exigea le calme.

— Est-ce que vous consommez des drogues, de l'alcool ?

— De temps en temps, oui, mais plus depuis les faits.

— Quel genre ?

— Avant ma tentative de suicide, je fumais du cannabis et je buvais de l'alcool en soirée. Après, j'ai pris beaucoup d'antidépresseurs. Puis je me suis mis à la cocaïne.

— Quand ?

— Au cours de ma deuxième année à Polytechnique. J'étais pas tout seul, on était plusieurs à en prendre.

Elle lui demanda d'évoquer sa vie sentimentale. Il dit qu'il était célibataire, qu'il avait eu une histoire importante avec une femme plus âgée que lui et une autre, un peu avant, assez brève, avec une fille de son âge. Il avait eu un premier rapport sexuel à l'âge de dix-huit ans, avec une prostituée. La présidente voulut savoir s'il avait des fantasmes particuliers.

— Comme tous les couples.

— C'est-à-dire ? Pénétrations vaginales, fellations, etc. ?

— Oui, tout.

— Sur le plan sexuel, il n'y a pas de difficulté particulière ?

Il se tut un instant, observa la salle. Des dizaines de personnes le regardaient. Il fixa un moment les jurés et eut une sensation de vertige.

— Alors, sur le plan sexuel ?

— Parfois j'étais trop rapide.

— Vous considériez que votre vie sexuelle avec la femme dont vous étiez amoureux était satisfaisante ?

— Oui, très. Je l'aimais, c'était intense. J'ai beaucoup souffert quand elle m'a quitté.

— Avez-vous une attirance particulière ?

— Non.

— Vous n'avez pas de fantasmes ?

— Non.

— Vous avez pourtant consulté régulièrement des sites pornographiques…

— Oui, comme tout le monde.

— Vous avez tapé les mots "femme soumise", "grosse chienne" et "salope à punir" sur vos moteurs de recherche. L'humiliation, ça vous excitait ?

— Non, c'était comme ça. Quand on tape un mot sur un moteur de recherche, honnêtement, on n'imagine pas qu'un jour quelqu'un va vous le ressortir et qu'un acte aussi anodin va se retourner contre vous.

— Vous êtes incarcéré à Fresnes depuis deux mois à la suite d'une violation de votre contrôle judiciaire. Comment se passe votre détention ?

— Très mal. C'est très dur. Je ne supporte pas l'enfermement, la violence et la promiscuité avec les détenus. C'est sale, il y a des cris, je ne vais pas tenir.

— Vous avez des activités ?

— Je lis, c'est tout. Ma mère vient deux fois par semaine. Mon père, plus rarement, mais je crois que c'est à cause des journalistes.

Il rappela la façon dont il avait appris les faits qui lui étaient reprochés :

— C'était le 12 janvier 2016, quelques jours après la révélation des agressions sexuelles à Cologne. Mes parents étaient en pleine tourmente parce que ma mère s'était exprimée dans un entretien qui avait été perçu par certains comme islamophobe alors qu'elle défendait les Allemandes agressées. J'ai été arrêté. Pendant plusieurs jours, nous avons géré une pression médiatique très forte et une méconnaissance presque totale des faits qui m'étaient reprochés. Nous recevions des messages d'insultes et des menaces de mort. C'était l'horreur.

On entendit des chuchotements de protestation dans la salle. Mila Wizman était recroquevillée, les mains plaquées contre sa bouche comme si elle s'empêchait physiquement de crier. Son avocate lui murmura quelque chose à l'oreille. La présidente demanda le calme.

— On va poursuivre tout à l'heure, dit la présidente, nous écouterons l'enregistrement de l'appel de Mlle Wizman aux services de police et l'audition de la directrice d'enquête qui était de garde ce soir-là. L'audience reprendra à 14 heures.

4

— Police, j'écoute… Allô ? Allô ?…
(On entendait des pleurs.)
— Où êtes-vous ?
(On entendait une respiration.)
— Allô ?
— Je suis avec ma mère.
(Les pleurs redoublaient d'intensité.)
— On sait pas ce qu'il faut faire…
— Que s'est-il passé ? Parlez, mademoiselle.
— J'ai été violée…
— Combien étaient-ils ?
— Il était seul.
(On entendait des sanglots étouffés.)
— Ça s'est passé où ?
— À Paris.
(Les pleurs s'intensifiaient encore.)
— Vous connaissiez votre agresseur ?
— Oui.
— Il vous a frappée ? Menacée ?
— Il avait un couteau…
— Pouvez-vous venir tout de suite au commissariat pour déposer plainte ? Vous avez l'adresse ?
— …
— Allô ? Allô ?

Les sanglots, la voix terrifiée de Mila Wizman résonnaient dans l'enceinte de la salle. Dans les yeux des jurés, on lisait l'effroi et la gêne. Alexandre gardait la tête baissée. Claire masquait difficilement son désarroi, le regard affolé, c'était la première fois qu'elle entendait cet enregistrement où tout sonnait *vrai*. La présidente appela à la barre la policière qui avait été chargée de l'enquête. Elle avait un corps musculeux, des traits secs et une allure sportive.

Les faits paraissent simples, ils ne le sont pas, c'est ce qu'affirmait la directrice d'enquête qui était de garde ce soir-là et avait réalisé la première audition de la victime. « Mila Wizman s'est présentée à 8 h 32 du matin, accompagnée de sa mère, au commissariat du XVIIIᵉ arrondissement. La jeune fille était en larmes à son arrivée. Elle a déclaré que le fils de la compagne de son père l'avait violée derrière une benne à ordures, dans un local à poubelles. Elle paraissait extrêmement choquée. » Sur la base de ses déclarations, elle avait demandé à la victime d'aller à l'hôpital pour procéder à des expertises gynécologiques. « Nous avons envoyé une équipe dans le local et, une fois que l'agresseur a pu être identifié, dans l'appartement de ses parents. Là-bas, nous avons effectué une perquisition. Nous avons retrouvé la culotte jaune décrite par la victime. L'homme a été arrêté et placé en garde à vue. Nous avons alors procédé à une identification derrière une glace sans tain. Mlle Wizman a immédiatement reconnu M. Farel comme son agresseur. Au début, il a nié le rapport. Quelques jours plus tard, les analyses ADN confirmaient qu'il y avait bien eu un rapport sexuel. Les experts étaient divisés sur la nature contraignante ou non du rapport. Les analyses toxicologiques révélaient que la victime avait bu et fumé. L'accusé aussi. Il avait également pris de la cocaïne. »

Après un long interrogatoire sur le déroulement de l'enquête, la présidente demanda à la policière comment s'était passée la garde à vue de M. Farel. Elle expliqua qu'il était tantôt détaché, tantôt agressif :

— Je crois qu'il ne nous prenait pas au sérieux. Il ne pensait pas que c'était grave, ça se voyait à sa façon de répondre aux questions. Et d'ailleurs, lors de la première audition, il a nié.

— Qu'est-ce qui, selon vous, a été le point de bascule ?

— Quand on lui a dit qu'on avait retrouvé son ADN sur le corps et les dessous de la plaignante, il a changé d'attitude.

Les jurés n'avaient pas de questions. Maître Rozenberg se leva pour l'interroger :

— Madame Vallet, quand vous avez vu Mlle Wizman, diriez-vous que vous avez eu une personne apeurée devant vous ?

— Oui, terrorisée, même. Elle pleurait, elle était en état de choc.

— Vous êtes habituée aux affaires de viols ?

— Oui, malheureusement, c'est fréquent. Des affaires, j'en ai vu des dizaines.

— L'attitude de Mlle Wizman était-elle celle d'une victime de viol ?

— Oui. Elle était extrêmement choquée et émue, elle pleurait sans discontinuer.

— D'après vous, elle mentait ou elle était sincère ?

— Rien ne nous permettait de douter de la sincérité de Mlle Wizman.

Ce fut au tour de l'avocat de la défense, Maître Célérier, d'interroger la policière. Il reprit différents éléments pour affaiblir la portée de la plainte, notamment les incohérences autour de la présence ou non d'un couteau. Il était clair, concis, efficace. L'interrogatoire dura une dizaine de minutes. Puis le médecin qui avait ausculté Mila confirma l'état de panique et les lésions vaginales qui pouvaient évoquer une relation forcée.

La présidente demanda à Alexandre Farel de se lever. Elle lui annonça qu'ils allaient maintenant s'intéresser à lui afin de le connaître sous tous les angles, et évoquer sa vie familiale, professionnelle, intime, pour le juger *le mieux possible*.

5

Des inconnus avaient été missionnés pour reconstituer l'histoire de la vie familiale des Farel et la révéler devant des dizaines d'autres inconnus. L'enquêtrice de personnalité était une femme âgée d'une quarantaine d'années, blonde, vêtue d'une robe à fleurs, elle était venue accompagnée d'une amie qui était restée dans la salle. Jean écoutait cette femme qui n'avait vu son fils que deux fois dans sa vie (au cours d'entretiens qui n'avaient pas duré plus de trente minutes chacun) parler de lui avec la même assurance que si elle avait été sa plus proche confidente. C'était *grotesque*. « M. Alexandre Farel a parlé sans dissimulation, dit-elle, mais c'est un jeune homme renfermé, qui exprime sa crainte du jugement. Toute sa vie, il a eu le sentiment d'être évalué et, avec moi, il a souvent été sur un mode défensif. » Elle continua : « Il est fils unique. Sa mère est franco-américaine, son père, français, né en France. Le père a soixante-dix ans au moment des faits et est un journaliste connu. La mère, quarante-trois, elle est essayiste. Le père est très peu présent, totalement accaparé par son travail et, quand il est là, il est très dur avec son fils, il est exigeant. » Entendre une inconnue parler avec autorité de sa vie, de ce qu'il était, sans pouvoir rien faire pour la corriger était insupportable mais Jean n'intervint pas. Elle continuait sur le même ton emphatique : « M. Alexandre Farel dit que son père le frappe quand ses notes baissent ; d'une manière générale, il est très sévère. À l'âge de neuf ans, Alexandre découvre que son père a une autre femme, il lui en parle. À partir de là, le père devient maltraitant. Il lui fait des réprimandes très violentes, humiliantes. Un jour, son père l'oblige à se mettre nu et le met dehors, sur le balcon. » Jean se leva en criant que c'était faux. La présidente lui demanda de ne pas intervenir, le menaçant de l'exclure. Il se rassit. L'enquêtrice de personnalité reprit : « Alexandre Farel se renferme sur lui-même. Il se perd dans le travail. C'est un excellent élève qui ne supporte pas l'échec. Quand il a une note moins bonne, il peut aller jusqu'à se faire mal. Une fois, devant ses camarades de prépa, il se cogne la tête contre un mur jusqu'à saigner parce qu'il a eu un 9 en maths. » Jean tremblait. Il se souvenait de cet incident, il savait qu'il serait repris partout dans la presse. « Alexandre Farel a des idées suicidaires, il passera d'ailleurs à l'acte en arrivant à Polytechnique. Il fume du cannabis, consomme occasionnellement de la cocaïne. Sur sa vie affective et ses relations avec les femmes, il s'est décrit comme un homme qui aime les femmes mais n'ose pas facilement aller vers elles : "Je préfère qu'elles viennent vers moi ou alors il faut que je boive pour me détendre." Il a eu sa première relation sexuelle à dix-huit ans "avec une prostituée. C'était l'idée d'un ami à moi, j'ai voulu faire comme lui". En 2015, il tombe amoureux d'une conseillère politique plus âgée que lui, le père ne le supporte pas. Elle tombe enceinte, avorte et le quitte. Alexandre Farel vit très mal cette période : "Elle m'a quitté du jour au lendemain. J'étais dans un état de désarroi total."

Il s'est senti complètement abandonné et explique qu'il a "pété les plombs". Il a des regrets autocentrés : il regrette les conséquences de ses actes sur sa propre vie. Dans cette incomplétude, cette angoisse, le passage à l'acte relève d'un sentiment de toute-puissance. »

La présidente annonça une suspension d'audience. La plupart des gens restèrent dans la salle. D'autres sortirent pour fumer ou prendre un café. Jean s'isola dans un coin ; il ne voulait parler à personne. La suite de la journée fut consacrée à l'audition de l'expert psychiatre et du psychologue. Le premier ne rapporta aucun antécédent pathologique important. Il expliqua doctement que l'entretien avait montré un sujet calme, qui tenait un discours cohérent. La pensée était logique. Il n'avait retrouvé aucun signe de dissociation intrapsychique, aucune idée délirante ni aucune manifestation hallucinatoire de nature à faire évoquer un processus psychotique. Le fonctionnement intellectuel était excellent. L'humeur du patient était stable et l'on ne retrouvait aucun antécédent personnel de type cyclothymique. Alexandre n'était pas atteint au moment des faits d'un trouble psychiatrique ayant aboli son discernement ou le contrôle de ses actes. Dix minutes plus tard, par visioconférence, une psychologue âgée d'une cinquantaine d'années décrivit Alexandre Farel comme très intelligent, poli, courtois. Il s'était montré coopérant tout au long de l'entretien. « Son langage est très riche, il s'exprime bien et avec aisance. » Sur les faits, elle expliqua à la cour qu'Alexandre aurait pu avoir eu besoin de se rassurer quant à sa virilité en se persuadant qu'il était capable de donner du plaisir sexuel à une jeune femme. « Sa rupture avec sa compagne a provoqué chez lui un choc affectif

s'installer à table, tandis que Claude se collait à eux dans l'espoir d'obtenir une tranche de jambon. Françoise croqua la tomate, le jus gicla sur ses lèvres et coula sur son menton, tachant son chemisier rose. Jean essuya délicatement sa bouche avec la serviette. Quand elle eut fini, il l'aida à s'asseoir sur son fauteuil et s'allongea sur le canapé, à un mètre d'elle. Claude s'enroula en boule à ses pieds. Dans la commode du salon, il prit la brochure de l'organisme qui proposait un suicide assisté ainsi que les documents que Françoise avait signés quand la maladie s'était brutalement aggravée.

Bien des gens redoutent de se retrouver un jour à l'hôpital, inconscients ou dans un état désespéré, et d'être alors branchés pour une période prolongée à des appareils qui les maintiennent en vie artificiellement. Pour ne pas se trouver à la merci de cette médecine déshumanisée, il n'existe qu'une seule solution qui ait fait ses preuves : une déclaration pour le droit de mourir dans la dignité.

Qui souffre d'une maladie incurable ou d'un handicap insupportable et, pour cette raison, désire mettre fin à ses jours, peut, en tant que membre de DIGNITÉ, demander à l'association de l'aider à mettre terme à sa vie. DIGNITÉ se procure le médicament létal nécessaire, un barbiturique soluble dans l'eau, qui agit rapidement et ne cause absolument aucune douleur. Après absorption, le patient ou la patiente s'endort en quelques minutes et passe paisiblement et sans aucune souffrance du sommeil à la mort.

Jean relut plusieurs fois ces mots : « paisiblement, sans aucune souffrance ». Puis il reprit sa lecture :

(...) Lors d'un suicide assisté, il y a toujours au moins deux personnes présentes pour témoigner du déroulement de l'accompagnement. DIGNITÉ tient beaucoup à ce que les personnes qui « désirent s'en aller » puissent associer leurs proches suffisamment tôt à cette décision : un « grand voyage » demande des préparatifs minutieux et des adieux dans les formes.

Jean observa Françoise qui s'était endormie devant le téléviseur, le visage penché sur le côté. « Un grand voyage » – un plumitif avait dû percevoir trois cents euros pour trouver cette expression ridicule. Ils allaient tous *crever un jour et finir décomposés dans une boîte à trois mille euros*. Le grand voyage, ils l'avaient déjà fait : ça avait été cinq jours au Cambodge à l'hiver 2000, il n'y en aurait pas d'autre. Il se leva, mit un disque de musique : la *Symphonie n° 8* de Dvořák. « À bientôt, mon cœur », murmurat-il en quittant la pièce. Il laissa une note adressée à l'aide-soignante qui s'occupait de Françoise pour lui demander de le prévenir quand elle rentrerait. Il prit exceptionnellement l'ascenseur, il se sentait trop fatigué pour emprunter l'escalier. Dans le miroir mal éclairé, il vit son visage las, les cernes violacés sous ses yeux, sa peau ramollie – vieillir le révoltait. Il ralluma son téléphone, il avait un nouveau message : c'était Quitterie qui lui demandait d'acheter du pain et des couches avant de rentrer.

6

Le lendemain matin, la présidente annonça qu'elle allait procéder à l'audition de Mila Wizman. La jeune femme s'avança à la barre en tremblant :

— J'y arriverai pas.

— Qu'est-ce que vous attendez de ce procès ?

— Qu'on reconnaisse le mal qu'il m'a fait.

— Vous avez un petit ami ?

— Non.

— En janvier 2016, vous faites quoi ?

— Je suis en terminale.

— Dans quelles conditions avez-vous rencontré M. Farel ?

— La nuit du 11 au 12 janvier 2016, je l'ai accompagné à une soirée. Il était poli et gentil, je lui ai fait confiance et nous avons discuté. Il m'a proposé à boire, j'ai dit non, il a beaucoup insisté comme quoi c'était un champagne de grande marque, j'ai pris la coupe parce que j'avais honte de passer pour une poule mouillée, je l'ai bue. J'avais la tête qui tournait, j'avais envie de vomir, j'ai dit que j'allais prendre l'air et il m'a suivie parce que soi-disant c'était dangereux, une fille seule dans Paris. Dehors, on a marché en parlant, et après il m'a demandé d'attendre cinq minutes, je l'ai vu discuter avec un homme et échanger quelque chose. Quand il est revenu, il m'a dit qu'il avait de l'herbe et il m'a poussée à fumer. Il m'a dit que ce serait sans risque dans un local à côté et je l'ai suivi parce que je ne savais pas ce qu'il fallait faire pour ne pas passer pour une idiote et aussi parce que je ne pouvais pas retourner à cette soirée sans lui. J'avais l'alcool dans la tête aussi.

— Est-ce que vous avez une idée de l'heure qu'il était quand Alexandre Farel vous a proposé de le suivre ?

— Environ 23 heures ou minuit, je ne sais plus.

— Combien de temps s'est-il passé ?

— Je ne sais plus, quarante minutes, peut-être plus ou moins.

— La police a dit qu'il y avait des choses qui n'allaient pas. Vous avez affirmé que vous n'aviez pas pris de drogue alors que les analyses toxicologiques ont prouvé l'inverse.

— J'avais peur qu'on dise que j'avais fumé, que j'avais pas ma tête, je cherchais pas d'histoires, j'avais peur qu'on dise que j'étais pas dans un état normal, des choses comme ça.

— Et pour la drogue ?

— Je voulais pas de problèmes avec la police.

— Vous en avez déjà eu ?

— Non. Jamais.

— Personne ne fume dans votre famille ?

— Non. Ma mère est… comment dire ? Elle est sévère pour ça.

— Est-ce que l'on boit dans votre famille ?

— Non.

— Pendant le trajet, M. Farel essaye de vous embrasser, vous enlacer ?

— Oui. Il met sa main sur mon épaule.

— Et qu'est-ce qu'il vous dit ?

— Il dit t'es jolie, des trucs comme ça.

— Il passe son bras autour de votre cou.

— Oui.

— Vous vous laissez faire ?

— Pas vraiment.

— C'est-à-dire ?

— J'envoie balader sa main mais il insiste.

— Et vous ne dites rien ?

— Il a retiré sa main à ce moment-là.

— Vous le suivez dans le local ?

— Oui, pour fumer, seulement pour ça. J'ai la tête qui tourne à cause de l'alcool, je bois jamais, madame.

— Il n'y a pas de jugement de valeur, mademoiselle. C'est lui qu'on juge, pas vous. Donc là, vous fumez ?

— Oui, cinq minutes.

— Vous êtes assis par terre ?

— Oui, sur des cartons. À côté, il y a une poubelle.

— Et après ?

Elle pleure.

— Il vous a demandé de lui faire une fellation, c'est ça ?

— Il m'a prise par le cou et a plaqué ma tête contre son sexe.

Elle se contorsionne à la barre, frotte ses mains contre son jean dans un tic nerveux – au bord de l'effondrement.

— Vous étiez d'accord ou pas ? Passive ou active ?

— J'étais pas d'accord !

— Vous lui avez exprimé que vous n'étiez pas d'accord par la parole, un geste ?

— Avant, j'avais dit que j'avais un copain mais je pouvais rien faire, il a mis son...

Elle sanglote.

— Son sexe dans ma bouche.

— Il était en érection ?

— Oui.

— Il vous faisait mal ?

— Il tenait mes cheveux comme ça, comme si c'était la laisse d'un chien, il tirait.

Elle prononça ces mots en mimant le geste.

— Vous vous êtes laissé faire ?

— J'étais terrifiée ! Il avait un regard de fou, j'ai eu très peur.

— Vous avez crié ?

— Je sais plus.

— Vous aviez envie de l'embrasser ?

— Non !

— Ça dure combien de temps ?

— Cinq minutes peut-être.

— Il a éjaculé ?

— Oui. Sur les fesses.

— Et après que se passe-t-il ?

— Après, il m'a dit de m'allonger et là, il a pris de la poudre blanche sur mon ventre.

— Vous n'avez pas dit non ?

— J'avais peur. Après ça, il s'est mis à me toucher les seins et en bas aussi, j'ai vu qu'il voulait aller plus loin, il insistait.

— Vous avez dit non à ce moment-là ?

— J'avais peur, j'arrivais plus à parler ! C'était comme si je m'étais dédoublée, je voyais mon corps mais je n'étais plus là, j'avais si peur…

— Et après ? Que s'est-il passé ?

— Il a mis son corps sur moi pour m'empêcher de partir.

— Vous aviez manifesté le désir de partir ?

— Je sais plus, je m'en souviens pas, j'avais peur.

— Vous étiez habillée ?

— Oui. En jean.

— Qu'est-ce qui se passe alors ?

— Il a dit : "Enlève ton jean."

228

— Il vous l'ordonne et vous le faites.

— J'avais peur, je vous l'ai dit.

— Qu'a-t-il dit ?

Elle sanglotait.

— Il a dit : "Retire ton jean."

— Vous n'avez pas pu vous enfuir à ce moment-là ?

— Non, j'avais trop peur.

— De quoi aviez-vous peur ?

— Quand on était dans la rue, il avait dit qu'à cause des attentats il avait toujours un couteau sur lui.

— Et vous l'avez cru ?

— Oui.

— Mais ce couteau, vous l'avez vu ? Vous avez déclaré dans un premier temps qu'il vous avait menacée avec son couteau, puis qu'il n'y avait jamais eu de couteau.

— Je l'ai pas vu mais je savais qu'il y en avait, par rapport à ce qu'il avait dit.

Elle essuya les larmes qui coulaient sur ses joues.

— Ce ne sont que des questions, mademoiselle. J'essaye de comprendre.

— Je devais faire quoi ? Vous avez un type qui vous dit *j'ai un couteau...*

— Est-ce que vous aviez peur qu'il vous frappe ?

— Oui. Je pouvais pas me lever. Il a enlevé ma culotte.

— Et qu'avez-vous fait ?

— Rien.

— Et après ?

Elle ne répondit pas.

— Il vous pénètre ?

— Il met ses doigts dedans.

— Vous voulez dire qu'il met ses doigts dans votre sexe ?

— Oui.

229

— Ça dure longtemps ?

— Non. Mais il me faisait mal, avec des va-et-vient.

— Vous avez pleuré ?

— Je sais pas, j'étais pas dans mon état normal.

— Est-ce qu'il a dit quelque chose ?

— Il a dit de me laisser faire, que j'aimais ça et qu'il arrêterait quand j'aurais joui.

— Que vous a-t-il demandé après ?

— Après, il m'a poussée en arrière et il m'a pénétrée avec son sexe.

Elle pleurait.

— Est-ce qu'il a mis un préservatif ?

— Je ne pense pas.

— Comment vous sentez-vous physiquement à ce moment-là ? Vous êtes dans les vapes ? Vous êtes consciente ?

— Je suis dans les vapes.

— Est-ce que vous avez senti qu'il avait éjaculé ?

Les sanglots tétanisaient la salle.

— Est-ce qu'il a éjaculé ?

— Sur le bas du dos, oui.

— Et après ?

— Il a remis son pantalon et moi mes habits. Puis il a dit qu'il allait à la fête, j'ai dit que j'allais rentrer chez moi.

— Vous êtes sortis du local et vous avez refait le chemin inverse. Vous restez avec lui, vous ne courez pas ?

— Non, j'avais trop peur... Je vous l'ai dit, je pensais qu'il avait un couteau. Dehors, il a dit que c'était juste un bizutage et qu'il avait gardé ma culotte pour ça. Je me suis mise à pleurer, je crois qu'il s'est excusé. Et puis il est parti.

— Là, vous dites que vous voyez le dealer.

— Oui, il m'a vue pleurer. J'ai commandé un taxi.

— Pourquoi ne pas être allée au commissariat ?

— J'étais terrorisée, je voulais voir ma mère.

— Et en arrivant, que se passe-t-il ?

— Ma mère m'entend pleurer, elle se réveille, elle me demande ce qui m'est arrivé, où est mon père, si quelqu'un m'a fait du mal et je parle.

— C'est elle qui vous conseille de porter plainte ?

— Oui.

— C'est ce que vous faites ?

— Non, je vais me coucher, j'avais sommeil.

— Tout habillée ?

— Oui. Je tombe sur le lit et je dors.

— Quand vous vous réveillez, votre mère est là.

— Oui, elle dit qu'il faut appeler la police et c'est ce que j'ai fait. Après, on est allées porter plainte au commissariat.

La présidente laissa s'écouler un bref silence puis reprit :

— Est-ce que la cour a des questions ? Les jurés ?

Personne ne se manifesta.

— La parole est à la partie civile.

Maître Ferré se leva et s'approcha de sa cliente.

— Vous avez déclaré avoir dit à M. Farel que vous aviez un petit ami et lui avoir fait comprendre que vous ne vouliez pas avoir un rapport avec lui...

— Oui.

— Et que vous a-t-il répondu ?

— Rien, il a continué.

— Vous avez déclaré qu'avant la fellation qu'il vous a imposée, il aurait dit : "Chut ! Tais-toi salope !"

— Oui, c'est ce qu'il a dit.

Mila pleurait.

— Quand vous vous rendez au commissariat et que l'on enregistre votre plainte, avez-vous l'impression que l'on vous prend au sérieux ?

— Non.

— Que vous a-t-on dit ?

— Ils m'ont demandé si j'étais sûre de moi, si je mentais. L'un des policiers a même dit en rigolant : Des plaintes, on en enregistre plein mais pour que ça aboutisse, faut vraiment qu'il y ait eu du sang. Ils ont voulu savoir si j'avais reçu des coups mais j'avais le sentiment que ce que je disais n'avait pas d'importance. —

La parole était à l'avocat général.

— Mademoiselle, vous venez de dire que vous pensiez que votre parole ne valait rien. Or votre parole a de la valeur, je vous le dis, la justice vous croit.

Mila essuya son visage. Alexandre mit sa tête sur les genoux.

— Vous essayez d'oublier c'est ça ?

— Oui.

— C'est pourquoi vous êtes parfois imprécise...

Mila acquiesça d'un hochement de tête.

— Vous dites qu'il a prononcé ces mots : "Chut ! Tais-toi salope, tu le fais, c'est tout !" C'est la vérité ?

— Oui.

— Je pense qu'il faut que vous vous exprimiez si vous voulez sortir de cette salle différente de celle que vous étiez en y entrant. Vous êtes certaine qu'il avait bien compris que vous n'étiez pas consentante ?

— Oui.

— Vous vous souvenez de lui avoir dit que vous aviez un compagnon ?

— Oui, à la soirée.

— Ça ne l'a pas dissuadé ?

— Non.

— Vous avez eu le sentiment que vous n'étiez qu'un objet entre ses mains...

232

— Oui, c'est ça, une chose qui ne vaut rien, un déchet qu'il allait jeter à la poubelle après.

— Vous avez eu peur ?

— Oui, très. J'ai eu très peur, c'était horrible.

Elle tremblait.

— Vous avez obéi parce que vous aviez peur ?

— Oui.

— Vous avez dit : "Il m'a forcée."

— Oui.

— Il vous tenait la tête ?

— Oui, il tirait fort. J'avais mal.

Elle pleurait.

— Je vous demande pardon. J'ai honte.

— Toutes les personnes qui passent ici se sentent salies, elles ont honte et ont peur qu'on ne les croie pas. Ce n'est pas vous qui devez avoir honte.

L'avocat général laissa s'écouler un silence.

— Depuis les faits, il y a un avant et un après, n'est-ce pas ?

— Oui, je ne sors plus de chez moi. Même quand il fait beau, je reste enfermée chez moi à manger n'importe quoi.

— Qu'attendez-vous de la justice ?

— Je ne sais pas… Mais ce qu'il m'a fait, ça m'a détruite.

Ce fut au tour de l'avocat de la défense de questionner Mila Wizman. Maître Célérier se leva, palpa nerveusement le col de sa robe.

— Mademoiselle, je vous remercie de vous être exprimée parce que c'était nécessaire. Nous ne remettons pas en question votre souffrance mais notre client n'a pas la même perception des choses. Je vais maintenant devoir vous poser des questions un peu désagréables car ce qui nous intéresse c'est de savoir *comment* on en est arrivés là. Vous êtes d'accord pour reconnaître que, quand on est dans un état alcoolique, on peut faire des choses anormales ?

— Je ne sais pas, je ne bois pas d'habitude.

— Pourquoi avoir accepté de suivre M. Farel dans la rue, puis dans ce local ?

— Parce que je me sentais mal. On y allait juste pour fumer, je lui ai fait confiance.

— M. Farel vous a enlacée dans la rue. Ensuite vous êtes allés acheter de l'herbe. Vous avez trouvé que c'était normal ?

— Je sais pas, ça s'est fait comme ça, c'est lui qui a décidé ça.

— Sur le chemin, il vous dit quoi ?

— Que je suis jolie, des choses comme ça.

— Donc, si vous le suivez, c'est que ça vous flatte...

— Je ne sais pas, j'étais mal à cause de l'alcool, j'ai pas l'habitude, je l'ai dit.

— En arrivant dans le local, vous ne vous dites pas que légitimement cela pouvait lui venir à l'esprit que vous étiez intéressée par lui ?

— Je sais pas.

— Mettez-vous dans sa tête. Ça vous paraît aberrant, absurde, impossible que lui le pense ?

— Peut-être...

— Donc peut-être qu'il a pu penser que vous aviez envie d'aller plus loin avec lui.

— Non, je voulais pas !

— Mais dès votre arrivée, vous avez accepté qu'il vous embrasse...

— Il m'a pas laissé le choix.

— Vous auriez pu partir, la porte n'était pas fermée à clé...

— D'abord je le savais pas et puis j'avais peur à cause du couteau.

— Mais ce couteau, vous ne l'avez jamais vu ?

— Non.

— Parce qu'il n'y a jamais eu de couteau.

Il se redressa, se tut un instant avant de balayer du regard l'ensemble des jurés :

— Il n'y a jamais eu de couteau.

— C'est ce qu'il avait dit avant et moi je l'ai cru.

— Vous le trouviez beau ?

— Je sais pas.

— Je vous demande simplement si vous le trouviez séduisant.

— Quel rapport, ça change quoi ?

— Vous le trouviez beau, il s'est donc dit que peut-être vous étiez intéressée...

— Non. Je ne voulais pas faire ça.

— Pourquoi ? Vous aviez un petit ami ?

— Oui.

— Vous avez déclaré aux enquêteurs que vous étiez vierge, puis les résultats gynécologiques ont montré que vous aviez déjà eu des rapports.

Elle pleurait.

— J'ai menti parce que j'avais honte.

— Pourquoi ?

— J'avais peur que ma mère l'apprenne, elle savait rien. Elle est stricte, je l'ai dit.

— Pour votre mère, c'est important d'être vierge ?

— Oui, c'est une juive très pratiquante.

— Vous aviez déjà eu des rapports avant lui ?

— Oui.

— Avec qui ?

— Un seul homme.

— Ça a duré longtemps ?

— Quelques semaines.

— Pourquoi ça n'a duré que quelques semaines ?

— Il voulait arrêter.

— Quel âge avait-il ?

— Trente-deux ans.

— Et vous aviez ?

— Dix-sept ans.

— Est-ce qu'il était célibataire ?

— Non.

— Il était marié, il avait des enfants ?

— Oui, trois.

— Vous le saviez ?

— Oui.

— Donc avant de rencontrer M. Farel, vous aviez une relation avec un père de famille de quinze ans de plus que vous et vous affirmez à la police que vous êtes vierge…

— Oui, j'étais mal à cette époque, j'avais encore des séquelles psychologiques de l'attaque terroriste dans mon école, ma mère était devenue de plus en plus religieuse, j'étouffais dans cette ambiance, j'avais raté mon bac, ça n'allait pas du tout.

— Est-ce qu'à cette époque vous preniez aussi des antidépresseurs ?

— De temps en temps, quelque chose pour dormir.

Maître Célérier fit quelques pas sur le côté puis revint à sa place.

— Mademoiselle Wizman, pour quelle raison avez-vous rompu ?

— C'est lui, parce qu'il ne voulait pas quitter sa femme.

— Est-il vrai que vous l'avez menacé d'envoyer à sa femme tous les SMS que vous vous étiez échangés ?

— Oui. Mais j'étais très mal.

— Mademoiselle Wizman, est-ce que vous en voulez aux hommes ?

— Non !

Maître Célérier s'interrompit un instant.

— Reprenons les faits… Dans le local, M. Farel commence à vous caresser mais vous ne réagissez pas tout de suite.

— J'étais choquée, c'est pour ça.

— Vous vous déshabillez. Vous ne vous sentiez pas en danger puisque vous enlevez votre jean.

— J'avais peur, il m'a obligée.

— Mais vous n'avez pas crié ?

— Je ne sais plus, je ne crois pas. À un moment, il a mis sa main sur ma bouche. J'étais effrayée !

— Lui dit qu'il a glissé son doigt dans votre bouche... Vous décrivez un geste de violence et lui un autre, à caractère érotique.

— Non, c'était pas ça... ce n'est pas vrai.

— A-t-il été violent ? Menaçant ?

— Il a tiré mes cheveux au moment de la fellation qu'il m'a obligée à faire et après il a serré mes poignets. Il me regardait méchamment et a dit : "Retire ton jean."

— Mon client affirme que vous avez manifesté votre opposition de façon peu claire...

— Je ne comprends pas, c'était clair que je voulais pas, il savait ce qu'il faisait.

— Vous avez crié au secours ?

— Non.

— Je n'ai rien à ajouter.

Mila s'effondra en larmes. Maître Rozenberg déclara à la présidente que Maître Célérier était trop offensif. L'avocat général rappela que l'avocat de la défense ne devait pas malmener la victime. Il s'emporta : ses questions étaient orientées, brutales, il n'avait jamais vu ça. Maître Célérier lui répondit qu'il défendait son client : « C'est lui qui risque de passer vingt ans derrière les barreaux, c'est mon devoir de dévoiler la vérité, je respecte la douleur de la plaignante mais il y a des incohérences. » La présidente demanda une suspension d'audience de quinze minutes.

Dès la reprise des débats, Maître Célérier s'adressa à Mila Wizman. Il expliqua qu'il ne cherchait pas à la blesser mais simplement à faire émerger la vérité.

— Mademoiselle Wizman, avez-vous déjà été agressée sexuellement avant votre rencontre avec M. Farel ?

— Non.

Il laissa s'écouler un silence.

— Pourtant, sur votre compte Twitter, au lendemain de l'affaire Weinstein et du lancement du hashtag #BalanceTonPorc, on peut lire le tweet suivant : *J'avais treize ans, j'étais en colo, malade, mon animateur est rentré dans ma chambre soi-disant pour prendre ma température et il a mis sa main dans ma culotte. #BalanceTonPorc.* Vous souvenez-vous de ce tweet ?

Elle s'effondra en larmes.

— Mademoiselle Wizman, vous souvenez-vous d'avoir écrit ce tweet ?

— Je ne sais plus.

— Vous ne vous souvenez plus d'avoir été agressée par cet animateur ou d'avoir posté ce tweet ?

— D'avoir écrit ça.

— Mais vous confirmez l'agression ?

— Oui.

— En quelle année êtes-vous partie en colonie, mademoiselle Wizman ?

— Je ne m'en souviens plus.

— C'est important pourtant puisque vous affirmez avoir été agressée sexuellement par un animateur.

— J'avais treize ans.

— Le problème, c'est que la seule fois où vous êtes partie sans vos parents, c'était en classe verte, vous aviez dix ans.

— C'est la vérité mais c'était pas en colo, c'est vrai, c'était chez une amie, c'est son père qui m'a fait ça.

— Pourquoi ne pas avoir porté plainte ?

— Il m'a dit de ne pas parler.

— Je n'ai pas d'autres questions.

La présidente demanda à Alexandre de se lever. Avait-il quelque chose à ajouter ? Non, il n'avait rien à dire. L'audience fut levée. Elle reprendrait à 14 heures.

7

La psychologue qui avait examiné Mila six mois après les faits à la demande du juge d'instruction fut appelée à la barre. Elle expliqua que Mila Wizman présentait un profil clinique normal et exempt de pathologies médicales susceptibles d'altérer son jugement : « Il s'agit d'une personne d'une nature plutôt réservée et introvertie. Elle a parfois du mal à exprimer et à extérioriser ses sentiments, ce qui explique l'effondrement psychologique réactionnel aux faits dont elle a été victime. Durant les faits, elle semblait avoir présenté un état de sidération qui ne lui a pas permis de se défendre. Elle a développé un syndrome anxio-dépressif très sévère, ponctué de crises d'angoisse ; elle a pris du poids. » Elle raconta que Mila Wizman avait eu une enfance heureuse jusqu'à la tuerie de Toulouse. « Mila est très proche de son père mais elle va mal depuis que ses parents ont divorcé. Elle dit qu'elle aimait bien la nouvelle compagne du père même si elle lui en voulait d'avoir brisé leur famille. Sa mère, Valérie Berdah, âgée d'une quarantaine d'années, vit à Brooklyn, où elle a refait sa vie avec un homme issu du milieu juif orthodoxe. Ensemble, ils ont eu un petit garçon. La fille cadette vit avec eux. Mila n'a presque plus de contacts avec sa mère : *Mes parents se sont déchirés à cause de la séparation et ma mère m'en a beaucoup voulu d'avoir rejoint mon père en France.* Elle ressent un fort sentiment de culpabilité car sa mère lui répète que si elle était restée aux États-Unis avec elle, rien ne serait arrivé. La mère était de passage à Paris pour voir sa fille quand les faits se sont produits.

Mila s'est bien insérée à l'école jusqu'à l'attaque terroriste dans son école. À partir de là, elle a eu des problèmes psychologiques et a raté son bac. Au moment des faits, elle repasse le bac en candidate libre. Ses anciens professeurs disent que c'est une fille intelligente mais perturbée par les événements qui ont bouleversé sa vie : la tuerie dans son école d'abord, suivie d'un départ précipité en Israël qui s'est révélé un échec. C'est dans ce climat d'instabilité que Mila a évolué avant le drame. Physiquement, Mila est une jolie jeune fille, mais qui s'est laissée aller à partir du viol, qui a cherché à cacher et à malmener son corps. Elle établit un contact d'abord compliqué, elle résiste, elle est dans l'opposition, puis elle s'adapte peu à peu à la relation au cours de l'entretien. Elle décrit une enfance heureuse jusqu'à treize ans, tout en reconnaissant qu'elle avait un caractère difficile. Ses troubles du caractère se sont accentués à l'adolescence après l'attaque et le revirement religieux de sa mère et surtout après le départ de celle-ci dont elle s'est sentie abandonnée. Mila a été suivie par plusieurs psychologues ou psychiatres. Elle me confie également qu'à l'adolescence elle a subi un attouchement de la part du père d'une amie chez qui elle avait passé la nuit mais qu'elle a longtemps fait un déni. Elle me dit qu'après le viol dont elle affirme être victime elle a raconté aux garçons qui tentaient de la séduire qu'elle avait un cancer de l'utérus – ce qui est faux – à la seule fin de les tenir à distance. Actuellement, malgré des difficultés de caractère correspondant à une souffrance aiguë due au viol, elle présente une personnalité normale. Elle est sensible à l'environnement, capable de s'adapter. Mais elle a du mal à se concentrer, à conserver des relations avec ses amies. Elle dit : *Elles ne peuvent pas comprendre ce que j'ai vécu.* Elle adore le cinéma, visionne des films à la cinémathèque, prend ses vacances avec son père, à la montagne la plupart du temps, car elle aime la nature. Son humeur est instable avec des accès de pleurs soudains. Elle n'a jamais fait de tentative de suicide car, dit-elle, c'est interdit par sa religion. Elle ne consomme pas d'alcool. Sur sa vie personnelle, elle a été pubère à douze ans. Elle a été informée sur la sexualité par une amie, ses parents n'en parlaient pas. Elle a eu une relation avec un homme marié, qui a duré quelques mois. Plus tard, elle affirme qu'elle ne veut pas se marier ni avoir des enfants. Sur le vécu des faits par le sujet, il est clair qu'elle se révolte à l'idée d'avoir à en reparler. Elle dit : *Chaque fois que j'en parle je me mets à pleurer. J'étais trop naïve. Je l'ai suivi sans voir le mal et quand on a été dans le local, quand il a ouvert son pantalon, j'ai compris que j'étais foutue. J'osais pas crier parce que je me disais qu'il allait me tuer si je disais quelque chose. Ça se voyait que j'étais terrorisée. J'avais pas le choix. Ça servait à rien de crier ou de me débattre car il était plus fort que moi. Je me suis dit que si je faisais semblant d'être gentille, si je faisais ce qu'il demandait, ça passerait plus vite et je pourrais m'enfuir. Il savait que je voulais pas.* Mila décrit bien la manipulation dont elle a été victime, puis sa stratégie de défense : cette apparente soumission pour ne pas attiser une éventuelle violence de son agresseur. Elle a exprimé clairement son désaccord pour des relations sexuelles. Elle a manifesté sa peur, sans que son agresseur modifie son comportement. Le retentissement est important et typique des suites que l'on peut observer chez les victimes de viol. Mila présente des signes d'angoisse qui s'expriment par des troubles du sommeil. Elle a des difficultés d'endormissement et des réveils pendant la nuit. Elle fait des cauchemars au cours desquels elle revoit la scène du viol. La journée, elle a des flashs de la scène qui l'assaillent quand elle lit pour se détendre ou quand elle regarde la télévision. On note un trouble de l'image du corps avec le sentiment d'être salie. Elle a des rituels de lavage. Son impression d'être sale la pousse à provoquer des vomissements après avoir mangé. On trouve également des troubles de l'adaptation sociale : elle n'a confiance en personne, elle a peur des hommes. Son image de soi est dégradée, elle a honte, elle se fait des reproches : *Je culpabilise d'y être allée.* Enfin, elle présente une inhibition sexuelle : *Je ne referai pas l'amour avant d'être avec un homme en qui j'aurai vraiment confiance.* Puis elle ajoute *: Je pense que ça n'arrivera plus jamais.*

L'examen de la personnalité de Mila ne révèle pas d'anomalies mentales ou psychologiques. Elle présente un degré d'intelligence normal. Elle n'est ni particulièrement influençable ni impressionnable, mais elle se trouvait au moment des faits dans une situation de désarroi qui a d'autant plus affaibli son jugement qu'elle a consommé de l'alcool et du cannabis. Son niveau d'information en matière sexuelle est normal. Mila Wizman est crédible. Le retentissement post-trauma qu'elle présente correspond à celui qui est observé habituellement chez les victimes de viol. Il est important : il touche sa personnalité. »

8 *claire et son échec en tant que mère*

Quelques semaines avant le début de l'audience, Claire avait assisté à des procès d'assises pour se préparer à ce qui les attendait. Après avoir vu quatre ou cinq procès, elle avait la conviction que l'on pouvait déterminer l'état d'une société au fonctionnement de ses tribunaux et aux affaires qui s'y plaidaient : la justice révélait la fatalité des trajectoires, les fractures sociales, les échecs politiques – tout ce que l'État cherchait à occulter au nom d'une certaine cohésion nationale ; peut-être aussi pour ne pas être confronté à ses insuffisances. Les itinéraires personnels des victimes comme des accusés étaient le plus souvent des récits pleins d'épouvante, matière éruptive et contagieuse, où chaque détail narratif vous renvoyait à la fragilité des choses ; des existences tranquilles avaient soudainement basculé dans l'horreur, et pendant plusieurs jours, jurés, auxiliaires de justice et juges essayaient de comprendre ce qui s'était joué, à un moment donné, dans la vie d'un être.

Chaque visite au Palais de Justice obéissait au même rituel : Claire entrait dans une salle, assistait à l'affaire en cours. Elle restait quelques heures, ressortait, se rendait dans une autre salle. La cour d'assises avait sa préférence puisque c'était là que son fils allait être jugé. Dans un espace interdit au public, des feuillets de couleur accrochés au mur annonçaient les procès à venir. Viol en réunion, sur mineur commis par ascendant, avec ou sans armes, meurtre, terrorisme – une certaine représentation de la sauvagerie humaine. Elle arrivait en avance et s'installait dans la partie réservée au public. Elle avait lu les *Souvenirs de la cour d'assises* d'André Gide ; elle découvrait ce qui se révélait dans les prétoires, « à quel point la justice humaine est chose douteuse et précaire ». Un jour, un Égyptien d'une soixantaine d'années était jugé pour avoir violé sur une période de trois ans une vingtaine de prostituées chinoises sous la menace d'un couteau. L'homme, que ses victimes avaient surnommé *L'homme au couteau*, vivait en France depuis de nombreuses années, ne parlait quasiment pas français ; les plaignantes non plus, si bien qu'il avait fallu faire venir des traducteurs. Le procès avait des accents kafkaïens. La traduction rendait les échanges lisses et académiques, quasi administratifs, quand les faits relatés étaient d'une violence inouïe. Les prostituées étaient originaires de l'une des régions les plus pauvres de Chine. Elles travaillaient dans le quartier de Belleville, pour trente euros la passe, parfois moins – le tarif le plus bas qu'on pût trouver si on exceptait les filles dopées au crack qui étaient prêtes à s'offrir pour dix euros aux portes de Paris quand le manque était trop fort. Quadragénaires, les prostituées chinoises constituaient une main-d'œuvre bon marché par rapport aux filles de l'Est ou d'Afrique, à peine majeures, mieux cotées. L'accusé avait été un homme respectable jadis, au Caire. Il avait eu un bon travail, une famille aimante – pourquoi, comment, en France, était-il devenu *L'homme au couteau* ? Comment basculait-on ? Ce qui s'exprimait dans les salles d'un tribunal, c'était le récit d'existences saccagées, c'était la violence, les blessures d'humiliation, la honte d'être à la mauvaise place, d'avoir cédé aux déterminismes, au désir, à l'orgueil ; d'avoir commis une faute, une erreur de jugement ; d'avoir été léger, cupide, manipulé, manipulable, impuissant, inconstant, injuste, d'avoir trop aimé le sexe, l'argent, les femmes, l'alcool, les drogues ; d'avoir souffert ou fait souffrir ; d'avoir fait confiance, par aveuglement/amour/faiblesse ; la honte d'avoir été violent, égoïste, d'avoir volé/violé/tué/trahi ; de s'être trouvé au mauvais endroit, au mauvais moment, de payer pour son enfance, les erreurs de ses parents, les abus des hommes, leur propre folie ; la honte de dévoiler sa vie, son intimité, livrées sans conditions à des inconnus ; de raconter la peur qui les intoxiquait, comme une seconde peau urticante, une perfusion venimeuse ; la honte d'avoir gâché chacune de ses chances, avec application.

Claire continuait d'affirmer publiquement qu'elle était convaincue de l'innocence de son fils mais depuis qu'elle avait entendu le témoignage de Mila, elle doutait. Et s'il l'avait *vraiment* violée. Quand elle avait lu le contenu de sa première audition, elle avait déjà été ébranlée par le récit précis et cru de cette nuit d'horreur. Mais il s'agissait de son fils, de *son* enfant. Elle avait échoué. Sa mère lui avait appris à se protéger des assauts des hommes, mais elle n'avait pas pu faire comprendre à son propre fils qu'un désir ne s'imposait pas par la force. Au sortir de sa garde à vue, elle lui avait posé frontalement la question : Avait-il violé Mila ? Et il avait répondu qu'il ne pensait pas l'avoir violée. Il avait peut-être été « insistant

Marie avec Jean pour le statut social

sous l'emprise de l'alcool et de la cocaïne », il avait
« peut-être été un peu trop loin » mais devait-elle le
condamner à vie à cause « d'une nuit d'excès » ? Il
n'avait pas voulu faire de mal et s'il avait « dérapé »,
s'il avait été « un peu brutal » et s'était « trompé sur
les intentions de la fille d'Adam », il en était *désolé*.
Elle l'avait serré dans ses bras, lui répétant qu'elle
le croyait et qu'il ne devait plus recommencer « à
boire » – *à boire* et non à forcer une fille, c'étaient ses
mots. Elle s'en voulait à présent, elle avait été complice. À quel moment s'était-elle fourvoyée ? Quand
elle avait rencontré son mari et qu'elle avait compris, instinctivement, qu'avec lui elle grimperait plus
vite l'échelle sociale ? Quand elle avait eu son fils et
qu'elle l'avait élevé comme un roi, l'enfermant dans
une virilité agressive ? Pendant toute la période de
l'instruction, elle avait vécu en repli, elle était restée
enfermée chez elle pour ne pas avoir à donner son
avis, mais, au fond, elle était dévastée. Comme beaucoup de femmes, elle avait subi sans oser se rebeller
le harcèlement, les remarques sexistes, le machisme
primaire. Quelques semaines avant le début du procès, elle avait lu un grand article consacré à Monica
Lewinsky dans *Vanity Fair*. L'ex-stagiaire de la Maison Blanche y apparaissait souriante, apaisée, le
corps moulé dans une sobre robe d'un bleu layette.
Pour la première fois, elle s'exprimait sur le mouvement #MeToo : « Un des aspects les plus inspirants
de ce nouveau mouvement, disait-elle, est le grand
nombre de femmes qui ont utilisé leur voix pour
se soutenir entre elles. » Elle continuait : « Histo-
riquement, celui qui forme l'histoire (et c'est bien
trop souvent un "celui") crée "la vérité". Mais ce collectif fait de plus en plus de bruit et fait résonner
les récits des femmes. » […] « Si Internet était une
bête noire pour moi en 1998, son descendant, les

Claire grand féministe

elle avait dit qu'elle était consentante mtn regrette?

réseaux sociaux, a été salvateur pour des millions de femmes aujourd'hui (sans prendre en compte tout le harcèlement en ligne…). » Elle revenait enfin sur son « affaire » avec Bill Clinton et, tout en rappelant qu'elle avait été consentante, soulevait le problème de l'abus de pouvoir. « C'est compliqué. Très, très compliqué. La définition du consentement ? "Donner la permission pour que quelque chose se passe". Et pourtant, que voulait dire ce "quelque chose" dans cette situation-là, au vu des dynamiques de pouvoir, de sa position, et de mon âge ? […] Il était mon patron. Il était l'homme le plus puissant de la planète. Il était de vingt-sept ans mon aîné, avec assez d'expérience de vie pour faire preuve de bon sens ». À quelques jours d'intervalle, après des mois d'attaques et de polémiques politiciennes, Huma Abedin, l'autre ancienne stagiaire de la Maison Blanche en poste au même moment que Claire, faisait une apparition remarquée au défilé du créateur Prabal Gurung à la Fashion Week de New York, aux côtés de celle qui avait été l'initiatrice du lancement de ce mot-clé repris dans le monde entier : #MeToo. Quatre mois plus tôt, Anthony Weiner, le mari de Huma Abedin, avait été condamné à une peine de vingt et un mois de prison pour avoir entretenu une relation avec une mineure et avait été incarcéré dans une prison fédérale du Massachusetts. Le couple avait finalement renoncé à divorcer. À présent, c'était Claire qui était exposée à la violence du scandale, qui se retrouvait dans le viseur médiatique. Elles étaient trois femmes d'une même génération, promises à un destin enviable, et les trois avaient été entravées, affaiblies, à des moments différents de leurs vies, à cause de la captation prédatrice d'hommes en qui elles avaient confiance et si, contrairement à Monica Lewinsky, Claire Farel et Huma Abedin n'avaient pas été des victimes directes, elles avaient toutefois connu la honte et l'humiliation.

Claire se souvenait de la tribune signée par certaines femmes qui réclamaient le droit d'être importunées. Pour la première fois, elle avait eu envie de réagir publiquement. Elle s'était si souvent retrouvée dans des situations désagréables, voire franchement menaçantes, qui l'obligeaient à trouver en elle les ressources de dire non, d'esquiver et de tenir tête sans vexer celui dont le comportement l'avait offensée ou dépréciée et dont elle ne savait pas s'il allait se venger – et de quelle manière. Comme toutes les femmes, elle avait appris à ruser et à mettre les formes, à se dérober, à appréhender l'espace public pour moins le redouter, elle avait dû s'adapter et élaborer des stratégies d'évitement. Très tôt, elle avait développé des mécanismes de défense : elle s'habillait comme un garçon, cachait ses seins, ne dormait pas chez ses amies (« leurs pères, répétait sa mère, pourraient te toucher »). Elle se souvenait de ce voyage de découverte avec sa classe, elle avait dix ans, au cours duquel l'animateur venait vérifier chaque soir que les filles avaient bien retiré leur culotte pour dormir. Ce jour où son professeur de rollers avait tenté de lui caresser les seins – elle avait treize ans. Ce jour où un célèbre animateur télé l'avait convoquée dans son bureau pour lui faire des avances ; elle avait refusé. Pendant les années qui avaient suivi, il ne l'avait plus invitée à son émission. Ce jour où elle avait été conviée, à l'initiative de son éditeur, à un dîner organisé par un homme politique ; dès son arrivée, elle avait dû subir ses commentaires graveleux, elle avait réussi à s'échapper et, le lendemain, son éditeur, écoutant le récit de cette soirée, lui avait dit avec brutalité : « Vous mentez. » Ce jour où un journaliste lui avait glissé le numéro de sa chambre dans la poche, elle ne l'y avait pas rejoint, il n'avait plus écrit le moindre papier sur ses livres. Ce jour où, sur le quai d'une gare, de retour d'un salon littéraire au cours duquel elle avait appris que son dernier essai était finaliste d'un grand prix, un écrivain âgé d'une soixantaine d'années lui avait dit qu'elle avait dû beaucoup coucher pour réussir. Ce jour où sa mère lui avait avoué qu'elle avait été abusée, enfant, par son voisin qu'elle considérait comme un père. Les femmes osaient parler, elles commençaient, ensemble, à dire ce qui avait été supporté, caché pendant si longtemps. Pour Claire, le dilemme, c'était de vivre une telle promesse de réorganisation sociétale – les femmes racontaient enfin ce qu'elles avaient vécu, quelque chose d'important se jouait là dans cette réappropriation publique de leur valeur, cette écoute attentive de leur parole – et, dans le même temps, d'analyser avec le plus d'objectivité possible ce qui était raconté au procès alors que, sous le prisme de l'émotion et de l'affectivité, tout lui paraissait vicié, excessif, à charge – son fils risquait jusqu'à quinze ans de prison et elle devait l'accabler ? Toute sa vie durant, elle n'avait fait qu'agir en contradiction avec les valeurs qu'elle prétendait publiquement défendre. C'était ça, la violence : le mensonge – une représentation falsifiée de son existence. Le déni : la voie qu'elle avait substituée au réel pour pouvoir le supporter.

9

« Pour la première fois de votre vie, des gens vont dire publiquement du bien de vous pendant des heures », avait ironisé Maître Célérier en annonçant que la journée allait être consacrée à l'audition des témoins de moralité – tous ceux qui connaissaient et aimaient Alexandre allaient expliquer aux jurés à quel point il était fiable, responsable et ainsi, peut-être, les convaincre qu'il ne pouvait pas être l'auteur d'un viol. Claire Farel fut appelée à la barre ; Jean avait fait savoir qu'il n'était pas disponible car il devait préparer son émission, il interviendrait ultérieurement. Claire évoqua un fils intelligent, doux, aimant. « Sa tentative de suicide l'a totalement anéanti. Pour nous, ça a été un événement terrible. Après, on avait toujours peur qu'il recommence. Jusque-là, il filait en ligne droite. Je crois que quelque chose s'est vraiment cassé à ce moment-là, que nous n'avons jamais pu réparer, il était comme ces porcelaines brisées dont on a espéré retrouver l'intégrité originelle en recollant les morceaux tout en sachant qu'au moindre mouvement brusque elles se pulvériseraient. Il découvrait le contraste cruel entre les attributs de la réussite, leur exhibition, revendication, et la réalité du bonheur intime, plus

251

rare, peut-être même inatteignable, c'est en tout cas ce que j'ai pensé, mon fils ne pourrait plus jamais être pleinement heureux. Avant cela, il y avait eu ma maladie et cette double confrontation avec la mort l'a sans doute fragilisé plus que nous ne le pensions. »

Elle précisa que c'était une situation très difficile pour elle : « Mon fils n'a jamais été violent ni brutal… Je voudrais dire aussi que j'ai vraiment pu apprécier Mila Wizman quand j'ai vécu avec elle, c'est une fille sensible et gentille. Vous imaginez le conflit qui est le mien : mon fils est accusé d'avoir agressé la fille de l'homme que j'aimais, avec lequel je venais de m'installer. » Fixant le regard d'une jeune jurée qui l'écoutait attentivement, elle ajouta : « J'ai un sentiment d'échec absolu. »

La présidente appela les nouveaux témoins dits « de moralité » : deux anciennes petites amies, le meilleur ami d'Alexandre Farel, un professeur de mathématiques et deux amis présents lors de la soirée. Tous brossèrent le portrait d'un garçon brillant, travailleur et fidèle en amitié. La première petite amie raconta qu'ils n'étaient pas allés plus loin que les caresses tandis que la seconde évoqua des rapports normaux. Mais qu'est-ce qui était normal et qu'est-ce qui ne l'était pas ? demanda la présidente. « User de violence, ce n'est pas du tout le profil d'Alexandre », conclut catégoriquement l'étudiante.

La petite amie qu'il fréquentait avant sa rencontre avec Yasmina Vasseur le décrivit comme un garçon prévenant, attentionné, qui avait parfois de brusques accès de colère : « Si on lui résistait, il pouvait devenir désagréable. » La présidente voulut savoir s'ils avaient eu des relations sexuelles et la jeune femme répondit « non ». « Il a voulu très vite aller plus loin, mais j'ai refusé parce que je me trouvais trop jeune. » L'avait-il violentée ? Contrainte ? Elle rougit. La présidente insista.

— Plusieurs fois il m'a obligée à lui caresser le sexe alors que je ne voulais pas. Il prenait ma main fortement, il la pressait contre son sexe, il se caressait en utilisant ma main comme si c'était une marionnette.

— Et ça, vous ne considérez pas que c'est "user de violence" ?

— Je sais pas... Ça se fait... On a toutes rencontré des types qui essayent, qui insistent et qui y vont carrément parfois.

Une autre fois, à l'arrière de sa voiture, il lui avait dit qu'il avait trop envie d'elle et avait cherché à lui retirer son jean, mais elle l'avait repoussé et il n'avait pas insisté. Une autre fois, il lui avait proposé de la sodomiser et elle avait refusé :

— Il a essayé, on était nus tous les deux, il a proposé ça juste parce que j'avais dit que je voulais rester vierge, pas pour faire un truc violent et quand j'ai dit non, il a dit OK, il m'a juste demandé de lui faire une fellation parce que c'était pas sympa de le laisser dans cet état.

— Et c'est ce que vous avez fait ?

— Oui.

— Vous en aviez envie ?

— Non.

Il y eut un léger brouhaha dans la salle. Il était 13 h 15. La présidente annonça que les débats reprendraient l'après-midi à 14 h 30.

10

Pendant la pause proposée par la présidente, Claire se rendit dans un petit restaurant à l'écart du Palais et s'y attabla. Elle commanda une salade ; elle feuilletait le journal quand Adam surgit devant elle, un sac à dos accroché à l'épaule. Il avait le corps et l'allure d'un adolescent. Il restait là, debout, un livre à la main, un peu dégingandé comme s'il attendait que quelqu'un s'emparât de lui et le positionnât. Il y avait une forme de distance chez lui qui trahissait une timidité dont il avait eu du mal à se départir et que l'exercice de son métier d'enseignant avait en partie atténuée. Claire lui proposa de s'asseoir à sa table. Il s'assit, posa son livre.

— Ma fille a voulu rester avec ses avocats et la psychologue de l'association d'aide aux victimes.

— Je suis désolée, j'ai entendu son témoignage, je suis vraiment désolée, l'avocat de mon fils a été très dur, je m'en veux terriblement.

— Tu n'y es pour rien. Il fait son travail de défense.

Elle lui demanda s'il voulait commander quelque chose, et il répondit qu'il voulait juste un café. Il passa ses deux mains sur son visage dans un mouvement descendant qui exprimait tristesse et lassitude.

— Je n'imaginais pas que ce serait aussi éprouvant, dit-il.

— Moi non plus.

— Depuis deux ans, je me prépare, mais la violence de l'audience, il faut l'avoir vécue pour la comprendre...

— Pourquoi la mère de Mila n'est pas venue ?

— Elle a refait sa vie, elle a eu un enfant, c'était trop compliqué pour elle. Mais je suis là...

— Mila vit avec toi ?

— Oui.

— Tu travailles où à présent ?

— J'enseigne le français dans un collège parisien.

Elle scruta la salle. Les gens riaient et parlaient fort, il y avait une légèreté qui contrastait avec la gravité de leur situation.

— Qu'est-ce que tu lis ?

Disant cela, elle saisit le petit livre qu'Adam avait posé sur la table. C'était un texte du philosophe Martin Buber intitulé *Le Chemin de l'homme*.

— Prends-le, je l'ai déjà lu plusieurs fois.

Elle le remercia et rangea le livre dans son sac.

— Dans ses fragments autobiographiques, Buber raconte qu'il avait quatre ans quand ses parents se sont séparés pour des raisons qui lui sont toujours demeurées inconnues. Sa mère a disparu du jour au lendemain, sans explication. Il a alors été placé chez ses grands-parents paternels. Il espérait désespérément le retour de sa mère. Un jour, une voisine lui a dit qu'elle ne reviendrait jamais. Il lui faudra attendre vingt ans pour la revoir. Plus tard, il a inventé ce mot de "mérencontre" pour désigner l'échec d'une rencontre authentique entre deux êtres. C'est ce qui nous est arrivé, une mérencontre.

— Je n'ai pas pu faire le deuil de notre histoire, dit-elle en gardant les yeux baissés.

Sur le moment, il ne répondit rien, se contentant de boire doucement son café, puis il releva la tête.

— Tu voudrais savoir si moi aussi j'ai souffert de notre séparation, si j'ai refait ma vie, si je suis heureux… Que veux-tu entendre ? C'est avec toi que j'étais heureux.

Il y eut un long silence, puis il ajouta :

— Je pense souvent à la vie qui aurait été la nôtre si rien ne s'était passé. Quand je vois des images de haute montagne, je pense toujours à toi. Je nous imagine dans ce chalet dont nous rêvions, à ces sentiers où tu avais promis de m'emmener, c'est ridicule, je le sais. Désormais, je fais des randonnées, seul, à Mount Jo, dans l'État de New York, c'est superbe, tu aimerais beaucoup.

Ils n'échangèrent plus aucun mot pendant un moment, respectant malgré eux le cycle écrasant de la mélancolie, cette alternance d'acceptation et de révolte, de désir de renouvellement aussitôt transmuté en apathie, rien n'était fixe, tout oscillait, l'amour et la haine, c'était un flux qui allait et venait, offrait et reprenait, charriant les décombres d'un amour qui avait été, pendant un temps, l'édifice central de leur vie. Cela avait été très dur pour elle, elle ne s'en cachait pas :

— Quand tu es parti, j'ai eu une sensation physique de déséquilibre ; je me suis écroulée. Tout me manquait : ton corps, mais aussi nos échanges, notre complicité, tout ce que tu me donnais et dont j'ai été subitement privée. Quelque chose en moi a été abîmé.

— Nous offrons ce que nous pouvons à un moment donné. Quand c'est arrivé, je n'avais pas d'autre choix que de m'éloigner.

Leur échange fut interrompu. Claire venait de recevoir un message de l'avocat de son fils : l'audience

allait reprendre. Adam laissa Claire partir la première, ils ne devaient pas être vus ensemble. Elle sortit. Se hâtant vers la salle Victor-Hugo, elle songea à
cette phrase de l'écrivain dans *L'Homme qui rit* : « La
vie n'est qu'une longue perte de tout ce qu'on aime. »

11

La présidente procéda à l'audition d'Alexandre. Elle lui demanda de relater les conditions de sa rencontre avec Mila Wizman, il répéta ce qu'il avait déjà dit aux policiers et au juge. La présidente posait des questions précises.

— Dans le local, vous embrassez Mlle Wizman ?

— On s'est embrassés. Quand je lui ai demandé de me faire une fellation, elle l'a fait...

— Elle dit que vous avez mis votre sexe dans sa bouche...

— J'ai sorti mon sexe, elle l'a pris dans sa bouche.

— Elle n'a pas manifesté son désaccord ?

— Non, mais j'ai rapidement senti que ce n'était pas trop son truc, elle me faisait mal avec ses dents alors je lui ai dit d'arrêter et je me suis caressé.

— Qu'entendez-vous par : *ce n'était pas son truc* ?

— Elle n'était pas à l'aise. J'ai pensé qu'elle n'avait pas d'expérience.

— Vous ne vous êtes pas dit qu'elle ne voulait pas ? Qu'elle avait peur de vous ?

— Non puisqu'elle l'a fait... Si elle n'en avait pas envie, elle aurait dit non...

— Elle dit que vous l'avez forcée à vous faire une fellation.

— Non. J'ai ouvert mon jean et elle a pris mon sexe, voilà...

— Elle dit que vous lui en auriez donné l'ordre... Que vous lui auriez dit : "Suce-moi, salope."

— Dans le feu de l'action, j'ai pu le dire, ce sont des choses qui se disent, non ?

Des gens se mirent à rire. La présidente menaça de faire évacuer la salle. Mila jouait nerveusement avec la fermeture éclair de son gilet.

— Et que se passe-t-il après ?

— Je me suis retiré et je me suis caressé.

— Vous avez éjaculé sur elle ?

— Oui.

— Pourquoi sur elle ?

— Je ne sais pas, comme ça. Après, on s'est mis par terre, j'ai pris de la coke sur son ventre, elle s'est laissé faire. Puis je me suis allongé sur elle. Je lui ai demandé de retirer son jean parce que le frottement des boutons me faisait mal. Elle l'a retiré.

— Et là, elle ne vous dit rien ?

— Non, elle le fait, c'est tout...

— Et après ?

— J'ai retiré sa culotte, que j'ai glissée dans la poche de ma chemise, j'ai caressé son sexe, j'ai introduit mes doigts en elle pour la faire jouir, j'ai baissé mon jean, et je l'ai pénétrée, mais je n'avais pas de préservatif alors je me suis retiré et j'ai éjaculé sur elle.

— À ce moment, vous voyez bien qu'elle est terrifiée.

— Non, sinon j'aurais arrêté. Elle se laissait faire et j'avais même l'impression qu'elle prenait du plaisir à cela.

— Elle se laissait faire parce qu'elle était sidérée peut-être ? C'est ce qu'elle a dit.

— Non.

— Sur quels éléments vous basez-vous pour dire cela ?

— Je suis un peu gêné de dire ça…

— Dites-le…

— Son sexe était trempé, elle a joui.

Il y eut des cris de protestation dans la salle, Mila Wizman cachait son visage inondé de larmes entre ses mains. La présidente exigea une suspension d'audience.

12

Claire sortit fumer une cigarette. Elle avait arrêté après son cancer du sein mais pendant la période de l'instruction, elle avait repris. Elle reçut des insultes sur Twitter. Elle bloqua leurs auteurs. Des journalistes avaient retranscrit toute l'audience sur les réseaux sociaux. Elle lut les phrases de son fils, hors contexte, diffusées entre deux tweets sans aucun lien entre eux, et elle eut envie de quitter le Palais de Justice. Elle avait détesté la dernière réplique de son fils, elle avait eu honte de cette virilité puérile, mal assurée, cette méconnaissance totale de ce qui pouvait se produire dans la tête d'une fille *qui ne voulait pas* mais elle ne parvenait pas à le haïr, lui. La présidente aussi était malmenée sur les réseaux. Certains lui reprochaient d'accabler la victime, de venir en aide à Alexandre : « La présidente, elle est à la botte de Farel, le copain des présidents », « Jamais vu une telle complaisance envers un violeur. Collet démission ! ». La présidente était habituée à ces pressions, à l'exposition que supposaient les affaires médiatiques, elle avait mené l'un des grands procès pour terrorisme deux ans auparavant et s'était forgé une réputation d'intransigeance et de rigueur. Elle avait écrit un livre à cette époque, *L'Intime Conviction*, dans lequel elle évoquait sa fonction. Elle y rappelait que le procès était celui de l'accusé, c'était lui qui devait être au centre des débats, lui qui devait révéler sa vérité.

Vingt minutes plus tard, tout le monde reprit sa place. Alexandre tapotait nerveusement ses doigts.

— Après l'acte sexuel, qu'avez-vous fait ?

— On s'est rhabillés et on est sortis.

— Vous n'avez pas échangé un mot ?

— Si, je lui ai dit que j'avais gardé sa culotte pour un bizutage, elle s'est mise à pleurer et elle est partie. Moi, je suis retourné à la soirée et, plus tard, je suis rentré chez moi.

— Mlle Wizman n'a pas décrit la même chose que vous. Vous étiez satisfait de cette rencontre ?

— Oui.

— Pourquoi d'après vous a-t-elle appelé la police en rentrant chez sa mère ? Pourquoi, quelques heures plus tard, a-t-elle porté plainte contre vous ?

— Je ne sais pas. Je n'ai pas vécu les choses comme ça.

— Pourquoi dépose-t-elle plainte et maintient-elle sa version pendant deux ans ?

— Je ne sais pas… Je ne suis pas dans sa tête. Elle s'est vengée voilà tout, quand je lui ai dit que c'était un bizutage.

— Monsieur Farel, êtes-vous un séducteur ?

— Non.

— Ça vous arrive de conclure si vite avec les filles ?

— Oui. On est en 2018, madame la présidente, quand deux personnes de mon âge se rencontrent et se plaisent, eh bien, en général, elles couchent ensemble.

— Est-ce que vous avez des projets d'avenir ?

— À cause de ces accusations, je n'ai pas pu travailler aux États-Unis, je n'ai pas pu finir mes études et obtenir mon diplôme. Je suis en prison, ça m'a détruit. Mais j'ai un projet de start-up dans le domaine de l'intelligence artificielle avec un ancien étudiant de Stanford.

— Pourquoi avoir envoyé un SMS à votre meilleur ami le soir des faits avec ces mots : "J'ai merdé" ?

— Parce que j'avais accepté ce stupide pari et que j'avais fait de la peine à une fille sans défense. J'avais honte de l'avoir trahie. Je me sentais coupable, donc ma première réaction a été de dire : j'ai merdé.

— Vous aviez honte de l'avoir contrainte à avoir ce rapport ?

— Non ! J'avais honte de l'avoir humiliée en lui avouant que c'était un bizutage. J'ai été pathétique mais je ne crois pas lui avoir fait du mal.

— Et pourquoi serait-elle partie en courant ?

— Elle était très humiliée, je m'étais moqué d'elle, elle m'avait fait confiance, j'avais sa culotte dans ma poche, j'imagine que c'était horrible pour elle. Je suis un salaud, un sale con, appelez-moi comme vous voulez, mais je ne suis pas un violeur.

— Si le rapport sexuel était consenti, pourquoi avoir nié ? Pendant quelques heures, vous dites que vous n'avez pas eu de rapport. Est-ce que ça a à voir avec le fait que les policiers vous ont annoncé que vous risquiez quinze ans de prison ?

— Peut-être... je ne sais pas bien où vous voulez en venir.

— Vous avez attendu que votre ADN parle...

— Je vous l'ai dit, j'ai pris peur.

— Vous aviez peur parce que vous l'aviez violée ?

— Non, j'ai dit ça comme ça... Parfois, on ne réfléchit pas...

— On a retrouvé votre ADN sur sa culotte et son corps.

— J'ai vite reconnu avoir fait l'amour avec elle.

— Pourquoi aurait-elle fait l'amour si vite, quelques minutes après vous avoir rencontré ?

— Je vous l'ai dit, à nos âges, ça se fait. Et puis, elle avait bu et fumé, ça désinhibe, c'est certain.

— Hier, le médecin qui avait reçu la partie civile a confirmé l'existence de lésions pouvant évoquer une pénétration forcée. Vous l'avez forcée ?

— Non.

— Lors de la confrontation, elle va maintenir que vous l'avez violée, c'est une menteuse ?

— Je l'ai dit, elle s'est sentie très humiliée, ça l'a rendue folle de rage, elle devait être désespérée.

— Vous aviez peut-être très envie d'avoir ce rapport. Vous vous retrouvez dans ce local, elle est là, elle a fumé, vous vous retrouvez seuls, elle est vulnérable, vous en profitez, vous passez en force.

Il haussa les épaules.

— Est-ce que vous ne vous êtes pas dit : tiens, je vais en profiter ? Elle se débat un peu mais j'ai envie alors j'insiste et je force ?

— Non.

— On a retrouvé des traces de sperme sur elle.

— Après la fellation et à la fin du rapport, quand je me suis retiré, j'ai éjaculé sur elle.

— Pourquoi vous êtes-vous retiré ?

Il laissa s'écouler un silence, puis répliqua en criant presque :

— Parce que je ne voulais pas qu'elle tombe enceinte ! Quand on n'a pas de préservatif, c'est ce qu'on fait !

Maître Rozenberg se leva à son tour et apostropha Alexandre :

— Un détail me frappe. Vous êtes décrit par les témoins comme un être prévenant, sensible. Auriez-vous emmené Mlle Wizman dans un endroit aussi sordide qu'un local à poubelles si cela avait été le cas ?

— Nous sommes allés dans ce local pour fumer. C'était un local d'entretien. Elle ne voulait pas fumer dans le parc. Et puis, après avoir fumé, nous nous sommes embrassés.

— Vous lui avez imposé ce baiser ?

— Non.

— Mais elle dit qu'elle ne voulait pas de ce rapport !

— C'est faux ! Je pense qu'elle m'en a voulu et qu'après elle a regretté, voilà tout...

— Pourquoi avez-vous menti pendant la garde à vue ?

— J'avais peur.

— Vous aviez peur parce que vous lui aviez fait du mal ?

— Non. Parce que je l'avais humiliée, j'avais peur qu'elle se venge.

— Monsieur Farel, quel livre lisiez-vous au moment des faits ?

— Je ne sais plus, je lis beaucoup.

— Les policiers ont retrouvé sur votre table de chevet un roman de Georges Bataille intitulé *Ma mère*, je vais en lire la quatrième de couverture si vous me le permettez : "Pierre raconte comment, après une enfance religieuse, il fut, à l'âge de dix-sept ans, initié à la perversion par sa mère."

— Je ne vois pas où est le problème.

— Le problème, c'est que c'est un livre obscène.

— Il n'y a pas d'obscénité en littérature.

— Un livre dont vous avez souligné certaines phrases que je vais lire : page 62 : "Quand il m'a trouvée nue, il m'a violée, mais j'ai mis son visage en sang : je voulais arracher les yeux. Je n'ai pas pu."

Alexandre fixait ses jambes. L'avocat continuait :

— Ou encore, page 123 : "Ayez pitié ! Demandez-moi le pire. Ne puis-je rien faire de plus sale ?" Voilà les lectures de M. Farel...

Alexandre releva la tête.

— Mais... ce n'est qu'un roman...

Et après cela, il regarda longuement les jurés. Maître Célérier apostropha l'avocat de Mila :

— Cher confrère, je suis étonné de vous entendre évoquer la supposée amoralité de mon client en faisant référence à sa lecture de Bataille. J'ose imaginer que quelqu'un d'aussi cultivé que vous a lu Bataille ou Sade... Quoique, en vous entendant, j'espère que vous-même ni aucun membre de la cour n'a jamais lu Sade sinon vous pourriez vous retrouver en cour d'assises !

Maître Rozenberg ne réagit pas, se contentant de parcourir ses fiches.

— Continuons sur le terrain littéraire si vous le voulez bien... Monsieur Farel, vous avez gagné un concours de nouvelles il y a deux ans et demi. Pouvez-vous nous parler du sujet de cette nouvelle ?

— C'est une histoire d'amour.

L'avocat brandit un texte.

— Monsieur Farel, vous avez écrit une histoire entre un homme et une femme, un jeune stagiaire et une conseillère politique. L'homme l'oblige à lui faire une fellation, puis la viole à deux reprises.

Il en lut un extrait.

— C'était un fantasme, un truc qui se joue entre adultes consentants. C'est une idée de la femme que je fréquentais à l'époque.

— Bien. Qu'elle vienne témoigner !

— C'est impossible.

— Et pourquoi, monsieur Farel ?

— Parce qu'elle travaille au plus haut niveau de l'État.

— Il serait bon qu'elle vienne donner sa version.

Il y eut un long silence.

— C'était un fantasme, je vous le dis, rien de plus !

— C'était un fantasme, peut-être. Mais un jour, vous êtes passé à l'acte.

13

Ce fut au tour du dealer de témoigner. La présidente lui demanda de prêter serment et de faire sa déclaration :

— Ce soir-là, j'étais près du métro Anvers. Le gars et la fille, ils sont venus pour acheter du shit et un comprimé genre Viagra en plus fort. Je leur ai vendu. La fille a dit qu'elle stressait à cause des flics, j'ai dit, y a un local là-bas et ils sont partis. Voilà, c'est tout, j'ai rien d'autre à dire.

— Comment étaient-ils ?

— Normal, comme des amis qui vont passer un bon moment…

— Ils étaient enlacés, ils se tenaient par la main ?

— Je crois pas.

— La fille vous a semblé angoissée ?

— On voyait qu'elle était pas du coin.

— Que voulez-vous dire par là ?

— Elle avait l'air stressée, elle se prenait la tête à cause des flics parce qu'il avait dit qu'il voulait fumer dans le parc. Elle était un peu sur les nerfs, ça se voyait.

— Quel genre de cachet vous a demandé l'accusé ?

— Un cachet pour tenir le sexe, quoi…

— M. Farel dit qu'il a demandé un cachet pour se

détendre, c'est ce qui est écrit sur le procès-verbal d'audition...

— Non, madame la juge, les hommes, quand ils viennent me voir, c'est pour bander, je suis connu pour ça.

Il rit.

— J'ai même des clients célèbres, vous imaginez même pas. Les mecs ont peur de plus bander, madame, même les jeunes.

— Monsieur, vous êtes dans un tribunal, épargnez-nous vos commentaires, s'il vous plaît.

— Désolée, Votre Honneur.

— On ne dit pas Votre Honneur, on n'est pas aux États-Unis, monsieur.

— Madame, je dis la vérité, c'est tout.

— Est-il possible que vous lui ayez vendu une drogue frelatée ?

— Une quoi ? plaisanta-t-il. Je comprends pas, madame...

— Une drogue de synthèse.

— Écoutez, comme je dis souvent, moi, je suis pas dans les cachets.

Il rit.

— Et de la cocaïne ?

— Non.

— Pourtant, ce soir-là, il en avait consommé.

— C'est pas moi.

— Racontez-nous quand vous les avez revus.

— Je les ai revus genre trente minutes après.

— Comment étaient-ils ?

— Lui normal, comme à l'aller. Enfin, elle, je sais plus, elle avait pas l'air bien, ça fait deux ans, franchement, j'ai un peu oublié. J'ai déjà du mal à me rappeler ce que j'ai fait hier.

Il se retourna vers la salle en souriant.

— Écoutez monsieur, vous êtes dans un tribunal,

vous avez prêté serment. Vous en êtes sûr alors ou pas ?

— Oui, elle était en stress, ça s'oublie pas.

— Et après ?

— Après je les ai vus se parler. La fille s'est mise à pleurer et elle est partie.

— Et lui ?

— Lui, il marchait comme si c'était pas son problème.

Le chauffeur du Uber qui avait raccompagné Mila chez elle fut appelé à la barre. C'était un homme de type asiatique âgé d'une vingtaine d'années, maigre, vêtu d'un costume noir et d'une chemise blanche. Il fit une courte déclaration, puis répondit aux questions de la présidente.

— La fille pleurait comme si c'était la fin du monde. Je lui ai demandé si je pouvais l'aider et elle a dit que non, ça allait passer, rien de sérieux, son copain l'avait quittée pour une autre et elle était mal.

— Et après ? Est-ce que vous savez ce qu'elle a fait ?

— Madame, je charge des dizaines de clients chaque jour depuis deux ans, je m'en souviens plus. Elle pleurait sans s'arrêter, ça c'est sûr parce que c'est pas tous les jours qu'une fille craque comme ça dans ma voiture, mais après, j'en sais rien.

Maître Célérier s'approcha du témoin.

— Est-ce qu'elle vous a parlé de ce qui s'était passé ?

— Elle a dit qu'elle était mal.

— Au cours de votre audition par les policiers, vous avez déclaré qu'elle vous aurait dit : J'ai vraiment la haine.

— Si je l'ai dit, c'est que c'est vrai, mais franchement, là, ça fait longtemps...

— Est-ce que vous savez si elle vous a noté en sortant de votre véhicule ?

— Ah non, ça nous on ne le sait pas, moi j'ai dû lui mettre quatre étoiles, c'est ce que je mets généralement aux clientes sympas, je mets jamais cinq, ça c'est pour Dieu.

— Eh bien, elle vous a mis cinq étoiles.

Puis il s'adressa aux jurés :

— Alors qu'elle nous dit qu'elle venait d'être violée, Mlle Wizman a suffisamment d'énergie et de clairvoyance pour noter son chauffeur. Je n'ai rien d'autre à ajouter.

14

Les amis présents à la fête apportèrent aussi leur témoignage. Ils dirent tous qu'Alexandre leur paraissait légèrement en état d'ébriété mais ne manifestait aucune angoisse particulière. « Il nous a montré la culotte et on a bu. On a dansé jusqu'à 4 heures du mat'. » Le témoignage de Rémi Vidal contrastait, il s'était avancé à la barre en tremblant. Après avoir fait sa déclaration, il affirma qu'il regrettait d'avoir été à l'origine du bizutage : « Des choses importantes se passent en ce moment avec toutes ces filles qui racontent ce qui leur est arrivé et moi, ça me secoue profondément. Je n'ai jamais pensé au mal que je pouvais faire en humiliant des filles, en disant, par exemple, qu'elles n'avaient pas leur place dans les écoles d'ingénieurs ou, quand l'une réussissait, qu'elle avait obtenu cette place grâce aux quotas. Cette histoire m'a profondément choqué, je veux le dire. Après, je ne sais pas si Alexandre a fait ça ou pas et si, spontanément, j'ai envie de douter de la version de cette fille parce que je ne peux pas croire que mon ami ait pu faire une chose pareille, je vais m'abstenir de dire quoi que ce soit contre elle parce que j'ai compris, en entendant tous ces témoignages de filles, de femmes, qu'elles voulaient être crues et entendues. »

En fin de journée, la présidente demanda à entendre Michel Duroc.

15

— Je m'appelle Michel Duroc. Je suis le parrain d'Alexandre. Je suis médecin gynécologue à Aubervilliers. Je connais Alexandre depuis sa naissance. C'était un enfant gentil, très sensible, qui pouvait se mettre à pleurer facilement. Jean se faisait beaucoup de souci pour son fils mais se comportait mal avec lui. Alex avait peur de son père. Parfois, il était en proie à des angoisses très fortes, c'était un garçon anxieux, il lui arrivait de se mettre dans des états épouvantables, et dans ces moments-là, son père devenait très dur, je l'ai vu le taper et même le gifler mais on ne disait rien, on laissait faire, c'était la vedette qui avait beaucoup de pression. Il humiliait souvent son fils en public, il était obsédé par la performance, la compétition sociale, ça fragilisait Alexandre. Il a grandi dans l'ombre de ce père tyrannique qui contenait sa violence mais parfois, ça débordait. Voilà, c'est tout ce que j'ai à dire.

— Savez-vous comment Alexandre Farel se comportait avec les femmes ?

— Non.

— Pourquoi avez-vous traité son père de "merde humaine" dans un journal ?

— C'est un opportuniste, il n'y a rien de bon en

lui, j'ai été son plus proche ami, je peux le dire. C'est
à cause de lui que son fils a souffert et fait souffrir.

— Nous ne sommes pas ici pour faire son procès,
monsieur, mais celui de son fils.

— Alexandre, c'est un garçon correct, mais sous
la coupe de son père. Je voudrais d'ailleurs raconter
quelque chose.

— Allez-y.

— Quelques mois avant les faits, Alexandre fréquentait une jeune femme plus âgée que lui, conseillère politique, Yasmina Vasseur. Elle est tombée
enceinte. Quand le père d'Alexandre l'a su, il est
devenu fou, la jeune femme s'est laissé convaincre,
peut-être même contraindre d'avorter, c'est moi qui
l'ai aidée, à la demande de Jean. Il lui a fait du chantage, il l'a menacée de détruire sa carrière, il a toujours voulu contrôler la vie de son fils. Jean, c'est un
obsédé de la maîtrise.

— Qu'entendez-vous par : je l'ai aidée ?

Michel Duroc s'effondra à la barre.

— Comment l'avez-vous aidée ? insista la présidente.

— Quand ils sont venus me voir, Jean et elle, le
délai légal était dépassé et elle ne pouvait pas partir
à l'étranger. C'est moi qui l'ai avortée.

— Hors délai ? Alors que c'est interdit par la loi
française ?

— Son frère Léo m'a obligé, il m'a menacé. Ça
s'est mal passé, la fille n'a pas supporté, elle a fait
une hémorragie, bref, c'était sordide, on était trois
hommes à gérer son avortement, Alexandre n'était
pas au courant de tout ça. Il l'a appris par hasard le
jour de la remise de décoration de son père, c'est-à-
dire le soir de l'agression supposée.

Alexandre se recroquevilla sur sa chaise, en état
de choc.

— Comment Jean Farel se comportait avec son fils ?

— Il lui disait qu'il fallait qu'il soit le meilleur, il l'humiliait, il le frappait, il répétait ce qu'il avait subi.

— Vous connaissiez le passé de Jean Farel ? Vous saviez pourquoi il se comportait ainsi avec son fils ?

— Cette famille, c'est une histoire de la violence. Il dit partout que sa mère est morte d'une overdose mais c'est faux : son père a assassiné sa mère de quinze coups de couteau quand il a su qu'elle voulait le quitter. Jean l'a trouvée en rentrant de l'école. Son père a été arrêté. Trois ans plus tard, il s'est pendu dans sa cellule.

— Qui le savait ?

— Très peu de personnes. Alexandre ne le savait pas.

Michel Duroc regagna sa place. Jean était absent, il enregistrait un entretien. La suite du procès fut plus monotone. Plusieurs témoins se succédèrent pour parler avec bienveillance de Mila Wizman : ses amies, son médecin, qui décrivit « une jeune fille volontaire et vive », deux anciens professeurs. Le dernier témoignage accabla Alexandre : c'était l'ancienne gouvernante des Farel qui raconta qu'il visionnait des films pornographiques dès le réveil. Puis elle raconta qu'Alexandre avait harcelé Yasmina Vasseur après leur rupture, elle l'avait entendu. Le témoignage fut affaibli par l'avocat d'Alexandre qui évoqua un contentieux financier avec la famille – ce fut tout.

16

C'était le moment le plus attendu du procès. Des dizaines de gens faisaient la queue devant la salle dans l'espoir d'assister à la déclaration de Jean Farel. Il portait un costume en drap de laine de couleur grise et une chemise blanche. Il s'avança à la barre, s'adressa aux jurés. « Comment un père aimant peut-il évoquer son fils devant des hommes et des femmes qui vont le juger et peut-être le condamner à quinze ans de prison ? Cette question, j'y pense depuis des semaines, et me voilà devant vous. Ce jeune homme dans cette cage de verre qui l'accuse alors qu'il est présumé innocent, ce fils, ça a été et ça reste la grande joie de ma vie. Je l'ai eu alors que j'avais déjà atteint un certain âge, j'allais sur mes cinquante ans quand j'ai appris que j'allais être père. À l'époque, après plusieurs tentatives avortées avec ma première épouse, je pensais que j'étais stérile. Quand Claire, ma deuxième femme, m'a annoncé qu'elle était enceinte, je n'y ai d'abord pas cru et d'ailleurs, tant que je n'ai pas vu les résultats, je n'y croyais pas. Je peux le dire : je me trouvais trop vieux pour être père. Je ne voulais pas être un vieil homme quand mon fils aurait vingt-cinq ans. Je ne voulais pas lui imposer le spectacle de ma déchéance physique et l'obligation de prendre soin de moi. J'avais tort : sa naissance a été le plus beau jour de ma vie, elle m'a donné un nouveau souffle. Je vais vous faire un aveu : je me demandais comment j'avais pu donner naissance à un enfant aussi beau. Je me souviens qu'il a été un bébé très anxieux, qui dormait mal, qui pleurait beaucoup. C'était un enfant qui avait peur : de qui ? De quoi ? Nous avons été des parents aimants mais c'est un fait, nous n'avons jamais su le rassurer. À trois ans, il disait qu'il avait peur de mourir. Aujourd'hui, on fait le lien entre anxiété et précocité mais à l'époque, on se disait que c'était notre faute, que nous avions raté quelque chose. Pendant quelques années, il a dormi entre ma femme et moi, c'est vrai, mais parce qu'il hurlait tellement la nuit que les voisins nous avaient menacés d'appeler la police. Qu'aurions-nous dû faire ? Nous l'avons laissé dormir avec nous. Je ne vais pas le cacher, les experts l'ont dit : il avait des TOC, des obsessions, des peurs inexpliquées. Il était par ailleurs gentil, extrêmement brillant, et même s'il avait eu du mal à se faire des amis à l'école primaire et au collège notamment, ses professeurs l'adoraient. C'était un enfant sensible et doux qui lisait avec sa mère des poèmes pour s'endormir. On a dit, au cours de ce procès, que j'avais levé la main sur lui, c'est arrivé quelques fois, parce que j'avais été élevé comme ça, et je le regrette. J'ai été un enfant battu par mon père, je ne cherche pas à me justifier, c'est impardonnable, j'explique, c'est tout. Mon fils et moi, on s'entendait à merveille, on faisait beaucoup de sport ensemble, c'est moi qui l'ai initié au trail en montagne, il est rapidement devenu un champion dans cette discipline, il a toujours su dépasser ses limites. À l'adolescence, il a souffert d'anorexie et j'ai pensé que c'était ma faute. À cause de mon métier, je m'astreignais à un régime très sévère, je contrôlais tout ce que nous mangions, j'avais affiché sur le réfrigérateur une liste des aliments interdits, je pesais mes aliments devant lui, j'avais une grosse pression. On a dit également que j'étais obsédé par ses performances scolaires mais mettez-vous à ma place, d'où je viens, la réussite scolaire, c'est la seule chose qui permette de s'élever. Je voulais que mon fils fasse les études que je n'avais pas pu faire. Mes propres obsessions ont contaminé mon fils. Notre ancienne gouvernante a raconté il y a deux jours qu'Alexandre regardait des films pornos dès son réveil ; personnellement, je ne l'ai jamais surpris, je ne le savais pas et, pour être franc, même si c'était vrai, je ne vois pas le rapport, il n'y a aucun lien entre pornographie et passage à la violence, absolument aucun. Puis il y a eu ces deux années de prépa, très dures, et sa tentative de suicide qui n'en était pas vraiment une en première année, à Polytechnique. Là encore, nous avons préféré mettre cela sur le compte de la pression militaire. Nous n'avons pas vu, ou pas voulu voir, qu'il allait mal. Et puis il a rencontré Yasmina Vasseur. Au début, il était amoureux, transformé, il paraissait heureux mais les choses se sont compliquées, l'histoire n'a pas duré, c'est peut-être là qu'il a sombré et perdu confiance en lui. Il n'a pas supporté d'être rejeté. Tout est parti de là. Elle est tombée enceinte, elle a voulu avorter, on a laissé entendre hier, on me l'a rapporté, que je l'aurais obligée, c'est faux, je l'ai aidée à organiser les choses au mieux pour la protéger de la rumeur parce que c'est ce qu'elle voulait ! Et après, elle n'a plus désiré avoir de contacts avec lui et il s'est mis à la harceler. Il l'a fait comme nous tous quand nous avons été un jour fous amoureux et rejetés par la personne que nous aimions. Ça n'a pas duré, évidemment, il l'a oubliée.

Cette fille, Mila Wizman, je pense vraiment qu'il ne l'a pas violée, en tout cas, il n'a pas voulu – peut-on être amené à commettre des actes contre son gré ? Oui, je le crois. C'est arrivé, dans ma propre famille. Michel Duroc a dit la vérité. J'ai bien retrouvé ma mère morte quand j'avais neuf ans, ce n'était pas la drogue qui l'avait tuée, c'était mon père. Ma mère est morte sous les coups de poing et les coups de couteau de mon père, un jour où il était totalement ivre et drogué, il venait de sortir de prison, il avait découvert qu'elle était tombée enceinte pendant son absence, je suis sûr qu'il ne le voulait pas mais il a fini par la tuer de plusieurs coups de couteau, dont un dans le ventre, elle était enceinte de sept mois... l'enfant a pu être sauvé : c'est mon frère Léo. C'est moi qui ai appelé les secours. Je sais que c'est insupportable à entendre mais j'ai fait ce que j'ai pu pour me reconstruire et avoir une vie digne. »

Il laissa s'écouler un long silence, puis reprit.

« Le soir où Alexandre est sorti avec Mila Wizman, il avait bu, fumé, pris de la drogue, il n'était pas dans son état normal et puis, pour lui, avec l'éducation qu'il avait reçue, le sexe était sans doute quelque chose de léger, sans conséquence, qui n'engageait à rien. Je ne vois pas d'autre explication. Mon fils – que je connais mieux que quiconque ici – n'est pas le violeur pervers que certains veulent décrire. Il faut quand même le dire, il est jugé dans un moment de grande tension : depuis quelque temps, les femmes s'expriment librement et racontent les agressions dont elles ont été victimes, et c'est une bonne chose mais reconnaissons qu'on est en pleine hystérie collective. On assiste à une véritable chasse à l'homme ; sur les réseaux sociaux, notamment, c'est un lynchage, il n'y a pas d'autre mot, c'est la meute qu'on

280

libère. À écouter certains commentaires, tous les hommes seraient des violeurs en puissance, tous des porcs. Mais moi je vous l'assure : sa mère ne l'a pas élevé comme un porc. Elle l'a élevé avec un souci constant d'égalité et de respect entre hommes et femmes. Alexandre devient le bouc émissaire de cette folie de la délation qui s'est emparée de notre société. Et moi, je suis désolé de vous dire que la délation, ça me rappelle les pires heures de la France. Je le dis : c'est de l'hypocrisie, à dix-huit ans, on est adulte, on sait ce qu'on fait. Quand une fille majeure suit un garçon de son âge dans un local en pleine nuit, elle sait ce qu'elle fait, elle n'est pas une victime, elle est responsable de ses actes, alors peut-être qu'elle s'est laissé influencer, peut-être qu'après coup, elle a regretté parce qu'elle avait honte ; en tout cas, sur le moment, elle n'a pas dit clairement ce mot qui aurait freiné mon fils : "Non". Reconnaissons-le, on est dans la zone grise : il pensait qu'elle voulait avoir cette relation et elle n'a pas exprimé son refus catégorique. Lui a déjà grandement payé pour ce qui s'est passé : il n'a pas pu faire ses études à Stanford, sa carrière aux États-Unis est gâchée à tout jamais, il a abandonné ses entraînements, il est en prison, il a été tellement battu par les détenus qu'il ne sort plus de sa cellule, il ne dira rien mais il est détruit et je ne suis pas sûr qu'il s'en remette. Alexandre est une bonne personne, tous ses amis l'ont dit : il est sain d'esprit, loyal, courageux, combatif, c'est pourquoi je pense qu'il serait injuste de détruire la vie d'un garçon intelligent, droit, aimant, un garçon à qui jusqu'à présent tout a réussi, pour vingt minutes d'action. »

Entendant ces mots, Adam Wizman se précipita sur Jean Farel et l'empoigna en criant qu'il allait le massacrer, il n'en pouvait plus de ses plaintes, la seule victime, c'était sa fille dont la vie avait été saccagée par son fils. Mila était sortie de la salle en courant, suivie par son avocate. Prostrée, Claire cachait sa tête dans les mains. Les gendarmes intervinrent pour saisir Adam tandis que Jean restait impassible, encaissait les coups. La présidente leur demanda de se séparer. Adam relâcha Farel puis, se redressant brusquement, avec force et calme s'adressa à lui : « Vingt minutes d'action ? C'est ainsi que vous qualifiez un viol ? Vous n'avez pas cessé de nous mettre la pression depuis le début avec vos menaces et vos tentatives pour acheter notre silence. Vous n'avez pas arrêté de vous plaindre et de refuser d'assumer les actes de votre fils. Vous êtes lâche, pathétique. » Jean s'emporta : il porterait plainte contre lui pour diffamation. Adam s'approcha au plus près de lui et, le toisant, s'écria : « Vous croyez vraiment que j'ai peur de vous ? Minable ! »

L'audience fut suspendue.

témoignage sur le viol de milla

Les propos de Jean Farel furent aussitôt diffusés sur les réseaux sociaux par les journalistes présents. En quelques dizaines de minutes, des centaines de commentaires furent publiés.

Dès le lendemain matin, un grand quotidien publia un manifeste signé par une trentaine d'intellectuelles intitulé : « Non, un viol, ce n'est pas vingt minutes d'action, mais une vie détruite – celle de la victime ». La veille, sur un blog qu'elle venait de créer, Mila Wizman avait diffusé un texte dans lequel elle s'adressait directement à Alexandre et opposait leurs versions : « Sur ce qui s'est passé là-bas, tu dis que nous n'avons pas vécu la même histoire mais au fond de toi, tu le sais : tu m'as violée. Toi, tu dis partout que j'étais consentante, que nous avions trop bu, ton père a parlé de "vingt minutes d'action", il a même utilisé cette expression : on est dans *la zone grise*. Mais c'est quoi, la zone grise, puisque je n'ai jamais été consentante ? La zone grise, c'est une zone inventée par les hommes pour se justifier, dire : les choses n'étaient pas claires, j'ai pensé qu'elle voulait, je me suis trompé, et passer à autre chose sans avoir à se sentir coupables ni rendre des comptes pour le mal qu'ils ont fait. Ces derniers mois, depuis #MeToo, je ne compte plus le nombre de filles qui racontent avoir été harcelées ou agressées sexuellement, mais quand tu en parles autour de toi, quand tu cherches des témoignages sur Internet, c'est bizarre, aucun homme ne se perçoit comme ayant un jour harcelé ou agressé une fille. Moi, j'étais claire : je ne voulais pas. Pendant tout le temps qu'a duré cette épreuve, j'étais tétanisée par la peur. S'il ne s'était rien passé, pourquoi est-ce que j'aurais été porter plainte ? Est-ce que tu sais ce que c'est que d'aller dans un commissariat au milieu de dizaines de personnes qui attendent et d'entendre, quand vient enfin ton tour, ces questions horribles : "Vous étiez habillée comment ? Vous aviez envie d'avoir un rapport ? Et, la pire : vous avez joui ?" Pourquoi est-ce que j'aurais accepté, après ça, de me rendre à l'hôpital, en larmes, pour subir tous ces examens terribles ? Tu ne sais pas ce que ça fait d'être nue devant des inconnus, d'écarter les jambes... Imagine-toi cinq minutes... Mets-toi à ma place, pour une fois ! On m'a introduit plusieurs cotons-tiges dans le vagin, on m'a donné des médicaments, un traitement préventif du VIH, on a introduit des embouts dans mon sexe pour voir à l'intérieur en commentant à chaque fois comme si j'étais une zone d'expérimentation et on m'a donné une pilule du lendemain. On m'a fait des analyses pour déterminer si tu m'avais transmis une MST, le VIH, j'ai cru mourir de peur en attendant les résultats, après tout, je ne savais rien de toi... Ma mère est venue me chercher. Je pleurais et je ne pouvais même pas marcher, j'avais l'impression d'avoir un poids en fer à la place du sexe, ça pesait des tonnes, il n'y avait plus que ça. Je me disais que plus jamais un homme ne s'approcherait de moi. Que je n'aurais jamais d'enfant. Après plusieurs heures, j'ai enfin eu le droit de me doucher et alors j'ai pleuré et j'ai frotté ce corps que je détestais, je l'ai frotté jusqu'au sang, jusqu'à me faire un eczéma géant, tu as vu les photos, j'étais une plaie vivante, peut-être que moi je n'ai pas tes mots ni ton langage, toi tu parles bien, tu es surdiplômé, on connaît même ton score en trail, façon de dire : on ne va quand même pas détruire la vie d'un jeune homme qui a fait Stanford et est capable de faire cinquante kilomètres en moins de quatre heures pour cette nulle qui a redoublé sa terminale et n'est même pas capable de contrôler son poids ? Mais mon corps a parlé, je n'ai pas menti. Quand je suis sortie de l'hôpital, on m'a donné un vieux survêtement parce qu'on m'avait pris mes habits pour les prélèvements. Tout le monde a été très gentil avec moi et, quand je suis partie, ils m'ont dit que je devais essayer de retrouver une vie normale. Mais moi, je ne sais pas ce que c'est une vie normale. Une vie normale, c'est une vie sans violence, je ne sais plus ce que c'est. Mais il y a pire que la violence en fait, c'est ton mépris et celui de ton père. C'est votre indifférence à ma souffrance. Quand tu dis que j'étais consentante. Qu'on s'est mal compris. Que c'était la faute de l'alcool et de la drogue. C'est quand tu dis partout que ta vie est gâchée sans te soucier de la mienne. Tout au long des auditions et pendant les confrontations devant les policiers ou le juge, tu as nié, tu as fait comme si j'avais été consentante mais au fond, tu le sais : tu m'as forcée. Tu as détruit ma vie et je veux avoir une chance de me reconstruire. Mais pour cela, je voudrais qu'aujourd'hui tu reconnaisses le mal que tu m'as fait. »

L'intervention fut reprise partout. Maître Célérier accepta de répondre à une interview qui fut diffusée dans le journal télévisé de 13 heures. Il était révolté, disait-il, par la façon dont les droits de son client étaient bafoués. Il rappela que ce n'était pas le procès de la victime mais celui de l'accusé. C'était lui qui risquait de passer une partie de sa vie derrière les barreaux. En mettant en scène sa douleur, la victime se mettait au centre du dispositif judiciaire : « Elle joue avec les médias sans se soucier de l'influence qu'elle peut exercer sur les jurés et l'opinion publique, c'est irresponsable. »

18

— On est en plein délire, c'est une véritable chasse à l'homme, un vrai phénomène de meute. Je fais quoi maintenant ?

Jean s'agitait tandis que sa jeune femme donnait à manger à leur petite fille.

— Rien, tu attends, tu ne réagis pas, ça va passer, répondit Quitterie.

— Moi, je te le dis, les relations entre les hommes et les femmes vont être abîmées par ces polémiques. À terme, on va arriver à une véritable incompréhension, à une séparation. On n'osera plus séduire une femme, l'embrasser sans avoir obtenu son consentement, on va arriver à des situations aberrantes. Maintenant, quand je reçois une femme à mon bureau, je laisse la porte ouverte. Ça va être l'horreur, on n'osera plus faire de l'humour, être amical avec une femme, c'est ce qu'elles veulent ?

— Tu exagères... Personne ne demande une séparation mais du respect et une meilleure répartition des pouvoirs.

— Quand on s'estime sous la coupe d'un pouvoir quelconque, il faut savoir s'en dégager de soi-même.

— Facile à dire, mais on fait comment ? Dis-le-moi...

— On s'affirme, on dit non.

— Tu sais bien que ça n'est pas toujours possible.

— Arrêtez avec ce discours victimaire. J'en ai vu tellement, dans ma carrière, des filles qui se servaient des hommes comme de marchepieds, qui les suivaient dans leur lit sans qu'ils aient à les menacer de quoi que ce soit ! Et maintenant ce sont les mêmes qui balancent sur les réseaux ce qu'elles appellent "leurs porcs", cette hypocrisie me révulse.

— La menace était insidieuse, elles savaient que, si elles voulaient évoluer, elles devaient se soumettre.

— Arrêtez avec vos conneries sur la domination masculine...

Quitterie se mit à rire, sa petite fille lovée dans les bras.

— Dans notre couple, qui décide de tout ?

— Mais c'est toi ! C'est toi ! Je fais tout ce que tu veux, Quitterie. Tout !

Quitterie se leva, plaça l'enfant dans les bras de Jean.

— Eh bien moi, je n'ai jamais vu les relations homme-femme à travers le prisme du rapport de forces, continua-t-il, serrant Anita contre lui. Je n'ai jamais contraint une femme à coucher avec moi, jamais.

— C'est plus complexe que ça.

— Tu ne trouves pas qu'elle en a trop fait, Mila Wizman ? Peut-être qu'après tout, ce qu'elle veut, c'est un peu de notoriété. OK, ça a peut-être dérapé, Alex a pu avoir une pulsion mais elle l'a suivi dans ce local, non ? Moi, une fille qui me suit dans un local, je me dis qu'elle n'est pas là pour discuter...

Quitterie se figea tout à coup.

— Arrête ça. Je comprends que tu veuilles sauver la tête de ton fils mais imagine qu'un jour ta fille vienne te voir en larmes en te disant qu'un homme l'a violée, tu fais quoi ?

Jean eut un geste de recul et, embrassant la tête de sa fille, dit froidement :

— Je le tue.

19

Quelques heures après sa déclaration au procès, Jean Farel apprit par un SMS de Ballard que son émission était suspendue, il devait quitter la chaîne. « Au bout de deux ans, Ballard a eu ma peau. » Jean s'habilla à la hâte, sauta dans un taxi et, en moins de trente minutes, se retrouva devant le bureau du directeur des programmes. Il patientait depuis une dizaine de minutes quand la secrétaire s'avança vers lui pour lui dire que M. Ballard ne pouvait pas le recevoir. Farel la contourna et entra brutalement dans le bureau, la secrétaire à sa suite. Ballard était assis, son téléphone plaqué contre l'oreille.

— On frappe avant d'entrer quand on a de l'éducation, dit Ballard en raccrochant.

— On ne licencie pas quelqu'un qui a trente ans d'ancienneté par SMS quand on a du savoir-vivre.

— Bravo, 1 partout, mais je ne peux pas vous recevoir pour l'instant, Jean, j'attends un appel important.

— Si, vous allez m'accorder cinq minutes de votre temps.

Ballard regarda sa montre, lui fit signe de s'asseoir.

— Vous n'avez pas le droit de suspendre mon émission.

— Je suis désolé, vous ne pouvez pas réintégrer l'antenne, pas après ce qui est arrivé.

— Et qu'est-ce qui est arrivé ?

— Vos propos obscènes... Le procès de votre fils, ce n'est pas assez pour vous ?

— La présomption d'innocence, ça vous dit quelque chose ? Et puis, moi je n'ai rien à me reprocher, je n'ai jamais usé de mon pouvoir pour obtenir des gratifications sexuelles.

— Je n'aime pas vos sous-entendus, Farel. Je sais que c'est difficile, mais je ne peux pas garder à l'antenne un homme qui minimise la gravité des violences sexuelles faites aux femmes et dont le fils est, de surcroît, accusé de viol.

— C'est votre façon de me licencier ? Vous croyez avoir une bonne raison cette fois ? Vous avez déjà renvoyé tous les animateurs de plus de soixante-cinq ans malgré les pétitions des téléspectateurs...

— C'est vrai que nous avons eu jusqu'à présent une télévision d'hommes blancs de plus de cinquante ans, et les gens veulent du changement ; ils réclament des jeunes, des femmes, de toutes origines...

— Même à mon âge, j'ai des idées à proposer aux téléspectateurs, j'ai été élu plusieurs années de suite personnalité préférée des Français, vous le savez...

— En vous écartant, je vous protège, Jean.

— C'est un complot orchestré pour me faire tomber. À travers mon fils, c'est moi qu'on vise.

— Vous n'allez quand même pas nous jouer la théorie du complot, pas vous...

— Ils sont nombreux à vouloir ma place... nombreux aussi à vouloir me faire payer mes liens d'amitié avec le précédent président.

— Vous délirez. Plus une émission est forte en termes d'audiences, plus elle est protégée, c'est la seule règle ; vos audiences ne vous assurent plus l'immunité, voilà tout, c'est la loi du marché.

— Oh non, et vous le savez… il suffit parfois d'un coup de fil pour tout perdre.

— Je vous l'ai dit, je n'aime pas vos insinuations.

À cet instant, Farel sortit son répertoire de sa poche. Il l'agitait de façon vulgaire comme s'il s'agissait d'une liasse de billets. Sa confiance se lézardait.

— Oh moi aussi, je connais le système. Vous voyez ça ? C'est le travail de toute une vie. Je n'ai qu'un appel à donner et vous êtes fini.

— Le chantage, maintenant ? Vous avez perdu sept cent mille téléspectateurs en un an, voilà la réalité ! Mais regardez-vous, on dirait une momie. Partez à la retraite, Jean, inscrivez-vous au golf, au bridge, des jeux de votre âge… Partez et ne revenez plus.

Jean resta immobile, figé par la violence de la réplique. Il se retint de lui sauter à la gorge. S'il avait eu un couteau, il le lui aurait planté dans les yeux pour qu'il ne soit plus capable de voir les programmes débilitants que ses producteurs lui proposaient. Il s'avança vers Ballard.

— Vous vous souvenez de ce que Churchill a dit quand tout le monde saluait la victoire diplomatique de Chamberlain le 5 octobre 1938 ? Il a dit ceci, que vous devriez méditer : "Ne croyez surtout pas que c'est la fin – ce n'est que le début de ce qu'il va falloir payer."

20

La présidente annonça qu'elle avait reçu une lettre d'un homme qui prétendait avoir été présent au moment des faits. Il était prêt à témoigner. Ce coup de théâtre teintait le procès d'une atmosphère délétère : les avocats, les jurés paraissaient tendus.

Ce nouveau témoin était un homme âgé d'une trentaine d'années, brun à la peau mate, très mince. Il s'avança à la barre sans assurance. La présidente lui demanda de se présenter et de faire sa déclaration.

— Je m'appelle Kamel Alaoui, je suis né le 4 mai 1984. J'ai trente-quatre ans. Je suis vendeur dans un magasin de téléphones. Le soir où ça s'est passé, j'étais là, j'ai vu le couple. J'étais dans la chambre d'un appartement, juste en face du local, la fenêtre de la pièce donnait sur ce local, il y a une ouverture dans le mur qui ressemble à un velux, sans doute pour aérer la pièce, et de là où je me trouvais, je pouvais voir ce qui se passait. Je m'étais levé pour fermer la fenêtre et c'est là que j'ai vu, en face, le type, là, qui tenait la fille par les cheveux, il a pris la tête de la fille et il l'a mise contre son sexe, c'était très brutal. Je me suis approché, et, à ce moment-là, j'ai entendu qu'il lui a dit : "Suce-moi, salope !" Elle a crié je crois, mais il lui a enfoncé son sexe dans la bouche en disant : "Tais-toi ! Suce-moi salope !" C'était horrible. Ça a duré quelques secondes, puis il l'a repoussée avec violence, il s'est retourné, il m'a vu, la fille avait l'air terrifiée. Je me suis tourné vers la fille avec qui j'étais : je lui ai dit qu'il y avait un gars et une fille dans le local à poubelles. Que ça m'avait l'air d'être un viol. Elle m'a dit : "Ferme la fenêtre, je veux pas de problèmes." J'ai fait ce qu'elle voulait. Peu de temps après, je suis parti.

La présidente prit la parole :

— Il y a quand même une question qui se pose. Pourquoi ne pas avoir témoigné avant ? Vous vous rendez compte que votre déclaration peut changer le cours du procès et le sort d'un homme ?

— J'avais peur.

— Pourquoi ?

— Je n'avais rien à faire là-bas.

— C'est-à-dire ?

— J'avais pas le droit d'être là-bas. Personne le savait. Personne devait le savoir.

— Pourquoi ?

— J'étais assigné à résidence, je n'avais pas le droit de sortir de chez moi. Et puis, j'étais en instance de divorce, j'avais pas le droit à un faux pas si je voulais avoir la garde partagée de mon fils.

— Ce soir-là, vous faisiez quoi dans cet appartement ?

— J'avais rendez-vous avec une fille que j'avais rencontrée sur Internet, je veux dire, sur un site de rencontres.

Maître Rozenberg se leva :

— Ça fait près de deux ans que cette affaire a eu lieu, que vous en entendez parler partout mais vous venez aujourd'hui, au quatrième jour du procès, pour témoigner en faveur de Mlle Wizman. Qui vous a incité à le faire ?

— Personne.

— Personne n'a fait pression sur vous pour que vous veniez aujourd'hui ?

— Non, personne.

— Nous avons ici un homme courageux. Pouvez-vous nous dire ce que vous risquez monsieur en venant témoigner ?

— J'ai tout à perdre. Je peux aller en prison. Je peux perdre la garde de mon fils.

— Est-ce que quelqu'un vous a encouragé à venir aujourd'hui ?

— Non, personne. On m'en a même dissuadé. Je suis venu parce que je n'arrivais plus à dormir. J'ai vu tout ce qui se disait dans la presse et sur les réseaux sociaux, j'ai entendu Jean Farel et c'était plus possible pour moi de laisser salir cette pauvre fille.

— Monsieur, est-ce que vous étiez bien là ce soir-là ?

— Oui. Et j'ai bien vu la fille avec le gars. Il l'a obligée à lui faire une fellation, il la tenait par les cheveux, elle avait un regard terrifié. Et il lui a dit : "Suce-moi, salope !"

— Et après ?

— Après j'ai fermé la fenêtre comme j'ai dit et je suis rentré chez moi, je n'ai pas pu rester avec la fille, je me sentais trop mal.

— Pourquoi n'êtes-vous pas entré pour aider cette jeune femme si vous considériez qu'elle était agressée ?

— Je ne pouvais pas. Je n'avais pas le droit d'être là, à cette heure-ci, je ne voulais pas avoir de problèmes avec la police... J'ai sauvé ma peau, ça se comprend. Aujourd'hui, je le regrette.

L'avocat général s'emporta contre le témoin. La justice n'était pas un jeu. Il jouait avec la vie d'un homme. C'était grave, dangereux. Maître Célérier prit la parole.

— Monsieur Alaoui, est-ce que vous pouvez nous rappeler pourquoi vous avez été assigné à résidence pendant un an ?

— À cause d'une note blanche.

— Je précise aux jurés qu'une note blanche est un document qui permet d'établir le risque qu'une personne fait courir à l'ordre public. Qu'y avait-il dans cette note blanche ? Que vous reprochait-on ?

— Des choses fausses.

— Suffisamment vraies quand même pour que le ministère de l'Intérieur juge utile de prendre une mesure d'assignation.

Devant le mutisme du témoin, la présidente le pria de répondre.

— On me reprochait d'avoir été en contact avec des gens qui étaient revenus de Syrie… C'étaient des gens qui fréquentaient la même mosquée que moi, je ne savais pas qui ils étaient.

— Qu'avaient fait ces gens ?

— Il paraît qu'ils étaient proches de membres d'une filière djihadiste…

— Laquelle ?

— Des Buttes-Chaumont, je crois…

— C'est bien de cette filière djihadiste que sont issus ceux qui ont organisé l'attentat contre *Charlie Hebdo*, n'est-ce pas ?

— Je n'en sais rien.

— Vous aviez l'intention de réaliser un attentat sur le sol français ?

Le témoin se redressa, visiblement affecté par la question.

— Non, bien sûr que non ! J'avais un travail, un fils, j'avais rien à voir avec ça...

— Et est-ce que vous saviez que M. Jean Farel et sa femme avaient été ciblés par des islamistes, qu'ils avaient reçu des menaces de mort ?

— Non, comment je pouvais savoir ça ?

— C'était écrit dans la presse.

— Mais je ne les connais pas !

— Je dis simplement que votre témoignage soudain est une drôle de coïncidence. Vous avez des raisons de vouloir faire tomber des gens comme eux...

Le témoin haussa les épaules, perplexe. Maître Célérier se redressa :

— Donc, mesdames et messieurs les jurés, le seul témoin qui débarque à la fin du procès, plus de deux ans après les faits, et pour seulement affirmer qu'il a vu mon client tenir les cheveux de la plaignante, chose que ni la plaignante ni mon client n'ont contestée, cet homme-là est soupçonné d'avoir fréquenté un groupe djihadiste qui a causé la mort de plusieurs personnes... Je n'ai rien d'autre à ajouter.

21

Yasmina Vasseur fut la dernière à témoigner au tribunal. Tous les journalistes étaient présents ; la veille, un magazine avait publié une photo d'elle et d'un ministre en exercice qui les montrait très intimes. Elle portait une longue robe en maille noire et avait noué ses cheveux noirs en chignon.

— Je m'appelle Yasmina Vasseur, j'ai trente-six ans, je suis directrice de cabinet du ministre de l'Économie. J'ai eu une liaison avec Alexandre Farel il y a trois ans, alors que j'étais conseillère au sein du ministère de l'Économie. Ça s'est fait progressivement, je veux dire, on a été amenés à travailler ensemble, une intimité s'est créée et nous avons eu une relation, mais au début, c'était sans ambiguïté. Ça a duré six mois, et puis j'y ai mis un terme car elle n'avait pas d'avenir, il prévoyait de vivre aux États-Unis, j'avais un rythme de travail effréné. Ce que je peux dire d'Alexandre, c'est qu'il est responsable, très rapide intellectuellement ; émotionnellement, c'est autre chose. Sur ce terrain-là, c'est l'inverse. Il est, comment dire, immature, il n'aime pas que les choses lui résistent. Mais à côté de ça, il est sensible, généreux. Nous avons vécu une belle histoire. Voilà, je n'ai rien d'autre à ajouter.

— Vous avez rencontré M. Farel en 2015. Quand

la nature de vos relations a-t-elle évolué ? demanda la présidente.

— Je ne sais plus. On se plaisait, c'était difficile de le cacher.

— Comment se passaient vos relations ?

— Nous faisions l'amour dans un hôtel en périphérie de Paris.

— Souvent ?

— C'est arrivé une dizaine de fois.

— Qui réglait la chambre ?

— Moi, le plus souvent.

— Vous l'aimiez ?

Elle eut un moment d'hésitation.

— Oui.

— Il vous aimait aussi ?

— Je crois mais c'était une histoire impossible.

— Si vous n'aviez pas envie de faire l'amour, pouvait-il se montrer insistant ?

— Non. Jamais. Jamais il ne m'a forcée à faire quoi que ce soit.

— Auriez-vous des informations sur ses relations ou orientations sexuelles ?

— Je ne sais pas. Nous nous entendions très bien... sexuellement, je veux dire.

— Comment était-il pendant l'amour ?

— Nous avions une intimité profonde.

— Il vous obligeait à le caresser, à lui faire des choses ?

— Non. Il n'avait pas besoin de m'obliger.

— Avait-il une sexualité déviante ?

— C'est-à-dire ?

— Était-il violent ?

— Non.

— Mais avait-il des exigences particulières ?

— Je ne sais pas ce que vous entendez par "particulières".

299

— Il vous imposait des fellations ?

— Non, il ne m'imposait rien.

— Au moment des faits, le voyiez-vous ?

— Non, je l'avais quitté six mois auparavant, mais je venais de le revoir, à ma demande, car je souhaitais qu'il efface des messages que nous avions échangés.

— Pourquoi l'aviez-vous quitté ?

— Je suis tombée enceinte de lui. J'ai avorté.

— D'après vous, consommait-il des drogues ?

— Je ne sais pas. Pas avec moi en tout cas.

— Que savez-vous de ses parents ?

— Sa mère, je ne la connais pas. Son père, je l'ai croisé quelques fois, c'est un journaliste que je respecte.

— Avez-vous quelque chose à ajouter ?

— Alexandre est un garçon tendre. Il est complexe, c'est sûr, il aime les rapports de forces, il peut être brutal dans sa façon d'être mais il n'a jamais été violent avec moi. J'ai du mal à l'imaginer capable de violer une femme, même si je ne veux pas remettre en cause la parole de la plaignante.

L'avocate de la partie civile, Maître Juliette Ferré, avait des questions à poser.

— Mademoiselle Vasseur, que s'est-il passé quand vous avez annoncé à Alexandre Farel que vous le quittiez ?

— Il était triste, il m'en voulait, c'est normal.

— Vous a-t-il retenue ?

— Oui, bien sûr.

— Comment ?

— Il me disait qu'il était fou de moi, qu'il voulait faire sa vie avec moi.

— Pourtant, vous avez porté plainte contre lui pour harcèlement...

L'avocate brandit le document. Yasmina Vasseur se détacha de la barre, visiblement mal à l'aise.

— J'ai fait ça pour lui faire peur...

— Vous aviez peur de lui ?

— Non, bien sûr que non !

— Mais pourtant vous vous rendez au commissariat du XVIe à Paris et vous déposez une plainte.

— Je vous l'ai dit, c'était pour le tenir à distance et je l'ai retirée.

— Vous aviez donc peur de lui...

— Non, je n'avais pas peur de lui.

— Mademoiselle Vasseur, est-ce que quelqu'un a fait pression pour que vous veniez témoigner en faveur de M. Farel aujourd'hui ?

— Non, absolument pas.

— Quelles sont vos relations avec le père d'Alexandre ?

— Courtoises.

— A-t-il exercé des pressions pour que vous avortiez ?

— Non, il m'a aidée, c'est tout.

— Vous a-t-il menacée de ruiner votre carrière ?

— Non.

— Je pose la question différemment : vous a-t-il promis de vous aider dans votre carrière politique si vous témoigniez en faveur de son fils ? Pourrait-il vous avoir promis, par exemple, de vous inviter à l'une de ses émissions ?

— Non.

— Je n'ai pas d'autres questions.

Maître Célérier prit la suite :

— Madame Vasseur, dans le portable de M. Farel, nous avons trouvé quelques échanges par mail... Vous confirmez ?

— Oui, on s'écrivait pour plus de discrétion.

— Dans l'un de ces messages, il vous dit qu'il a envie, je cite, de "vous faire mal".

— C'est un dialogue banal entre deux personnes qui se désirent.

— Il vous écrit également : "Tu es une salope mais je suis (très) amoureux de toi."

— Ce n'était pas agressif, on parlait crûment pendant l'amour, ce n'est pas interdit...

— Oui, exactement, vous avez raison de le dire... Je voudrais rappeler que la partie civile l'a accablé parce qu'il avait dit à Mlle Wizman, dans le local, après avoir échangé des baisers : "Suce-moi, salope", puis "Je vais te faire mal"... Ce sont des expressions qu'il a l'habitude de dire, ce qui prouve bien qu'il était, avec elle, dans un rapport normal...

Il laissa s'écouler un silence, manipula des documents.

— Mademoiselle Vasseur, est-ce bien vous qui lui avez demandé d'écrire une nouvelle mettant en scène un stagiaire et une conseillère politique ?

— Oui, je le regrette car aujourd'hui je vois que ça se retourne contre lui.

— Je n'ai rien à ajouter.

22

L'information avait été diffusée dans la journée : Ballard avait été renvoyé par le président de
la chaîne. En interne, on racontait qu'une lettre
anonyme accompagnée d'extraits de SMS et de
photos avait été envoyée à toute la rédaction,
expliquant que Ballard avait offert une émission
en prime time à une jeune animatrice en échange
de rapports sexuels réguliers à l'hôtel Costes, dans
le Ier arrondissement de Paris. Sous la pression de
la direction, l'animatrice avait confirmé les faits
mais précisait qu'elle était consentante et même
« un peu amoureuse ». Une pétition avait été signée
au sein de la rédaction pour obtenir le licencie-
ment immédiat de Ballard. Dès qu'il avait appris la
nouvelle, Jean avait envoyé un SMS à Ballard avec
ces mots : « Je suis désolé de ce qui vous arrive.
Je vous souhaite bonne route et suis sûr que nous
nous retrouverons bientôt ! » Le jour même, on
apprenait qu'il était remplacé par une femme âgée
d'une petite cinquantaine d'années qui avait fait ses
études à Normale sup en même temps que Claire,
Marie Weil. Jean écrivit un message de félicitations à la nouvelle directrice des programmes :
« Je suis si heureux pour toi, Marie. J'ai toujours

été impressionné par ta compétence et ton talent. Dommage que je quitte la chaîne quand toi tu y arrives. J'aurais été heureux de te servir. Je t'embrasse. Jean. »

Les débats étaient clos, la présidente annonça que les plaidoiries pouvaient commencer. Il y eut une courte suspension d'audience afin de permettre aux avocats de la partie civile – les premiers à s'exprimer – d'échanger quelques mots avec leur cliente. Puis l'audience reprit. Maître Ferré s'avança à la barre, ses notes à la main. Elle s'exprimait avec calme et empathie.

« Vous le disiez, madame la présidente, nous sommes devant la cour d'assises parce que Mlle Wizman a besoin de votre écoute. Le fait de voir sa souffrance reconnue, mais surtout sanctionnée, va l'aider à se reconstruire. Car c'est aujourd'hui une jeune femme détruite par le viol qui s'est présentée devant vous. Mon rôle, en tant qu'avocate de la partie civile, n'est pas de montrer que M. Farel est coupable, mais de vous restituer la souffrance de Mlle Wizman et de vous raconter ce qu'a été sa vie depuis ce 11 janvier 2016. Je ne suis là que pour ça, vous parler de Mila, de ce qu'elle a pu vivre, de la personne qu'elle a été avant son agression, de ce qu'elle est à présent, mais aussi de ses espoirs, et tout d'abord, si vous le permettez, je souhaiterais m'adresser à elle. »

Elle pivota vers sa cliente, dos aux jurés.

« Mila, je veux vous dire à quel point je suis fière de vous, vous avez réussi à venir, à parler devant cette cour alors que vous n'en aviez pas la force, alors que vous avez subi des pressions. Vous étiez tellement choquée par ce que vous aviez vécu, on s'est vues à plusieurs reprises, vous étiez dans l'incapacité de vous exprimer, vous ne faisiez que pleurer et, je vous cite – car, dans cette affaire, les mots ont leur importance –, vous m'avez dit *je me demande ce que j'ai fait pour mériter ça*. Vous avez eu la violence d'abord, et puis vous avez eu le mépris. Je salue votre courage car c'est une épreuve. Tout au long de la procédure et du procès, il vous a fallu raconter encore et toujours l'indicible alors que la seule chose que vous vouliez, c'était oublier, ne plus avoir à en parler pour ne pas être confrontée à cette douleur que chaque récit ravivait. Dans les agressions sexuelles, redire, c'est revivre. »

Elle regarda Mila. La jeune femme agrippait le bras de son père, sa bouche était déformée par un rictus : elle retenait ses larmes. Puis l'avocate se plaça devant les jurés et reprit le cours de sa plaidoirie.

« Au cours de ce procès, Mila Wizman a été en permanence malmenée et salie, les questions ont fait violence, la défense a posé des questions intrusives, désagréables, excessives. On a laissé croire qu'elle aurait menti : pensez-vous qu'une menteuse maintiendrait sa version devant des policiers, puis devant des juges pendant deux ans, subirait tous ces interrogatoires sans jamais flancher ? Les victimes d'abus sexuels veulent être reconnues, que justice soit faite, sans aucune volonté de revanche mais par besoin de vérité et de protection. Mlle Wizman, les experts qui l'ont examinée l'ont dit, est une jeune femme fragile et courageuse. Elle est née à Toulouse, a grandi dans une famille qui a été confrontée à l'épreuve d'une attaque terroriste, puis est perturbée par une séparation difficile. Courageuse, Mila repassait son bac. Elle était déterminée à prouver à ses proches qu'elle pouvait réussir. Même si elle avait senti que ses parents n'étaient pas disponibles pour elle, sa mère, notamment, elle se reconstruisait autrement. C'est elle, cette jeune femme complexée qui a peur d'être jugée, évaluée, qui rencontre Alexandre Farel. Le 11 janvier 2016 au soir, Mila se retrouve seule, dans un grand appartement parisien, un lieu qu'elle ne connaît pas, parmi des jeunes qu'elle n'a jamais vus, qui ne sont pas de son milieu social : elle est perdue. Sa personnalité s'est construite sur un schéma qui fait que, quand elle est seule, elle se sent vulnérable, moins bien que les autres, en particulier dans les milieux sociaux plus élevés que le sien. Alors quand Alexandre Farel passe du temps avec elle, elle est soulagée. Elle n'est plus seule. La simple compagnie de cet homme la rassure. Alexandre Farel – ses amis l'ont dit – peut être un homme charmant. Elle ne voit pas l'instinct de prédation, elle ne voit pas la manipulation, elle vient d'un monde où le masque que l'on oppose aux autres est le seul que l'on porte, et quand il lui propose de sortir prendre l'air, naturellement, elle accepte. Juste avant, il a insisté pour qu'elle boive alors qu'elle n'en a pas l'habitude. Dehors, il a envie de fumer de l'herbe, le dealer lui suggère un endroit pour se préserver des policiers et elle accepte de suivre Alexandre Farel car elle recherche de la sécurité, c'est une jeune femme qui a été fragilisée par les rapports conflictuels de ses parents, par les événements tragiques qu'elle a vécus. Ils arrivent dans le lieu, c'est un local à poubelles, ils s'installent, Mlle Wizman croit qu'elle est en sécurité parce que, dans la rue, il lui a dit qu'il avait un couteau pour se défendre en cas d'attaque terroriste. M. Farel est un homme qui parle bien, il est intelligent, structuré, solide en apparence. Elle accepte de fumer avec lui et, progressivement, tout bascule. M. Farel va délibérément imposer une fellation avec violence, un doigt dans le vagin et un rapport sexuel à Mlle Wizman. Celle-ci est encore dans un état où l'alcool et le cannabis jouent leur partie. Et celui qui lui paraissait sympathique va se transformer en bourreau. À ce moment précis et pendant le temps qu'a duré ce drame épouvantable, Mlle Wizman n'avait qu'une possibilité pour se sauver de cette situation, c'était de faire en sorte que les choses se passent le plus vite possible et qu'elle retrouve le minimum d'énergie qu'il lui fallait pour fuir cet endroit qui, d'un asile, s'était transformé en lieu de torture. Elle a essayé toutes les stratégies de défense imaginables pour éviter le pire, mais le pire s'est produit. C'est un cauchemar, un calvaire. Il l'a forcée à lui faire une fellation, il l'a insultée, il l'a pénétrée de force, avec ses doigts et avec son sexe, c'est un viol à plusieurs reprises. Mila ne voulait pas, il y a un témoin fiable, il les a vus, il a dit qu'il croyait l'avoir entendue crier – il a tout à perdre en disant la vérité –, et alors Mila s'est tue car elle a pensé que ça pourrait être encore pire. Il y avait ce couteau dont l'image flottait comme une menace. Elle s'est dit que si elle se débattait, M. Farel la tuerait. C'est trop facile de conclure que si on ne dit pas non, si on n'appelle pas au secours, c'est qu'on le voulait. On a d'autres moyens d'exprimer son absence de consentement : la prostration, par exemple, le refus total exprimé par son corps. Dans ces moments-là, les victimes de viol vous le diront, vous ne raisonnez plus, vous êtes sidérée, vous mobilisez toutes vos forces pour vous en sortir. Alors oui, elle s'en est sortie, elle est là aujourd'hui mais elle ne sort pas indemne de tout ça. Elle s'est enfoncée dans un processus destructeur. À l'évidence, il fallait en passer par la parole mais Mila ne pouvait pas. Elle n'arrivait pas à venir. Je pensais qu'elle n'allait pas trouver la force de répondre à ces questions qui sont une atteinte à ce qu'elle est et laissent entendre qu'elle a menti. Finalement, elle a trouvé le courage de venir. Et pourquoi ? Entendre M. Farel réécrire l'histoire ? À l'écouter, Mlle Wizman était séduite et consentante ; il lui plaisait ; elle avait envie de lui. Il s'est raconté une autre histoire, comme la plupart des agresseurs mais ce n'est pas la réalité. M. Farel avait parfaitement conscience de la vulnérabilité de Mlle Wizman, mais son désir, son plaisir primaient. Alors bien sûr, vous vous dites : Pourquoi l'a-t-elle suivi dans ce local ? Eh bien, peut-être qu'à un moment elle a été impressionnée par lui, impressionnée qu'un homme comme lui s'intéresse à une fille comme elle, il l'a senti et en a profité pour la contraindre. M. Farel est incapable de repenser à son acte à l'aune de la souffrance qu'il a infligée à Mila. Il n'a pas d'empathie. Il pense qu'elle est moins bien que lui, elle vient d'une famille juive pratiquante de la classe moyenne, il a de la condescendance. Il se dit que s'il l'égratigne, ce n'est pas bien grave, qu'elle s'est jetée elle-même dans la gueule du loup. Il pense que sa vie vaut plus que la sienne et ça, c'est insupportable. Son consentement, il a volontairement refusé de s'en soucier. Et elle, elle y va parce qu'elle est mal à l'aise, qu'elle ne se sent nulle part à sa place. Il est intelligent, il a vite saisi comment cette fille fonctionnait et, elle, elle n'a pas sa perspicacité, elle n'a pas les codes, elle n'a aucune grille de lecture pour le comprendre. Elle n'a jamais rien voulu dans cette soirée : ni boire ni fumer. Peut-être l'embrasser, et encore. Elle n'a jamais voulu finir sa soirée dans un local à poubelles. Elle n'a jamais voulu avoir un rapport sexuel avec lui. Mais lui, qui ne peut pas envisager une seconde qu'une fille comme elle ne veuille pas de lui, lui dise non, lui résiste, va la violer derrière une benne à ordures. C'est sa façon de lui faire comprendre qu'elle ne vaut rien. Et après coup, elle se demande : Qu'aurais-je dû faire pour éviter cela ? Elle se sent coupable. Elle n'a pas pu s'opposer à lui. Se défendre. Elle l'a dit : elle pensait qu'il avait un couteau. Elle a honte. Se sent sale. Elle déteste son corps, elle le maltraite. Que son corps ait pu attirer un homme jusqu'à lui faire ça la dégoûte. C'est pour ça qu'elle se recroqueville, qu'elle porte des vêtements noirs et amples : pour cacher son corps du regard des hommes. Et c'est pour ça aussi qu'elle ira raconter par la suite aux hommes qu'elle rencontre qu'elle a un cancer de l'utérus, pour les maintenir à distance. Elle a menti pour survivre et se protéger. Ce procès a été très dur pour Mila Wizman car pendant ces quatre jours, M. Farel lui a systématiquement opposé un déni de vérité. Pendant ces quatre jours, on a disséqué la vie, et en particulier la vie sexuelle, de Mlle Wizman. On a rappelé qu'elle n'avait eu qu'une seule histoire avec un homme marié. On a sous-entendu qu'elle n'était pas la jeune fille innocente qu'elle prétendait être et ça aussi, c'est insupportable. Pendant tout ce procès, M. Farel a continué à mentir et il a ajouté à son mensonge quelque chose qu'il n'avait jamais dit jusque-là. Il a dit : Elle a joui. C'est donc ça le résultat de quatre jours d'audience ? Mlle Wizman a touché le fond, les experts l'ont dit, elle a maltraité son corps, elle a pleuré tout ce qu'elle pouvait pendant ces deux années, et lui en est encore à fantasmer sur le plaisir qu'il aurait pu lui donner... Non, monsieur Farel, elle n'a pas joui. Non, elle n'a pas voulu de ce rapport. Non, elle n'a pas aimé être insultée. Oui, vous l'avez détruite, physiquement, psychologiquement, et j'espère qu'un jour elle réussira à se reconstruire et à devenir la femme qu'elle aurait dû être si elle n'avait pas croisé votre chemin ! Vous saviez qu'elle ne voulait pas de ce rapport ! Les victimes disent non et ne sont pas entendues. On voit bien que la parole se libère depuis l'affaire Weinstein et le lancement, sur les réseaux sociaux, de #MeToo et #BalanceTonPorc ; les femmes osent raconter ce qui leur est arrivé. Les agressions sexuelles, les viols, les attouchements, le harcèlement, les abus de toutes sortes, le temps du silence et de la honte est passé. Il se joue aujourd'hui quelque chose d'historique pour les femmes. Une véritable révolution dont nous ne percevons pour l'instant que les premiers effets. Écoutons-les car rien n'est gagné. Il y a quarante ans, quasiment jour pour jour, Maître Gisèle Halimi défendait deux jeunes femmes violées par trois hommes dans ce qui restera comme le procès du viol, celui qui aura permis de faire du viol un crime. Voici ce qu'elle déclarait alors dans *Le Crime* : "Le viol, comme le racisme, comme le sexisme dont il relève d'ailleurs, est le signe grave d'une pathologie socioculturelle. La société malade du viol ne peut guérir que si, en ayant fait le diagnostic, elle accepte de remettre radicalement en question les grands rouages de sa machine culturelle et son contenu." Il aura fallu attendre quarante ans pour que cette révolution ait vraiment lieu.

Toutes les victimes vous le diront : on ne sort pas indemne d'une telle épreuve. Aujourd'hui, Mila ne va pas bien. Son quotidien est émaillé de difficultés : cauchemars, conduites d'évitement. Elle a longtemps eu du mal à sortir de chez elle. Ce n'est pas une vie normale. Il faut entendre sa souffrance, et il y a une chose importante pour Mila, je crois, c'est que vous lui disiez que la honte n'est pas de son côté. La honte est dans le camp de l'agresseur. Dites-le-lui. Elle pourrait alors, peut-être, se reconstruire. Car M. Farel est incapable de se mettre à sa place. Son monde, c'est celui d'une petite caste qui croit que tout lui est dû, que tout est permis parce que tout est possible. Pendant des années, son père a abusé de sa position. Il a ruiné la vie de son fils et a eu des comportements humiliants. Il a surtout considéré qu'un viol, ce n'était rien d'autre que "vingt minutes d'action" – vingt minutes, peut-être, mais pour détruire, saccager, ruiner, c'est suffisant. Madame la présidente, mesdames et messieurs les jurés, je ne sais pas si vous allez condamner M. Farel ni quelle peine vous fixerez mais une chose est sûre, il aura mis à Mila Wizman la perpétuité en vingt minutes. »

24

Après une courte pause, l'avocat général prit la parole. « *Je ne suis pas sûre d'y arriver*, ce sont les premiers mots de Mlle Wizman à cette barre. Elle a eu honte. Elle a craint de ne pas être crue. De ne pas arriver à raconter l'indicible. Elle a eu peur. Il y a eu ce viol terrible, ces auditions devant les policiers et, plus tard, devant le juge d'instruction, ces examens médicaux, et puis ce passage devant la cour d'assises, c'est-à-dire devant vous, des visages inconnus, scrutateurs. C'est la peur du regard de l'autre, de leurs sarcasmes du style : elle l'a bien cherché ! Disons-le : le viol est un massacre. Et le viol de Mlle Wizman aurait pu, nous le savons bien, rejoindre les quatre-vingt-dix pour cent de viols restés sous silence. Mais Mila Wizman a franchi l'obstacle, elle a porté plainte. La difficulté dans cette affaire, ce n'est pas la matérialité des faits – cette nuit entre le 11 et le 12 janvier 2016, il n'est pas contestable qu'il y a eu une relation sexuelle entre M. Farel et Mlle Wizman – non, la vraie difficulté, c'est la personnalité de l'accusé et le mystère du passage à l'acte. Il y a Alexandre Farel, l'étudiant travailleur, le garçon vulnérable, doutant de lui, attentionné et il y a l'autre, qui existe aussi, qui peut être méprisant, violent, possessif, jaloux.

Pourquoi cet homme, un jour, a-t-il commis un crime ? Ce soir-là, c'était possible, facile, alors il l'a fait. Il a commis ce que l'on pourrait appeler un viol opportuniste. »

L'avocat général qualifia Alexandre de *sincère*. « Je suis sûr qu'il crève de trouille à l'idée de rester en prison. Sa vie n'est plus ce qu'elle était : il réussissait ses études, il était aimé, il avait des projets et un jour, ses barrières ont cédé. » Il s'adressa aux jurés : « Lorsque vous le condamnerez, vous devrez également penser à la réinsertion de M. Farel. Comment cet homme retrouvera-t-il un jour sa place dans la société ? Mais il y a aussi la victime, elle a été surprise, sa confiance a été abusée. Mlle Wizman a beaucoup pleuré pendant ce procès parce que c'est douloureux de se rappeler des actes qui ont fait mal et qui continuent de faire mal. Mais je suis sûr qu'elle est plus forte qu'elle ne le croit. Je suis sûr qu'il y a des prémices de pardon. »

Mila se tourna vers ses avocats, leur jetant un regard effrayé : elle ne comprenait plus ce qui se passait, pourquoi l'avocat général semblait être passé dans « l'autre camp ».

« L'enquête a établi que la violence sexuelle de M. Farel est isolée à cette nuit du 11 janvier 2016 », continuait l'avocat général. Puis il s'adressa à lui : « Je n'ai aucune envie de renverser la table de votre vie, monsieur Farel. Vous savez au fond qu'il y a eu viol et qu'il y a désormais un avant et un après. » Il s'adressa aux jurés : « Je ne vous demanderai pas de le garder en prison. J'ai la conviction qu'il n'est pas un danger pour la société. C'est un homme coupable mais dont la culpabilité doit être sanctionnée à l'aune de sa personnalité. Je ne requerrai pas une peine de prison ferme, M. Farel n'a aucun antécédent en matière d'agression sexuelle, il n'a pas de casier judiciaire, son insertion socioprofessionnelle est parfaite, les experts psychiatriques ont unanimement écarté toute forme de dangerosité et de risque d'un nouveau passage à l'acte. » Il demandait cinq ans de prison avec sursis – la peine de sursis maximale. Il rappela que ce n'était pas un cadeau qu'il lui faisait – à la moindre infraction commise dans un délai de cinq ans, il verrait son sursis révoqué et irait immédiatement en prison. « Vous aurez les cinq ans au-dessus de votre tête comme une épée de Damoclès. Vous ne devez jamais l'oublier. »

25

La présidente accorda une nouvelle suspension d'audience. Pendant la pause, les avocats de Mila et les soutiens de la jeune femme exprimèrent leur désarroi. Adam ne comprenait pas pourquoi l'avocat général, tout en reconnaissant la souffrance de sa fille, était si peu répressif. Maître Rozenberg ne cachait pas son ressentiment. Pour lui, le procès était déjà perdu. L'audience reprit. La plaidoirie de l'avocat de la défense restait l'un des moments les plus forts d'un procès, elle intervenait toujours à la fin. Maître Célérier était jeune mais solide, charismatique ; il s'avança vers la barre d'un pas assuré, c'était son douzième procès d'assises. Des dizaines de journalistes se pressaient dans la salle. Son avenir professionnel se jouerait en partie ici, dans cette belle salle Victor-Hugo. Il n'avait que quelques notes devant lui, un plan détaillé qu'il ne lisait pas.

« Madame la présidente, mesdames et messieurs les jurés, ce que cette affaire nous enseigne, c'est que tout le monde peut un jour se retrouver du mauvais côté. Dans la vie, on n'est jamais loin de chuter, de commettre une erreur de perception et détruire, en quelques secondes, ce qu'on aura mis

une vie à construire. La vie, votre vie, peut basculer à tout instant dans la tragédie. Il suffit d'un rien
pour tout perdre. Vous croyez que cela ne peut pas
vous arriver ? Vous avez tort. Fréquentez les salles de
tribunal et vous le comprendrez : il suffit d'un rien.
J'ai entendu la détresse de la partie civile. Jamais,
pendant le procès, vous ne m'avez entendu remettre
en cause la souffrance de Mlle Wizman, et si j'ai
parfois été dur dans mes questions, c'est parce qu'un
avocat ne peut pas se résigner à la version d'une
partie. Vous ne pouvez pas vous résigner à ce que
Mlle Wizman croit avoir perçu de M. Farel et pour
cause : elle ne le connaît pas. Ici, il n'y a pas une
mais deux vérités, deux façons différentes de voir
les choses, deux perceptions d'une même scène.
M. Farel n'a jamais cessé de clamer son innocence et
c'est en toute conscience que je viens vous demander
son acquittement.

Disons-le : vous avez le droit de détester M. Farel.
Vous avez le droit de ne pas aimer sa façon de parler,
de briller. C'est comme on dit un privilégié, quelqu'un
qui a un parcours de jeune élite et qui a un sentiment de supériorité peut-être inhérent à sa caste.
Il y a cette façon de se mettre un peu à distance,
l'impression qu'il n'est pas authentique, sincère, qu'il
est froid, arrogant, qu'il vous prend de haut – c'est
sa manière de s'exprimer, sa manière d'être, mais
ça ne veut pas dire qu'il ne souffre pas. Alors oui,
il est méprisant quand il cède au bizutage qu'on lui
impose, oui, il est vulgaire, ordurier quand il dit à
Mila Wizman : "Suce-moi, salope !" Oui, il est narcissique avec son obsession de la performance sportive,
sa manie de poster des photos de lui sur les réseaux
sociaux. Vous avez le droit de ne pas aimer ça. Et ses
parents aussi, vous avez le droit de ne pas les aimer

avec leur besoin de tout contrôler, leurs misérables petits tas de secrets mais il faut lutter contre vos premières impressions. Aller au-delà des apparences. Alexandre Farel parle d'une certaine façon parce que le langage est son monde, c'est quelqu'un qui est le produit de ses lectures. Qu'il soit coupable d'avoir cédé à un jeu de bizutage, certes regrettable, qu'il soit insupportable, que vous ne l'aimiez pas ne fait pas de lui le coupable d'un viol et la seule question que vous devez vous poser est de savoir s'il a pénétré Mila Wizman sous la contrainte en sachant qu'elle n'était pas consentante.

On ne saura jamais ce qui s'est précisément passé dans ce local entre 23 h 20 et 00 h 5 la nuit du 11 au 12 janvier 2016. Eux seuls le savent. Vous aurez beau écouter des témoins, des récits, cela restera l'objet de suppositions, de fantasmes, voire de fiction. La réalité est toujours beaucoup plus complexe que ce qu'elle donne à voir. En revanche, on a une certitude à la lecture du dossier et à l'audience : quoi qu'en dise Mlle Wizman, personne ne l'a forcée à aller dans cette soirée, à boire, à accompagner M. Farel pour fumer dans un local. Qu'elle le regrette après, c'est une chose mais, sur le moment, elle l'a voulu et elle est majeure, elle a une vie sexuelle. On a un rapport banal de deux jeunes adultes. À aucun moment, M. Farel ne l'a menacée avec un couteau. À aucun moment, il ne l'a menacée tout court. Elle a fait le choix de le suivre. Et de rester. Aujourd'hui, certes, Mlle Wizman perçoit et analyse tout sous l'œil de la contrainte parce que dans le milieu juif ultraprati-quant d'où elle vient, ce qui s'est passé dans le local n'est pas habituel ; ce qui s'est passé est devenu, avec un certain recul, inacceptable, contrairement à M. Farel qui, lui, est un animal social habitué à ce genre de rapports, au sexe d'un soir. Ils n'ont pas la même histoire. Ils n'ont pas la même culture, le même rapport à la sexualité. Et pourtant, ils ne sont pas totalement différents. Vous pensez qu'ils le sont parce que l'un vient d'un milieu aisé et l'autre d'un milieu moins favorisé, parce que lui est un étudiant brillant et elle, une jeune femme sans diplôme ? En réalité, ils ont deux grands points en commun : ils ont peur du jugement social et ils ont vu leurs vies gâchées. Comment ? Pourquoi ? À quel moment les choses ont-elles dérapé ? Nous ne le saurons pas mais nous connaissons leur situation actuelle. Mlle Wizman a commencé des études de cinéma, elle tente de se reconstruire. M. Farel a été détruit par la médiatisation de cette affaire, il a été contraint, sous la pression, de quitter son école d'ingénieurs, il n'a pas obtenu son diplôme, il n'a pas pu s'établir aux États-Unis pour y étudier comme il le souhaitait – il a dû renoncer à Stanford, au rêve de toute une vie ! Il ne s'est pas remis en couple, il est en prison où il est frappé et humilié par d'autres détenus qui l'identifient comme "un pointeur", il a tout perdu. Chaque jour, M. Farel est injurié, lynché sur les réseaux sociaux mais, disons-le, ce procès par les médias n'est pas un procès équitable. Nous ne voulons pas d'une justice qui rende des décisions arbitraires. Ce tribunal médiatique fait de tweets agressifs et vengeurs a nui gravement à la présomption d'innocence de mon client et a d'ores et déjà détruit sa vie. La justice médiatique a condamné M. Farel. Aucune université n'est prête à l'accueillir, il ne pourra plus jamais s'inscrire sur un réseau social comme le font les jeunes de son âge, cette page-là de sa vie est terminée. Quand on tape son nom sur Google, le premier mot associé est *violeur*. »

Après avoir prononcé ce mot, Maître Célérier marqua une pause. La tension était palpable dans la salle.

« Tout ce que souhaite M. Farel, c'est reprendre le cours normal de sa vie, et je réclame pour lui la vraie justice, celle que vous allez rendre. Vous n'êtes pas là pour sanctionner les porcs, Twitter s'en charge très bien, mais pour condamner des violeurs et acquitter des innocents. »

Il s'exprimait avec calme, en ne lâchant pas les jurés des yeux.

« On ne vous demande pas, continua-t-il d'une voix forte, d'être les arbitres des malheurs de M. Farel et de Mlle Wizman, vous ne devez pas être captifs de la souffrance manifestée par Mlle Wizman. Mila Wizman, elle, a menti pendant cette audience et ces mensonges qui font violence à M. Farel, vous noterez qu'ils ont été nombreux. Aux États-Unis, un mensonge suffit à délégitimer définitivement la victime. Dans l'affaire DSK, souvenez-vous, le parquet avait abandonné les charges contre l'homme politique parce que la femme de chambre qui l'accusait de viol avait menti lors de sa demande d'asile politique aux États-Unis. En France, le système est moins implacable et c'est une bonne chose. Il n'est pas question ici d'altérer l'image de Mlle Wizman ni de remettre en cause sa douleur au cours de ce procès mais M. Farel, c'est un fait important, a toujours clamé son innocence, et ma seule ambition aujourd'hui est de vous convaincre de son innocence au regard de la loi et non de la morale. Il n'est pas non plus question ici d'empêcher Mlle Wizman de s'exprimer, surtout actuellement où la parole des femmes se libère enfin mais ce n'est pas une raison pour que celle de la défense soit bâillonnée, ce n'est pas une raison pour que la défense des personnes renvoyées pour des faits d'agression sexuelle devienne une défense interdite.

L'article 222-23 du Code pénal dit que constitue un viol une pénétration commise avec violence, surprise, menace, contrainte. Qu'est-ce qui caractérise la contrainte ? Elle est très spécifique. On a dit au cours du procès qu'il l'avait contrainte à lui faire une fellation. On a dit qu'il avait posé son corps sur elle. Le simple fait de poser son corps sur celui de sa partenaire ne qualifie en rien la contrainte – comment fait-on l'amour sinon en se plaquant contre son ou sa partenaire ? Les menaces, on n'en a pas trouvé la trace, la partie civile elle-même reconnaît qu'il n'a pas été fait usage d'un couteau contre elle. Le simple fait également d'avoir un rapport dans un lieu inhabituel voire sordide ne fait pas du rapport un viol. De même que voir des films pornos ne fait pas de vous un pervers sexuel. Il y a quelques années, des chercheurs de l'université de Montréal ont été incapables de mener une étude comparant le point de vue des hommes n'ayant jamais regardé de pornographie avec ceux en consommant régulièrement pour la simple et bonne raison qu'ils n'ont pas pu trouver un seul homme qui n'ait jamais regardé de pornographie !

M. Farel avait l'habitude d'utiliser un langage cru sans volonté d'imposer quoi que ce soit par la force. Le point essentiel est la question du consentement de Mlle Wizman. Si vous lisez la jurisprudence de la chambre criminelle de la Cour de cassation, voilà ce qui est dit : "Un acquittement du chef de viol ne

321

postule nullement le consentement de la victime." Si vous acquittez M. Farel, cela ne signifie pas que la victime était consentante. Défaut d'intention criminelle de l'auteur ou simple doute : l'accusé s'est mépris ou a pu se méprendre sur les intentions de la victime et estimer à tort que sa résistance n'était pas sérieuse. Il n'y a pas une seule vérité. On peut assister à la même scène, voir la même chose et l'interpréter de manière différente. "Il n'y a pas de vérité, écrivait Nietzsche. Il n'y a que des perspectives sur la vérité." En l'espèce, on n'est pas dans la séduction de salon, on est dans un appartement parisien rempli d'étudiants alcoolisés, il est près de minuit, tout le monde a bu, un homme que vous connaissez vous propose à boire, vous acceptez puis vous sortez prendre l'air, il achète de quoi fumer, vous acceptez de le suivre pour fumer à l'écart... Sur le chemin, il vous dit que vous êtes jolie, vous répondez par un sourire, c'est comme ça que ça marche entre jeunes ! Il y a eu des échanges entre eux ; il y a eu de la séduction, toutes les personnes présentes à la fête l'ont dit. Votre mission est de vous placer dans sa tête à lui, car c'est son procès ! C'est lui qui risque de rester en prison !

Qu'est-ce qu'un jeune Parisien, habitué des soirées où circulent alcool et drogue, élevé par un père aux mœurs libres, pense quand une femme majeure le suit dans un local à presque minuit ? Il pense qu'ils vont avoir un rapport, parce que ça se passe comme ça ! Vous n'avez rien qui pourrait contredire la conviction qu'il a eue à ce moment-là ! Tous les voyants étaient au vert ! C'est la parole de l'un contre la parole de l'autre. La parole de quelqu'un qui parle bien et la parole d'une jeune femme qui n'a pas les mêmes facilités de langage, je dis cela sans mépris, c'est un fait. Alors, naturellement, vous pensez qu'il est de votre devoir de vous placer du côté de celle qui est en difficulté, qui ne trouve pas les mots. Mais non, ici on ne fait pas le procès de la société mais celui d'un homme. C'est lui qui risque la prison. Mettez-vous à hauteur d'homme : il a fait une tentative de suicide parce qu'il subissait trop de pression dans son école... Puis la femme qu'il aimait l'a quitté brutalement, son père a organisé un avortement derrière son dos, il se sent trahi et, tout à coup, il rencontre une jeune fille, il sent qu'il lui plaît, et alors, pour lui, quelque chose s'éclaire à nouveau... Il n'y a pas eu de menaces verbales, simplement un langage explicite, à caractère érotique, il n'y a pas eu de coups. D'autant qu'à aucun moment Mlle Wizman n'a dit non, n'a dit stop, ne l'a repoussé par des gestes, n'a verbalisé son refus en criant, en pleurant. L'examen médical n'a pas révélé de lésions particulières. Il n'y a pas eu de trace de violence, pas même sur les poignets. Personne n'a entendu de cris sauf un témoin qui n'a aucune légitimité, qui débarque le dernier jour du procès et dont la crédibilité est largement compromise par ses relations avec des groupuscules islamistes radicaux qui, comme je l'ai dit, ont proféré des menaces contre Claire et Jean Farel. Tout peut être un élément à charge. Même des lectures. On a évoqué devant vous l'écrivain Georges Bataille. Des centaines de milliers de ses livres ont été vendus à travers le monde. C'est un auteur important, étudié à l'école, dans les universités étrangères. On a évoqué aussi une nouvelle mais c'était un fantasme, une fiction. Ça fait maintenant deux ans qu'Alexandre voit se dérouler une procédure criminelle. Je suis étonné qu'il n'y ait pas eu d'enquête de voisinage. La gardienne n'a pas été interrogée. Si Mila Wizman avait crié, elle l'aurait entendue. Alors oui, un témoin s'est présenté. Mais il a rapporté des phrases que M. Farel n'a jamais nié avoir prononcées. Sa compagne vous l'a dit : il aimait prononcer des mots crus pendant l'amour. Ce n'est pas interdit. Ça ne fait pas de lui un pervers, un violeur. Il n'y a pas de preuve d'enserrement. Lui dit toujours la même chose, elle était consentante, je suis innocent. Alors oui, il peut paraître arrogant, défensif, cru dans sa manière d'évoquer la sexualité mais il y a une chose qui ne varie pas, c'est sa version : je n'ai pas violé la plaignante, je suis innocent.

Il persistera des zones d'ombre. On n'a pas la vérité, parce qu'il n'y a pas une mais deux vérités. Mais il nous faut trouver une vérité judiciaire. Mila vit sans doute une situation difficile, sa souffrance est réelle mais si vous reprenez froidement le dossier, vous allez conclure qu'à aucun moment M. Farel n'a voulu attenter à son intimité. Encore une fois, c'est la parole de l'un contre la parole de l'autre. J'ai écouté très attentivement la plaidoirie de l'avocate de la partie civile et les réquisitions de l'avocat général, de quoi vous ont-ils parlé sinon de rapports de classes, du sentiment de honte, de l'affaire Weinstein et du mouvement MeToo ? Et le dossier ? On vous cite Gisèle Halimi, d'accord, mais Alexandre Farel dans tout ça ? Je tente de me mettre à votre place, si j'avais été juré dans cette affaire, j'aurais aimé qu'on me rapporte la preuve de ce qu'il s'est réellement passé ce soir-là, qu'on me mette dans les meilleures conditions avant de prendre une décision aussi lourde de conséquences. Plutôt que de convaincre votre raison, l'accusation a préféré jouer avec vos émotions, et ça, je ne l'accepte pas. Vous avez été piégés au cours de cette audience, vous avez été tirés au sort pour rendre la justice et vous voilà embarqués dans un colloque politique.

On vous implore de rallier la cause des femmes, de rejoindre le "combat", mais la justice n'a pas besoin de combattants, elle a besoin de juges, impartiaux. Ce que vous avez à juger aujourd'hui, ce sont les actes de M. Farel, rien de plus. Votre tâche n'en est pas moins immense. »

Maître Célérier s'écarta un instant de la barre comme s'il cherchait un nouvel élan, puis se rapprocha, le regard fixé sur les jurés.

« Je regrette vraiment que cela n'ait pas eu lieu mais il n'y a pas si longtemps, on emmenait les jurés visiter une prison avant l'audience, pour qu'ils se rendent compte par eux-mêmes de ce que signifiait une peine d'enfermement, pour qu'ils sachent dans quel endroit ils allaient envoyer l'homme ou la femme qu'ils allaient juger. Alors pensez-y ! Visualisez une cellule, la promiscuité, la privation de liberté ! Entendez les cris des détenus ! C'est votre décision et elle seule qui conditionne le sort de M. Farel et la prolongation de son effroyable enfermement. C'est son procès à lui, et le doute ne doit profiter à personne d'autre que lui. S'il en était autrement, si vous le condamniez parce que vous aviez un doute sur ce qu'il s'est passé ce soir-là, alors vous violeriez la loi et vous trahiriez le serment que vous avez prêté en tant que jurés. Le débat est à vif, on veut vous interdire de réfléchir. Qu'est-ce qu'on vous demande aujourd'hui ? On vous demande de condamner cet homme parce que la société le réclame au nom de la libération de la parole et d'une révolution féministe salutaire, et vous allez faire quoi ? Vous allez plier, céder à l'injonction publique, à cette expédition punitive ou, au contraire, faire preuve de courage en acquittant cet homme ? Je vous le rappelle : *Un acquittement du chef de viol ne postule nullement le consentement de la victime.* Réfléchissons de manière apaisée, à l'écart du bruit médiatique : Alexandre Farel n'a aucun casier judiciaire. On peut reprendre cent fois les faits et les questions, de toute façon, le mal est fait : leurs vies sont abîmées. Alors, dans le doute, ne ruinez pas définitivement celle d'un jeune homme qui a toujours clamé son innocence. Le risque, ce serait de condamner un innocent. Ce risque, ne le prenez pas. »

La présidente demanda à Alexandre s'il avait quelque chose à ajouter. Il se leva, dit qu'il souhaitait s'adresser à Mila. Pivotant vers elle, il prononça ces mots : « Je n'ai jamais eu l'intention de te faire du mal. Si tu as souffert par ma faute, je te demande pardon. »

26

L'attente durerait plusieurs heures pendant lesquelles les jurés et la présidente débattraient du sort d'Alexandre. Maître Célérier avait dit qu'il resterait au café situé en face du Palais avec Claire. Jean s'y installa aussi, à l'écart. Son téléphone sonna, c'était la nouvelle directrice des programmes, Marie Weil. « Jean, je suis désolée de te déranger à un moment pareil pour toi, je sais que tu traverses des moments difficiles avec ton fils mais j'ai quelque chose d'important à te dire. » Il sortit pour lui parler. Elle souhaitait lui confier l'émission politique hebdomadaire en deuxième partie de soirée, le journaliste qui l'occupait avait fait un burn-out, il avait donné sa démission après avoir été lynché sur les réseaux sociaux à la suite d'une interview du Premier ministre jugée complaisante. « Il a vraiment démissionné ? » « Oui », dit-elle. Jamais lui n'aurait donné sa démission. Dans les pires moments de sa carrière, Farel avait tenu bon, il était resté coûte que coûte. Elle lui demandait une réponse rapide, elle était sur le point d'obtenir l'accord du nouveau président de la République pour une émission spéciale prévue dans deux semaines. Elle serait diffusée *en direct*. Jean convoitait cette case horaire depuis plus de vingt ans. Elle insistait, précisait que le président de la République avait cependant posé une condition : « Il veut que ce soit toi qui l'interviewes. » Le jeune président avait de la mémoire, il l'avait demandé lui et pas un autre. Jean avait cru en son potentiel alors qu'il n'était qu'un simple conseiller.

— J'ai peur de faire le combat de trop, dit Farel. Je le sais, les chaînes veulent des jeunes. Je n'en peux plus d'être sur un siège éjectable, ton prédécesseur n'a pas cessé de me rappeler mon âge.

— Oublie Ballard, il ne connaissait rien à l'audiovisuel. Tu as toute ta place sur la chaîne. Tu es chez toi. C'est ta maison.

— Les jeunes recrues ont les dents longues, tu le sais, elles ne respectent plus rien. Moi, j'ai toujours été loyal et fidèle, ce qui n'est pas le cas des autres, je ne suis pas rancunier mais je sais me souvenir... L'époque a trop changé, les nouveaux sont des flingueurs, ils vont réclamer ma peau.

— Ne sois pas parano. Et tu es encore jeune, Jean !

Il resta silencieux. Elle avait touché juste.

— J'ai besoin de réfléchir.

Retour à l'antenne, au direct. À l'émulation intellectuelle. Au rayonnement médiatique.

— J'ai été marqué par le départ de mes confrères, tous ces gens de valeur qu'on a mis au placard passé cinquante-cinq ans, les femmes surtout, des journalistes compétentes, aimées des téléspectateurs, c'est tellement injuste, alors j'ai fini par me convaincre : j'ai tenu longtemps, il faut bien arrêter un jour.

— Mais le public t'adore.

Il laissa s'écouler un nouveau silence.

— Je ne vais pas te le cacher, d'autres chaînes me veulent.

— Je m'en doute...

— Ils m'ont fait des ponts d'or mais tu me connais,

l'argent n'a jamais été mon moteur, ce qui m'anime, c'est la passion de mon métier, de mon public.

— Tu es un immense professionnel et nous voulons te garder, Jean. Je te propose de piloter la meilleure émission politique française, tu auras toute latitude. Réfléchis.

27

Le verdict tomba dans la soirée : Alexandre Farel
était condamné à cinq ans de prison avec sursis. Il
était reconnu coupable mais remis en liberté. S'il
récidivait, il exécuterait sa peine. Un léger brouhaha
suivit l'annonce du verdict. Claire adressa un bref
signe de la main à son fils, qui la regardait, puis se
précipita vers le box vitré pour échanger quelques
mots avec lui. Il devait retourner à la prison de
Fresnes pour procéder à la levée d'écrou – une opération administrative qui permettait la restitution de
ses affaires, le nettoyage de sa cellule –, ils se retrou-
veraient là-bas. Mila Wizman resta assise, sa main
serrant celle de son père, le dos bien droit, la nuque
haute. Ses avocats avaient rapidement quitté la salle
d'audience pour s'adresser aux journalistes : ce verdict était inique, partial, ils se réservaient le droit
de faire appel. Quand Claire Farel se dirigea vers
la sortie, elle aperçut Adam ; il la fixait, et dans cet
échange de regards on lisait toute la désolation que
leurs choix personnels avaient provoquée, la déception de ne pas avoir été à la hauteur. Une fois dehors,
Claire traversa à grandes enjambées la longue gale-
rie pour échapper aux photographes mais, arrivée
devant l'entrée du Palais, elle vit des dizaines de

journalistes massés à proximité de la porte vitrée ; elle tourna à droite, courut vers la salle des pas perdus pour rejoindre la salle Voltaire. Là, assise sur un petit banc de marbre blanc, elle se mit à pleurer dans une sorte d'impulsion irrépressible, un instinct de survie, une réactivation violente de tout ce qu'elle avait réprimé pendant deux ans et il y avait, dans cet abandon de toute lutte humaine, ce relâchement intime, ce renoncement à tout ce qui avait été au cœur de son existence, la forme la plus expressive de ce qu'elle avait recherché toute sa vie : l'affirmation d'une liberté individuelle dont son mariage, la maternité, les vicissitudes d'une carrière trop maîtrisée l'avaient privée. En deux ans, tout ce qu'elle avait construit s'était délité sans qu'elle ne puisse rien faire pour en empêcher le processus dévastateur. Un instant, elle songea à ce qu'aurait été sa vie si les faits ne s'étaient pas produits : elle habiterait toujours avec Adam, elle n'avait jamais aimé comme elle l'avait aimé. Elle avait imaginé une autre issue pour eux. Vivre, c'était s'habituer à revoir ses prétentions à la baisse. Elle avait cru pouvoir contrôler le cours des choses mais rien ne s'était passé comme prévu. Jusqu'au bout, elle avait soutenu son fils. La veille du procès, au parloir, Alexandre avait cité le livre de Georges Bataille que son avocat avait évoqué au cours de sa plaidoirie. Il avait repris à son compte les mots prononcés par la mère du protagoniste : « Je ne veux de ton amour que si tu sais que je suis répugnant, et que tu m'aimes en le sachant. » Juste après, Claire avait eu une longue discussion avec Jean. Ensemble, ils avaient évoqué leurs souvenirs communs : leur rencontre, l'annonce de la grossesse, l'enfance de leur fils puis son adolescence – les instants fugaces d'un bonheur familial perdu. Quelque chose s'était fracturé chez Alexandre au début de l'âge adulte – ils avaient été impuissants face au désastre annoncé. Ils ne vivaient plus ensemble, ils ne s'aimaient plus mais ils seraient toujours liés par leur enfant. Après le verdict, Claire n'avait pas cherché à parler à Jean, elle ne pensait qu'à son fils, à son souhait de le voir sortir de prison. C'était une forme d'aliénation, cette façon de faire dépendre sa vie de la sienne, de le protéger contre lui-même – elle en tirait un certain apaisement. Elle avait conscience qu'il ne resterait pas auprès d'elle ; elle pourrait alors tout recommencer, échapper cette fois à la charge répressive de la vie.

Elle se sentait plus calme, à présent. Elle se leva, quitta le Palais de Justice, atteignit le parvis baigné de la pâle lumière des réverbères et fixa le ciel. Elle alluma une cigarette, inspira quelques bouffées avant de se diriger vers la grille principale. Elle marcha longtemps dans Paris – la vitalité et l'amour lui ayant été retirés, elle ne survivait plus que par instinct de conservation. Tenir debout, c'était peut-être la seule injonction radicale.

28

Jean Farel ne montra aucune émotion à l'énoncé du verdict, il avait pris un anxiolytique quelques minutes avant d'entrer dans la salle. Il s'approcha du box et échangea quelques mots avec son fils. Puis il sortit sous les crépitements des photographes, le torse bombé, le visage aux traits marmoréens, soulagé, il annonça aux journalistes qu'il ne ferait aucun commentaire. Dehors, un groupe de femmes manifestaient. L'une d'elles expliquait à un journaliste, au passage de Farel, que la justice n'avait pas été rendue : « C'est un verdict qui protège l'homme blanc promis à un bel avenir, rien d'autre. » Jean s'éloigna rapidement, tout ce qu'il voulait, c'était se retrouver aux côtés de Françoise et lui raconter comment il avait vécu ces cinq jours d'angoisse, « les cinq jours les plus difficiles » de sa vie, même si ce récit resterait sans écho ni réponse – Françoise ne se souvenait plus de son nom. Il se rendit à pied à son domicile, dans le IIe arrondissement. Dans la rue, les gens le reconnurent mais personne n'osa l'importuner. Quand il entra dans l'appartement, il vit Françoise par terre, elle tentait désespérément de prendre appui sur une chaise, les mains plaquées sur l'assise, mais ses bras, dont les muscles avaient fondu, n'offraient pas la force nécessaire pour la hisser. Claude tournoyait autour d'elle en jappant, indifférent à la présence soudaine de Jean. L'aide-soignante s'était absentée, elle avait laissé un mot, elle serait de retour dans moins de deux heures. « Ma chérie, qu'est-ce que tu fais par terre ? » Jean se précipita vers elle, caressa ses cheveux et l'aida à se relever, il avait du mal à la soulever, cet effort l'épuisait, il sentait les muscles de son dos s'étirer avec douleur, il dut s'y reprendre plusieurs fois avant de parvenir à la mettre debout. Il la prit par le bras, son corps exhalait une odeur âcre, il l'entraîna jusqu'à la salle de bains, lentement, un pas devant l'autre, comme il l'avait fait jadis avec son fils, comme il le ferait bientôt avec sa fille. Dans la salle de bains, Jean avait fait procéder à divers aménagements afin de faciliter les déplacements de Françoise et éviter une chute qui pourrait lui être fatale. Il l'installa sur le siège, posa sa main sur la barre de maintien et, en faisant couler l'eau, commença à la nettoyer. Une escarre s'était formée sur sa fesse gauche comme si la mort y avait déjà planté ses crocs. Elle souriait, les yeux fermés. Il lava ses cheveux puis les sécha avec une grande serviette de toilette. Quand elle rouvrit les yeux, elle s'exclama : « Ah ! C'est toi Papa ? Tu m'as rapporté des bonbons ? » La maladie lui avait imposé son processus régressif et irréversible. Il la coiffa, frictionna son corps et enfin la vêtit d'une robe en coton blanc qu'il avait trouvée dans son armoire. Elle était encore belle malgré l'âge et les atteintes de la dégénérescence, elle avait gardé ce visage juvénile et sa blondeur presque platine qu'un coiffeur venait raviver toutes les trois semaines à la demande de Jean. Il l'installa dans son lit, lui fit boire un verre d'eau dans lequel il avait fait fondre un léger somnifère. Il s'allongea à ses côtés, la regarda s'endormir en serrant sa main dans la sienne. La dilection avait succédé à la passion. C'était ça, le véritable amour : être présent à l'heure du déclin quand on avait tout connu et tout aimé d'un être. Il n'était pas sûr d'être à la hauteur. Pendant toute leur vie commune, menée dans l'ombre et le secret, il avait été décevant ; à présent, Françoise n'était plus en mesure de le lui reprocher. Un chagrin sourd l'écrasait – qu'il fallait contenir à tout prix. Son médecin lui avait dit lors d'une consultation qu'il devait éviter les sports violents pour ne pas se blesser – avec l'âge, les plaies cicatrisaient moins vite. C'était vrai aussi, hélas, des plaies du cœur. Il avait fait à Françoise la promesse de l'aider à mourir si elle sombrait dans la déchéance physique et mentale ; il n'avait jamais eu la force de contacter la société suisse dont elle lui avait transmis les coordonnées après l'annonce de la maladie – le courage de se séparer d'elle. Maintenant qu'il avait atteint la phase climatérique, il avait envie d'en finir, de mourir avec elle, c'était *romantique*. Il imaginait les titres : *Deux journalistes français se donnent la mort*. Il se leva, se dirigea vers l'armoire, il y avait fait aménager un coffre pour dissimuler les objets de valeur de Françoise. Il l'ouvrit, en sortit son arme, un Beretta que lui avait acheté Léo quelques jours après son agression en pleine rue. Il se planta devant le lit, visa la poitrine de Françoise mais au moment où il s'apprêtait à tirer, Claude fit irruption dans la chambre en aboyant. Jean sentait son cœur exploser, il avait la sensation physique que son corps entier pouvait déflagrer, alors vite, dans une impulsion mortifère, il introduisit l'arme dans sa bouche ; le goût ferreux le surprit. Il resta quelques secondes, le canon sur la langue, se répétant qu'il ne devait pas se rater, puis il l'enfonça lentement dans sa gorge, caressa la détente du bout de l'index, quand il sentit son téléphone vibrer dans sa poche. Devait-il écouter le message ou se donner la mort ? La vie offrait parfois des questionnements philosophiques. Mécaniquement, il posa son arme et enclencha la messagerie. Le premier message provenait de la nouvelle directrice de la chaîne. Elle lui demandait une réponse rapide, il avait du mal à entendre, Claude aboyait toujours par à-coups, avec plus ou moins d'intensité. Un autre message suivait : c'était Quitterie qui lui disait que sa fille le réclamait. En fond sonore, il entendait les babillements de l'enfant et ce mot « Papa, Papa », scansion qui le réanimait. Farel sentit l'adrénaline monter, la vie qui s'infiltrait en lui comme le sang perfusant de nouveau un organe trop longtemps comprimé ; ça palpitait. Il avait une jeune femme désirable qui l'aimait, deux enfants : une fille de quinze mois et un fils qui avait besoin de lui. Un *avenir*. Claude pirouettait autour du lit en aboyant. Jean saisit la laisse, s'approcha du chien pour la lui passer autour du cou mais l'animal se débattit, sauta sur le lit avec une extraordinaire agilité et s'étala sur le corps de Françoise en lâchant des jappements aigus – on eût dit des râles de chagrin. Le dresseur avait un jour expliqué à Jean que, chez les chiens, les hurlements avaient deux fonctions : l'appel social, comme pour les loups, et l'expression d'un mal-être. Dans les deux cas, il n'y avait plus rien à faire qu'à les laisser mourir. Le chien se tut, il respirait faiblement, sa tête posée sur le ventre de Françoise. Jean rangea l'arme dans le coffre, embrassa Françoise qui dormait profondément et partit. Dehors, il héla un taxi : il voulait être là quand son fils sortirait de prison. Il s'installa à bord du véhicule, Paris défilait sous ses yeux, l'autoradio diffusait un air de jazz. Une nouvelle vie commençait.

29

« C'était le meilleur des temps, c'était le pire des temps ; c'était l'âge de la sagesse, c'était l'âge de la folie ; c'était l'époque de la foi, c'était l'époque de l'incrédulité ; c'était la saison de la Lumière ; c'était la saison de l'Obscurité ; c'était le printemps de l'espoir, c'était l'heure du désespoir ; nous avions tout devant nous, nous n'avions rien devant nous. » Alexandre Farel, l'un des deux fondateurs de la start-up Loving, avait commencé son discours devant ses investisseurs en citant Dickens, l'introduction au *Conte de deux villes*. Il venait de réaliser une levée de fonds d'un montant de cinq millions de dollars. Sa start-up utilisait les nouvelles ressources de l'intelligence artificielle pour permettre aux utilisateurs d'avoir des relations amicales ou amoureuses avec un correspondant virtuel dont on pouvait cibler le niveau intellectuel, représenté par une icône personnalisable et évolutive au gré de ses désirs ; la société promettait qu'*avec lui ou elle*, il était possible de discuter comme avec *un véritable être humain*. Cette application était destinée « aux personnes seules et à celles qui n'étaient pas à l'aise dans les rapports sociaux » et offrait à ses utilisateurs la possibilité « d'aimer et d'être aimé sans risques ni dommages ». Lors de son discours, Alexandre avait évoqué sa trajectoire personnelle comme le faisaient les entrepreneurs américains afin d'humaniser leur parcours, il n'avait pas hésité à raconter comment, à la suite d'une rupture amoureuse, il avait « dérapé » et perdu toute confiance en lui et en l'autre. Il s'était mépris sur les relations humaines, il avait fait des « erreurs » qu'il regrettait, il s'était trompé et cette période difficile lui avait permis de prendre conscience de ses *véritables besoins*. C'est en prison, pendant les quelques semaines où il avait été enfermé, dit-il, sans préciser pourquoi il l'avait été, qu'il avait eu l'idée de son projet. Il se sentait seul, rejeté, il ne pouvait communiquer avec personne. Avec un ancien ingénieur de Stanford d'origine japonaise, il avait développé son concept de relations affectives virtuelles.

Loving – enfin une affection véritable, promettait l'argument publicitaire. En quelques semaines, l'application avait été utilisée par des centaines de milliers d'utilisateurs américains et était sur le point d'être introduite sur le territoire européen. À vingt-six ans, Alexandre Farel devenait l'un des entrepreneurs français les plus performants et avait déjà eu les honneurs de quelques revues américaines et de la presse française. Il remercia publiquement ses parents qui n'avaient pas pu faire le déplacement et conclut son discours sur les potentialités extraordinaires qu'offrait l'intelligence artificielle dans l'évolution des relations humaines. « Faisons tous ensemble en sorte que cela reste le meilleur des temps. » À l'issue de la conférence, Alexandre fut applaudi. Il ne resta que quinze minutes au cocktail. On le disait mystérieux, ombrageux, complexe, asocial, il en jouait : dans une société où tout le monde livrait son intimité à des inconnus, le goût du secret alimentait les fantasmes. Il rentra chez lui en taxi. Il arriva devant l'immeuble qu'il occupait pour quelques semaines : un bâtiment au design futuriste, constitué d'une grande façade en verre, près de Chelsea, au cœur de New York. L'un de ses investisseurs y possédait un appartement et l'avait mis à sa disposition pour une durée qui n'excéderait pas six mois. Chaque appartement était conçu de la même façon : une cuisine américaine avec un îlot central en laque blanche qui donnait sur un grand salon. À côté, entourée de baies vitrées, une spacieuse salle de bains dans laquelle, face à la fenêtre, avait été posée une baignoire blanche aux formes courbées. Le blanc dominait dans ce lieu épuré. Alexandre aimait y prendre un bain, avec vue sur la High Line, ce parc linéaire urbain suspendu en plein Manhattan, aménagé sur d'anciennes voies ferrées. Il se rendit à la piscine de la résidence, le lieu était désert, il nagea pendant une heure, puis remonta à l'appartement. Il se sentait calme et apaisé, il avait maintenant envie d'un rapport sexuel. Il se connecta à une nouvelle application qui permettait d'organiser et de valider un acte sexuel en obtenant de son ou sa future partenaire un consentement éclairé et sans équivoque ; à la fin, les deux parties établissaient un contrat crypté et stocké par l'entreprise. Il précisa ses préférences : il voulait utiliser un préservatif et user d'un langage « explicite », c'est-à-dire qui autorisait des mots perçus comme offensants ou dégradants mais refusait les rapports sadomaso ou l'échange de photos et vidéos. Il envoya une demande à la partenaire avec laquelle il souhaitait avoir un rapport, c'était une jeune entrepreneuse de vingt-cinq ans qu'il avait rencontrée lors d'une soirée. Quinze minutes plus tard, il reçut ses préférences : c'étaient les mêmes que les siennes à la différence qu'elle n'autorisait pas de langage explicite. Et s'il se laissait aller à lui dire qu'il voulait « la baiser » pendant l'acte ou qu'il aimait « son cul » ? C'était trop risqué ; il renonça et fit la même proposition à une autre femme, une jeune analyste qui travaillait dans un fonds d'investissement new-yorkais. Il attendit la réponse quelques minutes, la photo de la fille s'affichait sur l'écran de son portable agrémentée d'un petit nuage signifiant qu'elle réfléchissait. Enfin un message apparut : « Votre demande a été acceptée. » Elle avait bien validé l'utilisation du langage cru, elle consentait au rapport sexuel à venir, elle acceptait même les autres pratiques : bondage, sodomie – c'était inespéré. Il lui donna rendez-vous chez lui – l'application précisait bien que les deux partenaires pouvaient à tout moment changer d'avis. Il rangea l'appartement, prépara deux préservatifs, il n'irait certainement pas au-delà de deux rapports, cette journée l'avait épuisé. Il prit une douche, hésita à se raser le torse, la pilosité rebutait certaines femmes. D'un coup sec, il fit glisser la lame sur son torse, les poils tombèrent, disparurent dans le siphon, il passa une crème sur sa poitrine – un baume intensif rajeunissant pour le corps aux graines de coriandre qu'il avait payé soixante et onze dollars dans une boutique de SoHo – et enfila une chemise blanche taillée dans un voile de coton si fin que l'on pouvait voir sa peau en transparence. Il aperçut un poil noir sur la vasque en marbre blanc, il le saisit avec un mouchoir en papier et le jeta aux toilettes. Il procéda à une dernière inspection : tout était propre. Il désinfecta ses mains, erra un moment dans l'appartement, son téléphone dans la poche de sa chemise. On sonna à la porte – c'était elle. Jolie brune d'un mètre quatre-vingts en tenue de sport, elle s'avança avec confiance. Ils s'installèrent dans le salon. Ce fut elle qui commença à évoquer la situation politique intérieure, elle haïssait Trump, « ce président qui avait dit qu'il fallait prendre les femmes par la chatte ». Il n'avait pas envie de parler, seulement de coucher avec cette fille, mais elle continuait : « Tu sais ce qu'il a dit à un ami accusé d'agression sexuelle ? Je n'invente rien, c'est écrit dans le livre de Bob Woodward, tu l'as lu ? Il a dit, dans ce genre d'affaires : "Il faut nier, nier, nier. Si tu admets la moindre chose, la moindre culpabilité, tu es un homme mort" » – c'était visiblement une démocrate enragée. Alexandre s'approcha d'elle, dénoua ses cheveux qu'elle portait en queue-de-cheval, l'embrassa, introduisit sa langue dans sa bouche, elle recula aussitôt. Y avait-il *un problème* ? Elle lui répondit simplement qu'elle n'aimait pas embrasser avec la langue, l'application n'avait pas précisé si l'on avait droit ou pas à la langue, c'était ennuyeux ; visiblement, elle n'aimait pas ça, il ne pourrait donc pas la lécher alors qu'elle avait coché la case « toutes pratiques sexuelles » ; accepterait-elle quand même de le prendre dans sa bouche ? Le champ des possibilités se réduisait et il commençait à avoir mal à la tête. Il lui fit quelques baisers sur les lèvres mais le cœur n'y était plus. Elle semblait indécise, Dieu merci, elle n'envisageait pas de mener une carrière politique. Elle avait soif à présent. Il se leva, se dirigea vers le réfrigérateur pour y prendre la bouteille de rosé et l'eau de coco qu'il avait achetées, elle avait précisé dans son profil qu'elle était végan. Il disposa sur un plateau une assiette de tomates cerises, des olives, un saucisson et un couteau. Dans la cuisine, son téléphone vibra : d'un clic, elle avait annulé son consentement, sans doute à cause de la langue. Quand il revint dans le salon, elle était assise sur le canapé, son sac à main sur les genoux. Elle était désolée, elle se sentait trop fatiguée ; il y eut une gêne. Il lui dit qu'il comprenait. Elle regarda le saucisson et se mit à pleurer – c'était sans doute trop pour elle. Elle le pria de l'excuser, elle avait beaucoup de pression au travail – *si on n'atteint pas ses objectifs, on est viré du jour au lendemain* – et elle avait manqué son cours de yoga Kundalini le matin même, il valait mieux qu'elle rentre chez elle. Il était à deux doigts de se jeter par la fenêtre. Dès qu'il entendit la porte claquer, il s'allongea sur le canapé du salon, se servit un verre de vin, une tranche de saucisson, puis saisit son téléphone. Il supprima la fille de ses contacts, se connecta à son compte Instagram pour y poster une photo de lui à la soirée, acclamé par ses investisseurs, accompagnée de ces mots : #Loving #Success #HappyMe #Thanks #Bepositive #Lovemylife. Il vit que Yasmina avait ajouté un cœur jaune pour approuver l'image. Pourquoi « jaune » ? Chaque couleur avait une fonction précise ; elle voulait rester amie. Il n'avait pas eu de ses nouvelles depuis le procès, elle avait sans doute lu le grand portrait que lui avait consacré un magazine économique français. Il bloqua le compte de Yasmina sans même le consulter. Il avala un sédatif, se roula en boule et chercha le sommeil. On était souvent déçu par la vie, par soi, par les autres. On pouvait tenter d'être *positif*, quelqu'un finissait par vous cracher sa négativité au visage, ça s'annulait, on crevait de cet équilibre médiocre, mais lentement, par à-coups, avec des pauses lénifiantes qui proposaient une brève euphorie : une gratification quelconque, l'amour, le sexe – des fulgurances, l'assurance d'être *vivant*. C'était dans l'ordre des choses. On naissait, on mourait ; entre les deux, avec un peu de chance, on aimait, on était aimé, cela ne durait pas, tôt ou tard, on finissait par être remplacé. Il n'y avait pas à se révolter, c'était le cours invariable des choses humaines.

REMERCIEMENTS

Je voudrais témoigner ma reconnaissance et mon amitié à Maître Julie Fabreguettes et Maître Archibald Celeyron, deux brillants avocats – ce livre leur doit beaucoup.

Merci à M. François Sottet, magistrat.

Merci également à Pierre-Yves Bocquet, Jean-Michel Carpentier, Gaspard Gantzer, Bruno Patino, Ariel Toledano, Michèle Tuil, ainsi qu'à mes enfants.

Le contenu du blog de Mila Wizman et les paroles de Jean Farel au procès qui évoque « vingt minutes d'action » sont librement inspirés de l'affaire dite « de Stanford » qui a eu un grand retentissement aux États-Unis au cours de l'année 2016.

DIFFRACTION   13

LE TERRITOIRE DE LA VIOLENCE   117

RAPPORTS HUMAINS   193

Remerciements   343

DE LA MÊME AUTEURE

Aux Éditions Gallimard

LES CHOSES HUMAINES, 2019 (Folio n° 6887, 2021). Prix
Goncourt des lycéens et prix Interallié.
L'INSOUCIANCE, 2016 (Folio n° 6458, 2018).

Aux Éditions Grasset

L'INVENTION DE NOS VIES, 2013 (Le Livre de Poche, 2014).
SIX MOIS, SIX JOURS, 2010 (Le Livre de Poche, 2011). Prix
du roman News.
LA DOMINATION, 2008 (Le Livre de Poche, 2010).
DOUCE FRANCE, 2007 (Le Livre de Poche, 2008).
QUAND J'ÉTAIS DRÔLE, 2005 (Le Livre de Poche, 2008).
TOUT SUR MON FRÈRE, 2003 (Le Livre de Poche, 2005).

Aux Éditions Plon

DU SEXE FÉMININ, 2002 (Pocket, 2004).
INTERDIT, 2001 (Pocket, 2003), rééd. Grasset, 2010 (Le Livre de
Poche, 2012). Prix Wiso.
POUR LE PIRE, 2000 (Pocket, 2002).

Composition Nord Compo
Impression Maury Imprimeur
45330 Malesherbes
le 23 novembre 2020
Dépôt légal : novembre 2020
Numéro d'imprimeur : 249920

ISBN 978-2-07-292111-7 / Imprimé en France.